KB125427

사람을
변호하는
일

사람을
변호하는
일

**무너진 한 사람의
빛나는 순간을 위하여**

김예원 지음

웅진 지식하우스

법은 공정해야 하고 보편적으로 적용되어야 한다고 배운다. 그러나 현실에선 법의 보편성만으로 해결되지 않는 문제들이 많다. 김예원 변호사는 수많은 사건에 관련된 사람들의 개별성을 놓치지 않으면서 그 사건에 딱 들어맞는 해답을 찾아왔던 경험을 소개하고 있다. 주변에서는 "적이 아니어서 다행"이라든지 "꼭 그렇게 해야겠어?"라면서 '예원스럽다'는 별명을 붙여주었다지만, 나는 법조계뿐만 아니라 사회의 각 영역에서 일하는 많은 이들이 더 '예원스러워'졌으면 좋겠다.   ─ 김영란(前 대법관, 아주대 법학전문대학원 석좌교수)

변호는 누군가의 삶 속으로 들어가는 일이다. 자신의 장애를 드러내 보이면서 피해자를 변호하는 그의 변론을 보며, 오직 김예원 변호사만이 할 수 있는 변호라고 탄복한 적이 있다. 우리 사회의 폭력과 편견을 결코 그냥 지나치지 않는 김예원이라는 사람을 통해 우리는 어떤 삶을 살 것인지, 무엇을 위해 일하고 싸우고 연대할 것인지를 생각하게 된다. 이 책을 읽다보면 이 사회의 안녕을 기원하며 직업인으로서, 엄마로서, 이 사회의 구성원으로서 자기 품위와 삶의 원동력을 지켜나가는 그의 열렬한 이야기에 마음이 두근거린다. 이 책을 더 많은 사람들이 읽어보기를 진심으로 바란다.

— 박준영(재심 전문 변호사, 『지연된 정의』 저자)

변호사가 듣는 직업이라면 김예원 변호사는 온몸이 귀가 된 사람이다. 그는 습관처럼 말한다. "너의 마음이 궁금해. 너의 이야기가 듣고 싶어." 당사자의 마음을 가장 중요하게 생각하며 임하다 보니 열마리 소가 가는 길을 돌려세우는 것보다 힘들다는 사람 마음을 돌려세우는 일에 척척이다. 잔혹한 인권 침해 사례도 그의 변론을 거치면 한 사람의 온전한 회복을 돕는 서사가 된다. 법정 드라마처럼 재밌고 인권 공부는 덤이다. 무엇보다 나는 이 책을 통해 사람을 사람으로 대접하는 신실한 직업인의 태도를 배웠다.

— 은유(작가, 『해방의 밤』 저자)

차례

1부
*
바꿀 것은 바꿔야 하고
할 말은 해야 하는 모난 성격 덕분에

2부

*

함께 실타래를 풀어갈 사람이
곁에 있다면

3부

*

자신보다 약한 존재에게 가하는
비열한 폭력들

4부

*

사람과 사람은
서로 연결되어 있다

나오며

부록

일러두기

· 이 책은 2021년 출간된 『상처가 될 줄 몰랐다는 말』을 바탕으로, 절반가량의 원고를 새
  로 쓰고 기존 내용을 보완한 전면개정판입니다.
· 이 책에 쓰인 이야기는 사실을 기반으로 하되 인물이 특정되지 않도록 가공했으며 널리
  대중에게 알려진 사건을 제외하고는 이름 등의 개인 정보를 가상으로 표기했습니다.
· 본문의 맞춤법과 띄어쓰기는 국립국어원 규정에 따르되 일부 표기는 예외를 뒀습니다.

무너진 한 사람의 손을 잡고
걷는 일에 대하여

스스로 권리를 옹호하기 몹시 어려운 아동이나 장애인, 취약한 상황의 범죄 피해자들을 무료로 대리하는 변호사로 일한 지 벌써 10년이 훌쩍 넘었습니다. 신기하게도 사건은 '유죄냐 무죄냐'와 같은 결과가 아닌, 꿈틀꿈틀 움직이는 어떤 장면들로 마음에 남습니다. 예를 들면 이런 장면입니다.

이제 막 초등학교 6학년이 된 그 아이를 처음 만난 곳은 경찰서 영상녹화조사실이었다. 아이의 오른쪽 귀에는 작은 피어싱 링이 네 개나 달려 있었고 옆에는 키가 작은 엄마가 서 있었다. 우리가 만난 이유는 아이가 며칠 전 만취 상태로 아는 오빠와 아파트 옥상에서 술을 마시다가 강간을 당했기 때문이다. 피해자의 나이만으로도 가해자가 처벌되는 미성년자의제강간 사건이라 조사는 간단히 끝났지만 내 눈앞에 엉켜 있는 현실은 그리 간단하지 않았다.

아이가 무슨 말을 할 때마다 눈에 불꽃을 튀기며 등짝을 후려패는 엄마를 말리다가 더는 안 될 것 같아 조사실 밖으로 내보내는 사이, 아이 입에서 튀어나온 쌍욕이 귓가로 날아들었다.

고생했다 다독이고 헤어진 지 2주 뒤 아이에게 연락을 해보니 "지금 거신 번호는 없는 번호"라는 멘트가 흘러나온다. 학교 선생님은 아이가 가출했다고 했다. 며칠 뒤 무인점포에서 친구들과 물건을 쓸어 담다가 걸려서 경찰에서 조사 중이라는 어머니의 체념 섞인 전화가 걸려 왔다.

세상은 어찌 보면 뒤죽박죽 같습니다. 사람은 누군가에게 피해를 당하기도 하고 다른 사람을 해하기도 합니다. 그런데 그 안을 가만히 들여다보면 무너져 있는 한 사람이 보입니다. 그에게 다가가 손을 잡고 천천히 함께 걷다보면 느리지만 조금씩 자기를 돌아보는 모습도 봅니다. 그 사람 안의 온전함이 빚어지는 과정이지요. 저는 그 과정에 동행하면서 때로는 당사자를 대신해 아닌 것은 아니라고 소리치기도 하고, 함께 같은 곳을 쩌려보기도 합니다. 이런 시간들이 쌓여 사건을 마주한 사람이 본래 자신의 삶을 찾아가는 것을 보는 것은 제게 큰 행복입니다. 그 연대의 여정에서 이 책을 다시 쓰게 되었습니다.

태어나면서 한쪽 눈을 영영 잃었던 일이나 되돌아가고 싶지 않은 어린 시절과 같이 제가 겪은 일들은 사실 누구에게나 일어날 수 있음을 잘 알고 있습니다. 그렇기에 그와 같은 상황 속에서 불편과 고통을 감내하며 살아가는 사람을 돕는 저의 이 일을 자선이나 선행이라고 여기지 않습니다. 사람이라면 누구나 자기의 본래 모습대로 행복하게 살아갈 권리가 있고, 저는 그 여정을 함께 걸어가는 것뿐이니까요. 똑같은 사람으로서 말이죠.

2021년 『상처가 될 줄 몰랐다는 말』을 펴낸 후 독자들의 감사한 사랑을 받았습니다. 그사이 소수자의 삶과 직결되는 여러 법과 제도가 바뀌기도 했고, 난생처음 외국 대학교의 연구자로 지내는 경험도 했습니다. 그 시간을 지나며 쌓이는 단상들을 모아 이번 개정판에 차곡차곡 담았습니다.

콕콕 숨은 채 아파하는 소수자와 소외된 사람에게 자신도 모르게 편견이나 동정 또는 배척과 거부의 마음이 생길 수 있습니다. 그럴 수 있죠. 이 글이 그러한 마음을 돌아보는 계기가 된다면 더 바랄 나위가 없다는 마음으로 저의 진짜 이야기, 『사람을 변호하는 일』을 당신에게 건넵니다. 이 책을 읽는 고마운 당신도 저와의 여정에 동행할 수 있기를 바랍니다.

1부

✦

바꿀 것은 바꿔야 하고
할 말은 해야 하는 모난 성격 덕분에

사람들이 나를 소개할 때 시각장애인이라는 것,

그럼에도 변호사가 되었다는 것,

하필이면 무료 수임료를 받는 인권변호사라는 것을

먼저 언급하곤 한다.

살아오면서 나를 향한 이러한 호기심에 대해

제대로 답한 적은 없었다.

그러면서도 스스로는 수없이, 오랫동안 질문을 던졌고

평생 그 답을 찾아왔다.

당신이 생각하는 것처럼 나는 장애인인가?

인권변호사가 된 나는 비로소 장애를 극복했을까?

원래 내게 없었던 것처럼
사라져버린 한쪽 눈

"장애를 극복한 인권변호사."

살면서 이 말을 참 여러 번도 들었다. 어디엔가 합류하거나 참석할 때 혹은 인터뷰를 할 때 자주 쓰이는 나에 대한 소개 문구 같은 것이다. 심지어 한번은 '장애를 극복한 변호사'로서 사는 것에 대하여 대중 강연을 하자는 어느 유튜브 채널의 제안을 받아 살짝 당혹스러웠던 적도 있다. 이 표현이 내게 씌워질 때마다 내 마음 깊은 곳에서부터 동시다발적인 물음표들이 올라오기 때문이다.

태어나면서 장애인이 될 줄이야

크리스마스를 지나서 태어났어야 했던 나는 예정일보다 한 달이나 일찍 세상에 태어났다. 보너스도 없는 11월, 월급으로만 살아가는 집이 1년 중에 가장 가난할 즈음이 생일날이라니. 가뜩이나 없는 형편이었기에 어린 나이에도 생일 선물 같은 단어를 입에 올리기가 적잖이 눈치 보였다. 대체 뭐가 그리 급하다고 나는 그렇게 서둘러 세상에 나와야 했을까?

혹독한 시집살이에 시달리던 만삭의 엄마는 어느 추운 날, 동네 마실 나가는 시어머니이자 나의 할머니의 엄명을 받들어 손수레 한가득 실린 달랑무(총각무)를 다듬어놓아야 했다. 엄마가 남산만 한 배를 웅크리고 추운 마당에 앉아 한참 달랑무를 다듬고 있는데 툭 하고 뭔가 알 수 없는 액체가 몸에서 조금씩 흐르기 시작했다. 첫 출산이라 다리 사이로 자꾸만 흘러내리는 이것이 뭔지 잘 모르셨던 엄마는 얼른 다듬기 작업을 끝내야겠다고 생각하며 마무리에 박차를 가했다. 얼마 후 진통이 본격적으로 시작되고 나서야 엄마는 병원으로 옮겨졌다.

어마어마한 난산의 시간이 이어졌다. 초기 처치가 늦었기에 태중 감염을 막고 아기를 안전하게 분만하기 위해서는 응급 제왕절개수술이 꼭 필요한 상황이었지만, 동의서에 도장을 찍을 아빠는 무슨 이유 때문인지 병원에 없었다. 극심한 진통에 엄마는 기진맥진해 의사소통이 안 되고 의료진은 수술에 동의해달라고 현장에 있던 할머니에게 사정을 했지만, 무슨 일이 있어도 손자를 봐야 했던 할머니는 "제왕절개수술을 하면 애를 둘밖에 못 낳는다는데 둘 다 딸이면 책임질 거냐?"라고 하며 동의서 서명을 거절했다. 옥신각신 실랑이 중에 엄마는 결국 까무룩 정신을 잃었다.

아무리 응급 상황이라고 해도 보호자 동의 없이 수술을 할 수는 없었으리라. 설상가상 산모도 기절한 상황이라 의료진은 차선책으로 겸자분만(태아의 머리를 집게로 잡아 끄집어내는 분만법)에 들어섰다. 1980년대는 지금으로 따지면 까마득한 옛날이지만, 그래도 이미 제왕절개수술이 흔한 시절이었다. 그보다 더 원시적이라고 할 수 있는 겸자분만은 그야말로 의학 교과서에나 나오는 이론상의 분만법이었고, 그 작은 동네 산부인과에서 겸자분만을 시도한 사례 역시 당연히 없었다. 집게를 산모의 몸에 집어넣고 휘저어가며 내 머리통을 잡고자 했지만, 미끌미끌한 머리통은 쉽게 잡히지 않았다. 결국 겸자 대신 끝이 뭉툭한 갈고리가 동원되었다. 갈고리는 어디든 걸려라 하며 아기가 있는 곳을 푹푹 찍어댔고 내 오른쪽 눈은 그때 크게 손상되었다.

갈고리로 여기저기 긁힌 채 뻑뻑한 엄마의 몸에서 억지로 끌려나온 내 머리통은 몸통만큼 길쭉해져 있었고 얼굴과 턱은

온통 깊은 상처로 패여 피가 흐르고 있었다. 귀여움, 사랑스러움, 행복에 찬 눈물과 같은 흔한 출산 현장의 감동이라고는 한 올도 찾아볼 수 없었던 괴이하고 고통스러운 세상과의 첫 만남이었다.

태어나는 과정에서 오른쪽 눈이 크게 손상되었다는 사실을 당시 엄마에게 귀띔이나마 해준 사람은 안타깝게도 한 명도 없었다. 그땐 내가 죽지 않고 "살아서 태어난 것만으로도 기적"이라고 했고 엄마의 몸도 난산으로 심하게 상했기에 자세한 사정을 물어볼 겨를도 없었다. 엄마와 아기 둘 다 살아서 만난 것에 그저 감사해야 했다. 인연이란 참 신기한 것이, 엄마는 이 모든 일들을 그로부터 13년이 지나서야 비로소 알게 되었다. 당시 분만실에 있었던 간호사가 우연히 엄마의 옆 직장으로 이직하여 다시 만나게 된 이후에야 그날 수술방에서 무슨 일이 벌어졌는지 들을 수 있었던 것이다.

태어난 지 백일이 지났는데도, 나는 눈도 제대로 뜨지 못하고 빛이 있는 모든 곳에서 밤낮없이 그렇게 빽빽 울어댔다고 한다(지금 이 큰 목소리는 그 덕분인지도 모르겠다). 눈을 크게 다쳐 많이 아팠을 테니 당연했다. 오른쪽 눈은 그냥 보기에도 희뿌옇고 이상했다. 엄마가 답답한 마음에 아기 눈이 왜 이런지 이유를 물었지만 분만했던 산부인과에서는 모르겠다고 입을 닫았고, 근처 안과에서도 아기가 너무 어려 제대로 검진하기가 불가능하다고 했다. 엄마는 고민 끝에 회복도 안 된 몸으로 이제 겨우 팔뚝만 해진 나를 안고 서울의 큰 병원에 데려가서 온갖 검사를 하기에 이르렀다.

"오른쪽 눈의 안압이 지나치게 높은 것으로 보아 선천적인 안암眼癌으로 보인다"라며 우리나라 제일이라는 종합병원에서 급하게 수술 날짜를 잡아주었다. 안 좋기는 많이 안 좋았나 보다. 태어난 지 몇 개월도 안 된 아기였던 나는 그렇게 전신마취로 수술대에 올랐고 열 시간 정도 지난 후에야 수술방에서 나왔다. 작은 몸으로 얼마나 발버둥을 쳤는지 꽁꽁 묶인 두 손목과 두 발목에 온통 퍼렇게 멍이 들어 있었다고 한다. 기나긴 수술을 통해 오른쪽 눈의 신경과 근육조직 대부분을 들어낸 후에야 암세포라고는 찾아볼 수 없는 깨끗한 눈이었음이 확인되었다. 있어서는 안 될 오진이었다. 그렇게 내 한쪽 눈은 원래 내 삶에 없었던 것처럼 사라졌다.

나는 정말 장애인인가

두 병원의 '대환장 콜라보'로 나는 사실상 삶의 첫 순간부터 한 눈으로만 세상을 보며 살게 되었다. 다행이라면 다행인 것은 두 눈으로 보다가 중간에 한 눈이 없어지면 나머지 한 눈도 금방 안 좋아진다는데 나는 처음부터 한 눈으로만 보았기에 눈이 그 상태에 빠르게 적응했다는 것이다. 덕분에 뭔가를 보는 눈의 기능 자체에는 큰 불편이 없었지만, 눈이 보인다는 '상태'와는 달리 내가 겪어야 했던 '상황'은 별로 편안하지 않았다. 한눈에 봐도 확연히 다른 외모, 그러니까 내 얼굴 때문이었다.

유치원에서도 초등학교에서도 어린 시절 또래 아이들은 내 곁에 오기를 주저했다. 커다란 플라스틱 눈이 움직이지도 깜빡이지도 않은 채 약간은 우스꽝스럽게 얼굴 안에 말 그대로 '박혀' 있는 아이여서 그랬으리라. 아이들은 "너 눈 왜 그래?" 하면서 신기해하거나 궁금해할 뿐 먼저 다가와 친구가 되자고 하거나 마음을 열어주지는 않았다. 아이 시절에 한 번쯤은 들어본다는 '너 참 예쁘다'나 '귀엽다'라는 말을 들어본 기억이 전혀 없다고 해도 과언이 아니다.

하지만 괜찮았다. 태생적으로 씩씩한 성격에 힘도 세고 목소리도 큰 편이라 별로 주눅이 들지 않았다. 게다가 배우는 족족 쉽게 이해하고 글자도 숫자도 빨리 깨쳐서 내 도움이 필요한 아이들이 종종 생기기도 했다. 같이 놀면 같이 노는 대로, 혼자 놀면 혼자 노는 대로 시간은 흘러갔다.

장애인 등록은 성인이 되고 난 이후 부모님이 하겠냐고 물으셔서 진행하게 되었다. 성인이 되었으니 뭔가 미뤄둔 일을 처리해야 할 것만 같아 엉겁결에 등록 절차를 밟게 된 것이다. 장애인이 뭔지도 잘 모르고 말이다.

우리나라 법은 장애를 "신체적·정신적 손상이나 기능 상실로 오랫동안 일상생활이나 사회생활에 제약이 있는 상태"라고 정의하고 있다. 여기서 한발 더 나아가 유엔 장애인권리협약은 장애를 고여 있는 개념이 아닌 진화하는 개념으로 보면서 "손상이나 기능 상실을 가진 사람을 둘러싼 태도적·환경적 장벽과의 상호작용"에서 비롯하는 것으로 장애를 이해하고 있다.

법조문과 협약의 내용을 요리조리 살펴보아도 여전히 내가 장애인인가에 대한 답이 딱 떨어지지는 않는 것 같다. 내 이름 석 자가 적힌 복지카드를 가지고 있는 명실상부 '법률적 장애인'이기는 하지만, 분명히 한 눈이 없이 손상을 입은 가운데 살고 있기는 하지만 나를 둘러싼 사람들과는 물론 내가 속한 사회와 만들어가는 상호작용이 그리 어렵다고 느껴지지 않기 때문이다. 그래서 종종 나는 아직도 궁금하다. 정말 나는 장애인인가.

삶의 밑바탕을 만들어준
최고의 '극복'

    언제 들어도 가슴이 웅장해지는 이 '극복'이라는 단어는 유독 장애가 있는 사람들에게 관용어처럼 따라붙는 말인가 보다. '장애 극복'과 관련해 겪은 일 중에 제법 인상적이었던 일이 있다. 어느 한 해의 마지막 날, 보신각에서 새해맞이 제야의 종을 치는 행사에 참석한 때였다. 고운 한복을 입고 그 커다란 종을 치는데 진동이 어쩌나 사무치던지 으드드드한 느낌에 당황해 과하게 웃던 모습이 생방송으로 전국에 중계되던 순간 자막을 통해 내가 "시각장애를 극복한 인권변호사"라고 소개되었다. 한 친구는 그 자막이 웃기다고 내게 화면을 찍어 사진으로 보내며 물었다.

"예원아, 너 장애 극복한 거야?"

장애는 하나의 정체성이자 나에게 익숙해진 상태인데 이 걸 극복한다는 말을 무슨 뜻으로 이해해야 하는 걸까? 한 눈으로만 살아온 내가 어느 날 갑자기 기적적으로 두 눈으로 반짝반짝 세상을 볼 수 있게 된다면 장애를 극복한 걸까. 그게 아니라면 장애인이 장애가 없는 '정상인'보다 더 성공한, 더 부유한, 더 유명한 삶을 살면 그걸 '극복'한 것으로 봐주겠다는 걸까.

현대 의학 기술의 발전이 눈부시긴 해도 남아 있는 조직 자체가 별로 없는 내 눈을 다시 살리는 방법은 사실 없다고 봐도 무방하다. 그걸 모르던 어린 시절에는 "자고 일어나면 내게 움직이고 깜박일 수 있는 진짜 눈을 주세요"라고 기도하며 잠들기도 했다. 극복이라는 허상은 어린 내게 그렇게 조금씩 스미고 있었다. 눈이 새로 생기는 것이 불가능하다면 나에게 부여되는 '장애를 극복했다'라는 표현은 '정상인'보다 더 성공한 삶을 산다는 뜻이지 않을까 싶다. 생각이 여기까지 이르면 이 질문을 하지 않을 수 없다. 내가 장애를 극복한 장애인이라면, 과연 비장애인보다 더 성공하고 더 이룬 것은 무엇일까.

그저 억울한 마음으로 시작한 공부

스스로 노력해서 이룬 바를 굳이 끄집어낸다면 사법시험
에 합격한 것 정도일 테다. 기억도 안 나는 어린 시절부터 왜
매일 아침 의안을 눈에 넣어야 하는지, 그 출생의 비밀을 알게
된 건 중학생 때였다. 다 지난 일이니 마음에 두지 말고 그냥
들으라던 엄마의 말씀과 달리, 나는 사실 며칠이나 억울해서
뒤척뒤척 밤잠도 제대로 잘 수 없었다. 조금만 일찍 알았다면
어땠을까. 왜 내 인생에 이렇게 큰일이 일어났는데 누구도 사
과하거나 책임지지 않았을까. 그렇게 며칠을 보내면서 나는 받
아들이고 있었다. 세상에는 사람의 힘으로 막을 수 없는 억울
한 일들이 너무 자주 일어난다는 사실을.

무수히 일어나는 억울한 일에 맞서 싸우고 싶다는 생각을
한 것도 그 무렵이었다. 그 기나긴 싸움을 제일 효율적으로 할
수 있는 방법이 무엇일까. 나보다 힘이 센 사람이나 돈이 많은
사람은 세상에 얼마든지 있었다. 궁리 끝에 법이 보였다. 물론
이상한 법이 많고, 유전무죄 무전유죄 식으로 법 집행이 엉망
진창이라 하더라도 사회는 결국 법에 따라 틀이 짜여지고 돌아
간다. 법을 공부해서 그걸 무기로 사람들의 억울함을 풀어내고
세상의 바꿀 것을 바꿔나간다면 그런 일을 직업으로 삼는 것도
좋을 듯했다.

그런데 집안 상황이 영 좋지 않았다. 근근이 이어오던 집안 경제가 아빠의 잘못된 빚보증으로 그야말로 망하기 직전이었다. 성적에 맞춰서 서울에 있는 대학에 간다면 생활비는커녕 등록금도 내지 못할 처지인 데다 아래로 줄줄이 동생이 둘이나 있었다. 사립대는 어마무시한 등록금 액수를 알고 나서 꿈도 꿀 수 없었다. 이런 상황에서 무리해서 서울로 갔다간 나는 물론이거니와 가족 전체가 얼마나 고통에 빠져들지 안 봐도 비디오였다.

선택지는 하나로 좁혀졌다. 4년 동안 등록금을 내지 않고 학교에 다니면서 다달이 생활비까지 받을 수 있는 집 근처 국립대 법학부에 입학한 것이다. 어차피 내가 하고 싶은 일을 하려면 사법시험이라는 시험 하나만 합격하면 되니까. 그 시험은 대학을 나왔는지, 어느 대학 출신인지, 돈이 많은지 적은지를 묻지 않고 오직 시험 성적으로만 합격이 결정되니까. 물론 한 번도 가려고 생각해본 적 없는 학교였기에 겉으로는 눈물이 났지만 속으로는 왠지 모르게 자신이 있었다.

마음을 제법 잘 정리하고 대학 생활을 야심 차게 시작했으나 이미 드리워진 경제적인 짐의 무게가 가볍지 않았다. 동생들 엄마 노릇을 하면서도 쉼 없이 아르바이트를 하면서 대학 시절을 다 보내고 20대 중반이 되어서야 본격적으로 신림동에 입성하여 시험 준비를 할 수 있었다. 숨만 쉬어도 돈이 나가는 곳이었기에 빨리 합격해서 빠져나가야 했고 그러다 보니 마른 걸레에서 물기를 짜내는 것 같은 나날이 이어졌다. 하루에 열여섯 시간씩 꽉꽉 채워 공부하고 자정이 넘어 작은 방이 있는 언덕을 올라갈 때면 매일 조금씩 크기가 줄어드는 관에 몸을 욱여넣으러 가는 느낌이었다. 감사하게도 사법시험 수험 기간이 그리 길진 않았지만, 그 합격으로 내가 뭔가를 '극복'했다고 생각한 적은 한 번도 없었다.

동료들 덕에 진짜 극복한 것은

정작 극복해야 했던 것들은 시험에 합격하고 난 이후에야 스멀스멀 나타나기 시작했다. 사법시험 합격 후 들었던 마음은 이제 나도 적게나마 월급을 받을 수 있다는 정도의 안도감이었다. 어떤 법률가가 되고 싶은지, 무슨 직역職域에서 일하고 싶은지 이런 것들에 관해서는 거의 백지상태였다. 막연히 좋은 법률가가 되고 싶다고만 생각하던 나는 차츰 이 사회에서 설정해놓은 '잘나가는 법조인'이라는 어떤 틀이나 기대가 있다는 것을 이런저런 계기로 알게 되었다. 나를 대하는 사람들의 태도가 이전과 달라지는 것, 처음 보는 사람이 덕담이랍시고 건네는 "좋은 데 시집가겠네"류의 말들을 통해 어느 정도 가늠

할 수 있었다. 이제 돈도 명예도 걱정 없다는 식의 그런 말들은 아직 사법연수생이었던 내가 보기에도 바람직하지 않거나 비현실적이라는 생각이 강하게 들었다.

사법시험에 합격하여 법으로 먹고사는 직업을 크게 나눠 보면 판사, 검사, 변호사인데 앞의 둘은 그래봤자 공무원이기 때문에 월급으로 큰 부를 쌓는 일은 거의 일어나기 어렵다는 것을 쉽게 알 수 있다. 변호사의 경우 기업에서 일하거나 법률 쪽이 아닌 사업체를 운영하는 등 워낙 직장 스펙트럼이 다양해서 딱 잘라 말하기는 어렵지만, 소송이나 법률 자문으로 주로 먹고사는 일반 변호사라면 일에 시간을 투자하는 만큼만 돈을 버는 구조에 매여 있을 수밖에 없다. 어찌 보면 다른 사람의 가슴 아픈 사건들로 돈을 버는 직업이기 때문에 '변호사는 자고로 면기난부免飢難富(가난은 면하지만 부자가 되기도 어렵다) 정도면 족하다'라는 사람들도 적지 않다.

많은 돈을 버는 것은 별로 가망이 없다 치면, 명예나 권력은 어떠한가? 차라리 돈 버는 것이 더 쉽지 않겠는가. 요즘 세상에 법률가의 명예와 권력이라니. 변호사들 욕먹는 것이야 어제오늘 일이 아니고 판사와 검사가 '판새'나 '검새'로 불리는 이 사회에서 법으로 먹고사는 사람이 뭐 얼마나 대단한 명예나 권력을 얻을 수 있을까. 내가 보기에는 판사나 검사나 변호사 다들 그저 생계형 직업인이었다.

소위 잘나간다는 법조인들의 유쾌하지 않은 뉴스를 볼 때마다 그런 생각에 점점 확신을 얻게 되면서 정작 나는 어떤 법률가로 살아야 할까, 대체 뭐가 좋은 법률가의 삶일까 혼란스러웠다. 사회가 빚어내는 법률 직역에 대한 환상과 내가 보고 듣고 느끼고 있는 현실의 괴리를 극복하는 것이 당시 사법연수생으로서 제일 중요한 인생 과제처럼 느껴졌다. 그런데 이 과제를 어떻게 해결하지?

문제에 대한 답은 잘 몰라도 느낌적인 느낌으로 이 문제를 혼자 해결하려고 낑낑대면 안 된다는 것 정도는 알 수 있었다. '깊이 생각하는 능력이 부족한 팔랑귀'라는 주제 파악을 제법 잘하고 있었기 때문이다. 주변에 비슷한 고민을 하는 믿을 만한 사람들과 고민을 나누기로 했다. 혼자서는 풀지 못하는 숙제도 함께하면 쉬워질 수 있으니까.

사법연수원 시절 제일 공들이며 재미있게 활동하던 곳이 두 군데였는데, 하나는 기독교인 모임인 신우회였고 다른 하나는 인권법학회였다. 성공하고 출세하고 돈 많이 버는 데는 별로 관심이 없고 평등하게 사는 것, 인간답게 사는 것에 더 관심이 많은 연수생들이 모인 곳이다. 그 사람들과 만나 이야기를 나누면 좁은 울타리에 갇힌 나를 바라볼 수 있었고 답답한 마음이 스르륵 정리되곤 했다.

정신없이 공부하고 시험 보는 첫 1년을 마치고 장장 6개월의 실무수습 기간을 앞둔 어느 겨울날, 우리는 어쩌다 보니 모여서 나름 진지한 이야기를 하고 있었다. 어차피 6개월 중에서 2개월은 법원, 2개월은 검찰에서 일해야 했기에 남은 2개월의 변호사 실무수습을 어떻게 할지에 관한 이야기였다. 우리 중 하나가 이런 제안을 했다.

"어차피 연수원 수료하면 돈 돈 돈 이러면서 살 텐데, 그 전에 도움이 필요한 곳에 자원해서 법률 봉사처럼 변호사 실무수습을 하면 어떨까?"

설득력 있는 말이었다. 대가와 관계없이 인권의 최전선에서 일어나는 일에 약간이라도 이바지할 기회일 수 있다는 생각에 조금 설레었다. 우리는 각각 가정폭력 상담소, 난민 지원 단체, 장애인 인권 단체 같은 곳으로 몇 명씩 쪼개 실무수습 지원을 했다.

실무수습 기간을 모두 마친 우리가 다시 한자리에 모여 어떻게 지냈는지 이야기를 나누기로 했는데 예상외로 분위기가 너무 무거운 것이 아닌가? 누구 하나 쉽게 이야기를 꺼내지 못하고 있었다.

"생각보다 너무 심각해서 솔직히 놀랐어."

누군가가 시작한 이야기에 우리는 모두 공감하지 않을 수 없었다. 아직도 살아 있다는 것이 신기할 만큼 30년 넘게 맞고 살면서도 집이라는 지옥에서 나오지 못했던 중년의 여성, 동네 아저씨 대부분이 성폭력 가해자였지만 저항 한번 할 수 없었던 지적장애 여성 청소년, 내전을 피해 목숨을 걸고 이 먼 타국 땅까지 살고자 왔는데도 공항에서 그대로 돌려보내진 아프리카인. 뉴스에서만 보던 그 사람들은 어쩌다 한 번 지독한 불운을 겪은 아무개가 아니었다. 우리 주변에 함께 살아가는 평범한 사람들의 이야기였다.

모르면 몰랐지, 알고도 모른 척하며 나만 잘 먹고 잘살겠다고 할 수는 없었다. 몇 번의 대책 회의 끝에 '사법연수원에 같은 기수인 동기가 천 명이나 되는데 이 사람들의 후원을 모으면 공익 활동만 전담하는 변호사 몇 명의 최소 월급은 해결할 수 있지 않을까?' 하는 단순한 생각이 구체화되기 시작했다. 혼자 한 생각이 아니고 다 같이 결심한 것이라 실행이 빨랐다. 그 척박한 사법연수원 안에서 공익변호사의 활동 지원을 위한 기금 모금 캠페인을 대대적으로 시작한 것이다. 신기하게도 이 시기에 신우회와 인권법학회가 각자 추진하던 비슷한 모금 캠페인이 하나로 합쳐졌고, 그 교집합에 속한 나는 괜히 더 신나서 캠페인 기획에 더욱 박차를 가했다.

영상을 제작하고 안내서와 후원 약정서를 만들고 모금 부스를 준비해 지나가는 연수생들에게 목소리를 높여 기부 캠페인에 참여해달라고 독려했다. 사법연수원장님을 비롯한 여러 교수님께도 직접 찾아가 캠페인 취지를 설명하고 함께해주십

사 요청드렸는데 예상과는 달리 흔쾌히 참여해주셔서 우리 모두 기쁨과 놀람의 연속이었다. 한 달 만에 많은 정기 후원 약정서가 모였고 매달 천만 원씩 집행할 수 있는 공익 활동 지원 기금이 탄생하게 되었다.

재미있고 의미 있는 일이라 생각해서 따뜻한 사람들과 함께 만들어간 그 과정을 통해 나는 공익 활동만을 전담으로 하는 변호사의 삶을 자연스레 배웠다. 그러면서 오랫동안 묵혀온, 어떤 법률가로 살 것인가 하는 고민의 실마리도 풀리기 시작했다. 스리슬쩍 나에게 들어오려고 하던 '법조인이라면 이렇게 떵떵거리며 살아야 해' 하는 식의 왜곡된 편견들을 자연스레 극복하고 있었다. 아마 혼자서는 결코 할 수 없었을 것이다. 내 삶의 밑바탕을 만들어준 최고의 '극복'이었다.

태어나면서 얻은 장애를 대단하게 극복한 적은 없지만, 지금도 극복은 삶의 중요한 화두다. 항상 뭔가를 극복하기 위해 좌충우돌 애를 쓰고 있어서다. 솔직히 말하자면 요새 내가 정말 극복하길 원하는 것은 매일 주어지는 새날들 속에서 욕심부리며 우왕좌왕하는 나 자신이다. 집은 항상 정돈되어 있어야 하고, 요리도 살림도 지구를 지켜가면서 잘해야 하고, 세 아이들도 좋은 시민으로 행복하게 자라나길 바라는 욕심. 한편 변호사이자 활동가, 연구자 일도 더 잘해내고 싶고, 이 사건 저 사건에 다 참견하고 싶고, 근육량도 식견도 날로 늘어나고 깊어져야 하는 이 어마어마한 과욕들 말이다.

지혜롭게 절제하여 욕심에 잡아먹히지 않으면서도 포기하지 않고 꾸준히 이루며 균형을 찾는 일이 나에게는 참 중요하다. 그래서 불필요한 허례허식이나 쓸데없는 시간 낭비를 덜어내면서 최적의 루틴을 찾아 채워가는 것이 내가 매일매일 마주하는 극복이다. 일하는 시간 외에 한 시간 운동하기, 두 시간 공부하기, 세 시간 살림하고 돌보기. 이런 일상의 작은 규칙을 지키는 일을 이어나가다 보면 언젠가 나도 스스로 뭔가를 극복했다고 자랑스럽게 말할 수 있는 날이 오지 않을까.

어쩌면 이기적인 선택,
인권변호

'장애 극복'보다 더 입에 담기 부담스러운 말이 '인권변호사'다. 물론 조영래 변호사님처럼 훌륭한 인권변호사들이 계셨고 지금도 여러 공익 활동 영역에서 맹렬히 활동하는 멋진 변호사들이 있음을 알지만, 정작 나는 인권변호사라기보다는 밴댕이에 가까운 사람인 것이 사실이다. 어부의 그물에 걸렸다는 그 사실이 너무 화가 나서 스스로 저세상으로 떠나는 밴댕이처럼 나는 바꾸거나 고쳐야 하는 것들을 보고도 어느 정도 참고 견디는 인내심이 종잇장처럼 얇았고 내 생각을 말해야 할 때면 고차원적인 필터링을 거치지 않고 말해버리는, 한마디로 '성격이 (상당히) 좋지 않은' 변호사일 뿐이다.

사법연수원을 수료하고 공직이 아닌 법무법인 태평양에서 설립한 재단법인 동천의 공익변호사로 지원하게 된 이유도, 월급이 꼬박꼬박 나오던 서울시 장애인인권센터를 나와 1인 법률사무소인 장애인권법센터를 개업하게 된 이유도 내 맘대로 해야 하는 이놈의 성격 때문이다.

현장에 가서 사람 냄새 나는 사건을 마주하는 일, 그 사건을 통해 법과 제도를 조금씩 함께 바꾸어나가는 일이 너무 재미있었기에 활동에 제약이나 한계가 있는 것이 싫었다. 수임료를 준다는 이유로 똥을 된장이라고 우겨대는 의뢰인에게 웃으며 맞장구쳐줄 마음의 아량도 거의 없었다. 그래서 사건 양상이 일반적이지 않아서 쉽게 지원하기 어려운 사건, 절대 수임료를 낼 수 없는 사람이 심하게 겪은 사건만 찾아가서 지원하는 방식의 활동을 택했다. 나로서는 타고난 성격에 맞게 살려고 가장 이기적인 선택을 한 것이다.

내가 이 일을 하는 이유

법정에서도 마찬가지다. 물론 법정의 권위를 존중하며 우아하고 품위 있게 변론해야 한다는 것은 잘 알고 있다. 하지만 사람의 일상을 망가뜨리고, 남의 권리를 짓밟아놓고 잘했다 큰소리치는 가해자들을 법정에서 마주할 때면 법정이 허용하는 한도 내에서 어떻게든 최선을 다해 응징해야겠다는 생각이 솟구친다.

"학대 피해로 한쪽 눈을 잃은 ○○이를 도와주세요."

한 SNS 광고에 뜬 기부 광고를 클릭하지 않을 수 없었다. 내용인즉슨 5살 아이가 친모 동거남의 무지막지한 아동학대로 온몸을 많이 다쳤고 그 과정에서 눈 한쪽을 잃었다는 것이다. 많은 아동학대 사건을 지원해왔지만 이건 또 무슨 상황인지 이해가 잘 가지 않았다. 눈을 잃을 정도로 많이 맞고 던져지던 그 날로부터 한 달 전에도 이미 아동학대가 의심된다며 병원 의사에 의해 신고가 들어갔던 사건이었다. 그 신고를 어떻게 처리했길래 결국 아이가 더 심한 폭력에 내몰린 것일까 싶었다.

당시 활동하고 있던 한국여성변호사회 여성아동지원 변호사단에 이 사건을 알렸고 나를 포함한 몇 명의 변호사들이 피해자 변호사로 나서 아이를 돕기로 했다. 피해 아동을 보호하고 있는 기관을 통해 변호인 선임서에 도장을 찍어 제출한 후 서둘러 사건 기록을 살펴보았다. 재판은 거의 막바지에 다다라 겨우 마지막 한 번의 재판만 남아 있는 상태였다.

사건 기록은 너무 참혹해서 읽는 내내 힘들었다. 그 작디작은 몸의 아이가 겪어야 했던 처절한 폭력보다 더 마음이 아팠던 것은 친모라는 사람의 행태였다. 그리고 무엇보다 학대 피해 아동 지원이 직업인 사람들의 부주의와 무신경으로 다시 학대 상황에 놓일 수밖에 없었던 아이의 모습에 눈물이 그치지 않았다. 한 달 전 최초 학대 신고가 들어왔을 때 친모를 내보내고 아동과 따로 이야기하는 최소한의 상식만 발휘했더라도, 조사자가 아이와 제대로 대화를 나눠보기만 했더라도 일어나지 않았을 사건이었다.

1심 마지막 재판에 피해자 변호사로 출석하기 위해 새벽 기차를 몇 시간 타고 갔다. 조금 일찍 법원에 도착했고 사건에 관한 전달 사항이 있어서 공판검사실에서 담당 검사와 잠시 이야기를 나누었다. 그 과정에서 의외의 사실을 알게 되었는데 '한 눈으로 산다는 것'에 관하여 비장애인들은 거의 생각해본 적이 없다는 것이었다. '한 눈이 안 보이기 때문에 불편하고 힘들겠지' 하는 정도의 피상적인 생각뿐이었다. 재판에 들어가기 전에 몇몇 비장애인 변호사들과 그 문제로 이야기를 나누어봤는데 마찬가지였다. 아이가 앞으로 평생 한 눈으로만 살면서 겪어야 하는 일을 재판부에 알려야겠다는 생각이 들었다.

떠들썩한 사건이었음에도 마지막 재판이었기에 법정에는 사람이 거의 없었다. 마지막 재판에는 통상 검사의 구형과 피고인의 최후진술 정도만 남겨져 있다. 재판부가 몇 가지 쟁점 사항을 간단히 정리하고 검사가 중형을 구형했다. 피고인들의 최후진술이 있기 전, 피해자 변호사로서 드릴 말씀이 있다고 손을 들었다.

"존경하는 재판장님, 검사님. 죄송하지만 양해를 구할 것이 있습니다. 꼭 보여드려야 할 것이 있습니다."

그렇게 말하고 일어선 나는 그 자리에서 내 오른쪽 의안을 뺐다. 눈이 있어야 할 공간에는 덩그러니 파여 있는 구멍 속에 벌건 속살만 보일 뿐이다. 하루 중 잘 때 빼고는 항상 의안을 착용하고 있고, 살아오면서 부모님과 동생들 말고는 의안이 빠진 빈자리를 보여준 적이 없다. 심지어 남편에게도 보여주지 않았던 모습이라 나로서는 무척 크나큰 마음의 결단이었다. 당시 법정에 신문사 기자가 있었다는 사실을 전혀 모르고 한 일이었는데 만약 알았다면 아마 그렇게 하진 못했을 것이다.

충격의 시선이 집중되었고 법정이 일순간 조용해졌다. 피해자 변호인으로 같이 자리한 다른 변호사님들도 놀란 눈치였다. 몇 초가 지나 다시 의안을 착용한 후 변론을 이어갔다.

"피해자의 안구 상태가 지금 이 눈과 똑같습니다. 피고인의 가혹한 폭행으로 한 눈을 잃고 몇 개월간 중환자실에서 사투를 벌여야 했던 5살 아이는 앞으로도 평생 저처럼 이런 상태의 눈으로 살아야 합니다. 재판장님. 한 눈이 없다는 것은 나머지 한 눈으로만 세상을 봐야 한다는 식의 단순한 불편함이 아닙니다. 매일 아침 손을 씻고 밤새 소독한 안구를 착용해야 하고 염증이 생기지 않도록 수시로 안약을 넣어주어야 합니다. 몇 년에 한 번씩은 큰돈을 들여서 안구 안쪽 조직을 수술해야 할 수도 있습니다. 성장기에는 1년에 한 번 정도 백만 원에 가까운 큰돈을 부담하며 새 의안을 맞추어야 합니다. 무엇보다 피해자는 아직 5살이라 앞으로 초등학교, 중학교, 고등학교에 다녀야 하는데 그 과정에서 상상하지 못할 무수한 시선과 차별 앞에 놓여야 할 수 있습니다. 그런데도 피고인은 지금까지 자신의 행동을 전혀 반성하지 않고 객관적 증거에도 맞지 않는 변명만 하고 있습니다."

피고인을 엄벌에 처해달라는 피해자 변호사로서의 마지막 변론을 마치고 홀가분하게 법정을 나왔다. 가해자는 양형 기준을 넘는 매우 중한 형을 선고받았고 2심에서는 살인의 고의까지 인정되어 중형이 확정되었다. 분명히 말할 수 있는 것은 이 일은 내가 인권변호사라서 또는 한 눈 시각장애인 당사자라서 일어난 일이 아니었다. 피해 아동과 손을 맞잡았던 순간에서부터 비롯한 당연한 할 일이었다.

그 삶들은 반짝반짝 빛난다

아동을 보호하고 있던 기관을 통해 수임하게 된 사건이라 그때까지 피해 아동을 만나지 못했다. 여러 번 온몸이 바스러지도록 무자비한 폭행을 당해오다가 목숨이 위험한 때 겨우 발견되어 아주 긴 수술을 받고 중환자실에서 몇 개월의 아픈 치료를 홀로 견뎌야 했던 아이였다. 변호사랍시고 대뜸 아이를 찾아가 사건 이야기를 꺼낸다는 것은 차마 못 할 짓이었다.

그래도 사건을 진행하려면 아이를 아예 안 만날 수는 없었기에 부담스럽지 않게 만날 묘안을 짜내었다. 아이는 의안과 안구 상태를 점검받기 위해 서울의 큰 병원에 방문해야 했는데, 그곳에서 자연스럽게 만나는 것이었다. 아이의 안과 진료 시간에 맞춰 평소 좋아한다는 장난감과 간식거리를 들고 병원 대기석에서 미리 기다리고 있다가 아이를 인솔해온 선생님과 눈인사한 후 슬그머니 아이 옆에 앉았다.

"안녕, 귀염둥이야? 너도 눈 의사 선생님 만나러 온 거니? 나도 눈 의사 선생님 만나러 왔어! 오! 너랑 나랑 똑같은 눈(의안)이구나! 반가워!"하며 하이파이브를 했다. 전화로만 대화했던 기관 선생님과도 반갑게 인사를 했다. 장난감과 간식을 받아든 아이는 한껏 기분이 좋아져서 나를 "눈 이모"라고 불렀다. 기나긴 진료 대기 시간 동안 우리는 게임도 하고 이야기도 하면서 서로 웃기 바빴다. 그 자리에는 사건도 피해자도 가해자도 변호사도 없었다. 까르륵거리는 웃음소리와 재미있는 교감만 가득했다.

이 일을 하는 이유는 여기에 있다. 장애인이어서도 아니고, 장애를 극복했기 때문도 아니고, 대단한 인권변호사가 되기 위해서도 아니다. 바꿀 것은 바꿔야 하고 할 말은 해야 하는 툭툭 모난 성격 때문이다. 그리고 무엇보다도 사건 자체는 참혹할지언정 그 안에 살아가는 사람들의 반짝이는 인생을, 그들 숨과 날숨을 함께할 수 있는 일이기 때문에 이 일을 하고 있는 것이다. 구질구질해 보이는 그 삶들에서 정말 반짝반짝 빛이 나냐고?

그렇다. 믿어도 좋다.

그렇게까지 해야
세상이 조금이라도 변하니까

2017년부터 운영하고 있는 '장애인권법센터' 법률사무소는 사건을 수임하기는 하지만 수임료를 받지 않는다. 영리활동을 기본값으로 하는 변호사법의 틀을 벗어난 특이한 비영리 법률사무소다. 수임료를 받지 않는 이유 또한 간단하다. 수임료를 낼 수 없는 어려운 상황에 놓인 의뢰인만 대리하기 때문이다. 그래서 최소한의 활동비는 스스로 벌어야 하기에 강의나 자문, 연구 활동을 병행하고 있다. 이런 특이한 업무 방침 때문에 종종 듣지 않아도 될 말을 듣기도 한다. "너같이 공짜로 퍼주는 변호사들 때문에 변호사의 법률 서비스가 싼값에 매도되는 것"이라고 항의하던 한 변호사에게 "당신에게 돈을 내고 사건을 맡길 의뢰인과 내가 지원하는 의뢰인이 겹칠 가능성은 거의 없으니 걱정 마세요"라고 말해주었다.

그렇다면 가까운 사람들에게 종종 듣는 "너랑 적이 아니라서 참 다행이야"라는 말은 욕일까 칭찬일까? 유사한 표현으로 "우리 오래오래 같은 편 하자"라는 말도 자주 듣는 편이다. 일단은 나와 지내는 것이 좋다는 긍정적인 표현으로 여기고 일종의 칭찬으로 받아들이며 살고 있다.

솔직히 꼼꼼하다고는 볼 수 없는 성격인데도 사건을 지원하다보면 "꼭 그렇게까지 해야겠어?"라는 평가를 들을 때가 있다. 통상적인 수준까지만 해도 충분한데 좀 과하다는 것이다. 그래서 예상치 못한 별명을 얻기도 했다.

만삭의 몸으로 어느 회의에 간 날이었다. 다들 내 남산만한 배를 보고 회의에 당연히 못 올 줄 알았다며 반기는데, 한 남성 참가자가 신기한 듯 "예정일이 언제예요?"라고 물었다. 솔직하고 무심하게 "내일이요"라고 말해주었다. 순간 질문자의 얼굴이 하얗게 질려 잠시 조용하더니 "하, 진짜 우리 편이라 너무 다행인 사람이야"라고 고개를 저으며 중얼거렸다. 그 이야기를 받아든 옆 사람이 "새로운 형용사를 만들어야 해"라고 거들며 "예원스럽다"라는 신조어를 발표했고 그 자리에 있는 모든 사람이 고개를 끄덕이며 박수를 쳤다. 그렇게 회의를 마치고 퇴근한 밤, 잠을 자다가 새벽에 진통이 왔고 무사히 둘째를 출산했다.

"판사님, 뒷자리로 가서 유축을 해도 될까요?"

예원스럽게 산다는 말이 좀 웃기긴 하지만, 스스로도 이래도 되나 싶은 때가 있긴 있다. 한번은 중요한 사건 재판 중인 법정 안에서 부득이하게 유축기를 꺼내 유축을 한 적이 있다. 재판이 시작하기 전에 유축을 한 번 해뒀기 때문에 전혀 계획에 없던 일이었다. 이날 피고인 측 변호사가 신청한 증인이 여러 명 출석해 있었는데 한 사람당 30분 이내로만 증인신문을 하겠다고 재판부에 미리 말했으면서 피고인 측 변호사는 정작 한 사람당 한 시간 반이 넘도록 신문하고 있었다. 그 증인들을 다시 부르기가 어려운 상황이라 재판 시작한 지 벌써 세 시간이 지나 저녁 7시가 다 되어가는데도 끝날 기미가 보이지 않았다.

물론 슬그머니 일어나 법정을 나가도 나에게 뭐라 할 사람은 아무도 없었다. 피해자의 변호사가 반드시 법정에 끝까지 남아 있어야 하는 것은 아니니까. 하지만 그럴 수가 없었다. 증인의 한마디 한마디가 매우 중요한 재판이었고 나중에 증인신문조서를 통해 건조하게 사건을 파악하면 현장에서 전달되는 진술의 미세한 취지를 파악할 수 없기 때문이었다. 증인신문을 놓치지 않으면서도 재판 진행을 방해하지 않는 선에서 옷 밖으로 흘러내리는 모유를 처리할 묘안을 찾아야 했다.

마침 다음 증인으로 교체되는 타이밍에 손을 들어 판사님께 부탁을 드렸다.

"판사님, 죄송하지만 제가 증인신문을 들으며 뒷자리로 가서 유축을 해도 될까요?"

재판장님은 잠시 배석판사들 얼굴을 쳐다보시더니 생각보다 흔쾌히 그러라고 하셨고 나는 방청석 맨 뒷자리로 조용히 자리를 옮겼다. 성폭력 사건이라 비공개 재판이었고 그날의 마지막 재판이었기에 방청석에 앉아 있는 사람은 나 혼자였다. 옮긴 자리에서 재판부에 등을 돌리고 입구 쪽 벽을 바라본 자세로 앉아 주섬주섬 조심히 유축기를 꺼내기 시작했다. 등 뒤로는 다시 새로운 증인의 진술이 시작되고 있었다. 나는 법정 끝에서 조용히 뒤돌아 앉은 자세로 "북- 북- 북-" 유축 진동과 함께 귀를 쫑긋 세워 증인신문을 끝까지 들을 수 있었다.

전례 없는 '재판 중 유축'을 감행할 수 있었던 이유는 그로부터 몇 달 전 '법정 내 수유' 경험에서 얻은 약간의 용기 덕분이었다. 둘째 아이가 아직 돌이 되지 않았을 때 더 자유롭고 더 현장 중심으로 활동하기 위해 장애인권법센터를 개업했고, 개업한 지 1년 반 정도 후에 셋째가 태어났다. 장애인권법센터는 1인 법률사무소라서 출산휴가도 육아휴직도 그림의 떡인 데다, 피해자의 변호사가 아기를 낳았다고 재판 날짜가 변경되는 일은 더더욱 일어나지 않는다. 그러다 보니 갓 태어난 아이를 포함해 세 아이들을 집에서 돌보면서 밤낮으로 시간이 날 때마다 틈틈이 일했다.

셋째 아이가 태어난 지 50일이 좀 넘었을까. 두 아이가 어린이집 등원을 한 이후 나는 제법 심각한 고민에 봉착했다. 오전에 있는 아주 중요한 재판을 어떡해야 하나? 아기는 1분도 나와 떨어져 있을 수 없는 상황이었고 나 대신 아기를 몇 시간이라도 맡아줄 사람은 아무도 없었다. 그렇다고 재판에 아기를 데리고 들어갔다가 혹시 방해가 되면 어떡하지, 걱정이 되었다.

남편에게 살짝 전화를 걸어 물어보았다. "여보가 재판을 한창 진행하고 있는데 여성 변호사가 아기를 데리고 법정에 들어오면 어떨 것 같아요? 방해가 될까요?" 그랬더니 "글쎄요, 흔한 상황은 아니지만 딱히 안 될 일도 아닐 것 같은데요. 한편으로는 모성에 대한 법원의 인식 개선에 도움이 될 수도 있고요"라는 긍정적인 답변이 돌아왔다.

그래도 사람마다 생각이 다 다른 법이라 한참을 더 망설였다. 더 머뭇대다가는 재판에 늦을 것이 분명한 순간, 후딱 앞을 단추로 여미는 원피스를 차려입고 아기띠를 하고 백팩을 메고 집을 나섰다. 못 들어가게 하면 되돌아오면 되지. 재판에 들어가보기로 결심했다. 지하철에서 내려 부지런히 걸으니 다행히 재판 시작 5분 전에 법정에 도착할 수 있었다.

비공개 재판이라 법정 경위분께 피해자의 변호사임을 확인해주고 법정에 들어섰다. 흔들흔들 바삐 걸을 때는 품에 안겨 곤히 자더니 조용한 법정에서 가만히 앉아 있자 오히려 답답한지 아기가 꿈틀거렸다. 배고플 시간이기도 했다. 아기 머리 쪽을 수유 가리개로 가리고 얼른 젖을 물리자 아기는 허우적허우적 파고들어 꿀떡꿀떡 젖을 먹기 시작했다.

마침 그때 내 사건 차례가 되었다. 사건번호를 듣고 그 상태 그대로 판사석 앞으로 나서는데 재판장님이 그제야 나를 발견한 듯 "아기 안으신 분은 누구십니까"라고 물으셨다. 차분한 목소리에서 감추어진 동공 지진이 느껴졌지만, 두근두근한 마음을 누르며 짐짓 태연한 척 "피해자 변호사 김예원 변호사입니다. 괜찮으시면 이쪽 옆에 서서 재판에 참여해도 될까요?" 부탁을 드려보았다. 약간의 정적이 흐르고 재판장님은 쿨하게 "그러세요"라고 말씀하셨다.

오! 속으로 쾌재를 부르고 목례를 한 뒤 재판관계자들의 시선이 덜 미치는 벽 쪽으로 붙어 섰다. 아기가 배를 잘 채울 수 있게 토닥토닥 달래면서 젖을 물린 채 무사히 재판에 끝까지 참여했다. 중요한 쟁점이 많이 정리되었던 재판이었기에 용기 내서 법정에 나오길 잘했다는 생각이 들었다. 직접 재판에 나가 사건 파악을 한 덕분에 피해자는 재판부에 추가로 몇 가지 자료를 더 낼 수 있었고 가해자는 중형을 선고받을 수 있었다.

피해자 얼굴에 웃음꽃이 피는 순간들

'그렇게까지' 하는 것은 대단한 능력이 있어서가 아니다. 좋은 결과를 위해 머리를 이리 굴리고 저리 굴리다보면 보이는 것들을 조심조심하며 해보는 거다.

한 해의 마지막 날, 하늘에 구멍이 난 듯 눈이 쏟아지던 그날 나는 새해를 경찰서 영상녹화조사실에서 맞았다. 친부 강간 사건이었다. 이제 막 성인이 된 피해자가 일을 하고 있어서 부득이하게 야간 조사로 잡혔다. 아무래도 길이 심하게 막힐 것 같아 원래 예정보다 한 시간이나 일찍 출발했는데도 길거리 모든 차가 거의 멈춰 있다시피 한 까닭에 조사 시작 10분 전에 겨우 도착할 수 있었다.

문제는 피해자의 도착 시간이었다. 일을 마치자마자 바로 버스를 탔다는데 피해자 말로는 "1분에 1미터씩 움직이는" 버스 안에서 내리지도 못한 채 갇혀 있는 중이었다. 수사관님께 상황을 잘 설명하고 두 시간을 더 기다렸다. 피해자는 장장 세 시간을 시내버스에 갇혀 있다가 경찰서 앞 정류장에 내렸다.

정류장에서 기다리다가 피해자를 만나자마자 화장실부터 보내고, 바로 조사를 시작하려 하는 수사관님께 10분만 있다가 하자고 부탁드렸다. 그러고는 미리 준비해온 보온 도시락 가방을 꺼냈다. 아무래도 피해자가 저녁도 못 먹고 서둘러 올 것 같아서 맛있게 끓인 사골 떡만둣국을 담아온 것이다. 피해자는 여전히 뜨거운 떡만둣국을 가만히 보다가 우걱우걱 먹기 시작했다. 너무 맛있다며 금방 다 비우는 사이 나는 옆에 앉아 국과 같이 챙겨온 귤을 까고 있었다. 귤까지 순식간에 먹고 난 피해자의 얼굴에 그제야 웃음이 피었다. 걱정도 되고 일도 바빠서 하루 종일 굶었다고 했다.

떡만둣국과 귤 덕분에 그날 조사는 순조로웠다. 친부 강간 사건은 그 일들을 자세히 진술하는 과정에서 피해자가 다시 충격을 겪기도 하는데 조사 전 짧은 10분의 식사가 긴장을 스르르 녹이고 마음의 빗장을 활짝 연 것이다. 조사는 자정이 다 되어서야 끝이 났고 나는 피해자를 집에 데려다주었다. 피해자는 더 이상 범죄 피해를 참을 수 없어 급하게 집을 나와 지인의 집에서 살던 참이라 입을 만한 변변한 속옷도 없는 형편이었다. 집 근처에 차를 세우고 지갑 속에서 만 원짜리 오만 원짜리를 싹싹 꺼내 손에 쥐여주었다.

　그 이후에도 서로 수시로 안부를 주고받는 사이 가해자는 구속되었고 그 상황을 모른 체하던 친모도 입건되었다. 가해자가 중형을 선고받으며 재판이 모두 끝날 때까지 1년이 넘는 시간이 걸렸지만, 피해자와 발맞추어 하루하루 나아가는 데는 큰 어려움이 없었다. 친부의 반복되는 강간을 피해 숨어야 했던 피해자의 입장을 앞서 헤아려본 것이 사건 진행 전반에 적지 않게 도움이 되었던 것이다.

　'예원스럽게' 사는 데 특별한 이유는 없다. 기왕 일을 할 거라면 제대로 해야겠고, 그 과정이 힘들기도 하지만 어김없이 재미있는 일, 신나는 일도 선물처럼 튀어나온다. 그런 경험이 반복되면 자연스레 '그렇게까지' 하는 일상이 이어진다. 사건을 통해 만나는 피해자들은 그냥 거쳐 가는 누군가가 아니라 같은 시간을 살아내는 사람들이기에 그들에게 중요한 일은 나에게도 중요한 일이 된다. 그래서 '꼭 그렇게까지 해야' 하는 일은 나를 움직이게 하는 이유가 된다.

수동 킥보드를 타고
법원에 변론하러 가는 사람

"너 이상한 변호사라고 소문날 뻔했다니까. 아니 이미 소문났을 수도 있어."

재판에 참석하러 자주 가는 법원 옆 검찰청에서 일하는 검사 친구가 함께 밥을 먹을 먹다가 클클 웃으며 이렇게 말했다. 사실 그 친구는 그날도 식당까지 수동 킥보드를 타고 온 나를 보며 이미 혀를 끌끌 찬 참이었다. "사람은 나이를 먹으면서 조금씩 변한다는데 너는 참 한결같다"라는 칭찬 비슷한 말을 하면서 말이다. "수동 킥보드 타고 재판에 오는 게 어때서! 운전보다 얼마나 장점이 많은데!"라며 나는 반론을 펼치기 시작했다.

하루에 세 번 버스가 들어오는 강원도 시골집에서 자라났기에 생존을 위해 운전면허는 필수였다. 시험을 칠 수 있는 나이가 되자마자 운전면허를 딴 뒤 반평생을 운전대를 잡고 살아왔지만 지금도 나는 운전하는 것을 영 싫어하는 편이다.

일단 내게 운전은 지나치게 단조로운 작업이다. 전방을 잘 주시하며 옆과 뒤를 적절히 살피면서 신호에 맞게 차를 움직이는 이 일을 재미있어하는 사람도 있겠지만 나에게는 너무나 졸리고 지루하다. 연일 격무에 시달리다가 도저히 동선이 나오지 않아 지방 일정에 운전대를 잡았던 날, 고속도로에서 졸다가 중앙분리대를 살짝 들이받아 차가 부서진 일이 있었는데도 운전대를 잡으면 졸리는 고질병은 당최 고치기가 어렵다.

버스나 택시처럼 남이 운전하는 차에 타면 또 그렇게 멀미가 심하게 올라온다. 버스에서 책을 읽는 것은 꿈도 꿀 수 없고 할 수 있는 거의 유일한 활동이 잠자기 정도인데 낮잠을 자면 어김없이 두통이 오는 나로서는 그마저도 힘든 선택지다.

이러한 여러 이유로 자차나 택시가 아닌 수동 킥보드를 타고 법정에 오는 것이라고 설명해도 친구는 여전히 이해하기 어렵다는 눈치였다.

"너 재판 올 때마다 이렇게 위아래 정장으로 맞춰 입고, 지금 변호사 배지도 달았잖아. 그런데 전동도 아닌 애들이나 타는 수동 킥보드를 정장 차림에 몸통만 한 백팩을 멘 어른이 광광 밀고 다니는 건 조금 이상하다는 생각 안 드냐?"

하나만 알고 둘은 모르는 채로 하는 지적이었다. 수동 킥보드는 접이식이라 다른 사람에게 불편을 주지 않고 지하철에서 휴대할 수도 있고, 전동과는 달리 그리 빠르지 않으면서 속도 조절도 쉬워 사고 위험도 크지 않으며, 이건 어린이용이 아닌 성인용 수동 킥보드로서 무엇보다 따로 운동할 시간을 내기 어려운 현대인들의 허벅지와 엉덩이 근육을 단련시켜주는 좋은 운동기구이기도 하다는 설명을 자세히 풀어내자, 친구는 손사래를 치며 너나 엉덩이 많이 빵빵해지라고 덕담을 해주었다.

덕담에 힘을 얻은 나는 그 이후로도 재판이 있을 때마다 택시를 타거나 내 차를 모는 대신 지하철＋수동 킥보드 조합으로 법원에 변론을 하러 갔고, 간 김에 틈을 내서 검찰청과 법원을 킥보드로 재빠르게 왔다 갔다 하며 이런저런 서류 작업(신청, 제출, 수령, 발송 등)도 처리했다. 나중에 알게 된 사실인데 법원과 검찰청 입구 쪽에서 일하는 직원분들 사이에 "저 이상한 사람이 변호사래"라고 나름 유명세를 탔다나 뭐라나.

본질에 충실할 수 있다면 약간 창의적인 방법을 시도하는 것은 인생을 훨씬 풍요롭게 한다. 다른 사람 시선과 기준에 맞추어 살기보다는 약간 모양은 빠지더라도 더 효율적인 방법이 있다면 기꺼이 실행에 옮기는 것도 살아가며 누릴 수 있는 행복이 아닐까. 의뢰인더러 변호사 사무실에 오라 가라 하지 않고 직접 먹을 것을 사서 그에게 익숙한 공간으로 찾아가 상담하는 것도 같은 이유에서다. 더 많이 마음을 열고 더 깊게 이야기를 나눌 수 있으며 사건의 결과와 상관없이 내가 얼마나 소중하고 가치 있는 사람인지 좋은 관계 맺기를 통해 돌아볼 수 있기 때문이다.

똑같은 길만 있으면 무슨 재미

삶이 정장 입고 킥보드 타는 것처럼 재미있기만 하면 얼마나 편할까. 하지만 우리의 인생은, 내 앞에 놓인 사건은 꼭 그렇지만은 않다. 들춰보고 싶지 않은 사건, 가슴이 쿵 떨어지는 심각한 사건을 만나기 일쑤다. 이렇게 무거운 사건을 풀어갈 때 새로운 시도에 마음이 열려 있으면 종종 좋은 상승효과가 생긴다. 사건이라는 것은 살아 움직이는 생물과도 같아서 어떤 방향으로 풀려나갈지, 과정 중에 어떤 돌발 변수가 발생할지 예측하기 어렵다. 그래서 각 단계마다 만반의 준비를 하면서 플랜B까지 준비해두는 편이 여러모로 유리하다. 그런데 가끔 예측 범위를 벗어나는 일들이 발생하곤 한다. 대표적으로 상대방 측에서 지나치게 무리수를 둘 때다. 은영 씨 사건이 그랬다.

은영 씨는 심한 지적장애를 가지고 태어났다. 또래 친구들이 다들 결혼하여 아기 낳고 아이들 학교 보낼 나이가 될 때까지 여전히 집에서 엄마의 돌봄을 받으며 살고 있다. 일찍 아빠가 돌아가셨지만 헌신적인 엄마와 나름 행복하게 살던 은영 씨는 엄마가 재혼을 하게 되면서 전에 없던 혼란에 빠져들게 되었다. 계부에게 지속적인 성폭력을 당했기 때문이다.

엄마가 계부에게 경제적으로 매여 있었고 계부의 성격이 포악했기 때문에 은영 씨는 자신이 당한 범죄 피해를 엄마에게 차마 말할 수 없었다. 그저 최대한 계부와 단둘이 있을 상황을 피하며 살고자 했다. 그러나 가해자는 시간과 장소를 가리지 않는 종류의 인간이었다. 은영 씨는 범죄를 피해 다니는 데 번번이 실패했다.

엄마가 자신이 당한 가정폭력으로 계부를 경찰에 신고한 뒤 이혼소송을 제기했다는 사실을 알게 된 후에야 은영 씨는 울면서 자신이 당했던 일을 엄마에게 말할 수 있었다. 마침내 시작된 계부의 성폭력 형사사건을 통해서 나와 은영 씨는 만나게 된 것이다.

피고인이 된 계부는 수사 단계부터 재판까지 단 한 번도 자신의 범죄를 인정하지 않았다. DNA 같은 직접적인 증거는 없었지만 피해자의 진술이 워낙 구체적이고 그에 부합하는 다른 정황 증거들도 다수 있었기에 1심에서 중형을 선고받았다.

문제는 항소심이었다.

변호사를 바꿔서 다시 항소심 재판에 선 피고인은 1심에서 하지 않았던 새로운 주장을 펼치기 시작했다.

"쟈가(피해자가) 집에서 잠간 결혼시켰던 즈그 전남편이랑 있었던 일을 나한테 뒤집어씌우는 겁니다."

알고 보니 은영 씨는 성인이 된 지 얼마 지나지 않아 주변 어른들에 의해 일면식도 없는 한 장애인 남성과 결혼식을 치르고 2개월 정도 결혼 생활을 한 적이 있었다. 행복해지려고 한 결혼이었지만 그 장애인 남성이 은영 씨에게 삶의 대부분을 의존하면서도 일거수일투족 통제하려고 하자 결혼은 금방 없던 것이 되었다. 지금도 그 일은 은영 씨에게 남성을 두려워하는 이유이자 큰 상처로 남아 있었다.

"이 부분을 제대로 물어봐야 하니 본 법정에 피해자를 증인으로 불러 신문하게 해주십시오."

이미 1심에서 법정에 나와 세 시간도 넘게 증언한 피해자를 항소심에서 그런 이유로 다시 부르겠다는 증인 신청은 애초에 말이 되지 않았다. 그 신청이 왜 부당한지에 관해 의견서로 조목조목 반박했지만 피고인 측 변호사는 같은 신청을 반복하겠다고 계속 우겨댔다. 피고인의 범행 입증이나 부인과도 별 상관이 없는 데다가 증인신문으로도 드러나기 어려운 사실을 시간 끌기와 피해자 괴롭히기용 증인 소환을 통해 물타기하려는 피고인 측 변호사의 주장에 항소심 재판부는 난감해했다. 본 사건 유무죄와 별 상관이 없는 주장이니 신청을 재고해보라고 재판부가 권유했지만 막무가내였다. 결국 재판부는 증인을 법정에 부르지는 않되 피고인 측이 피해자에게 질문지를 발송하면 그 질문에 피해자가 답변서를 보내오는 것으로 이 쟁점을 정리하자고 했다.

당연히 기각될 줄 알았던 증인 신청이 한순간에 '피해자의 답변서 제출 의무'로 틀어지면서 당황했지만 그건 시작에 불과했다. 얼마 후 피해자의 집으로 도착한 피고인 측 변호사의 질문지를 읽어보고는 말 그대로 기절하는 줄 알았다.

그 사람은 자신의 자○를 증인의 입에 물렸는가요?

그 당시 증인의 기분은 어떠했나요?

그 사람은 증인의 보○에 자○를 넣었는가요?

증인은 그 사람의 자○에서 하얀 물이 나오는 것을 보았는가요?

아무리 피고인에게 돈을 받고 피고인의 개가 되기로 작정한 변호사라 하더라도 이 글들을 손수 적어 피해자에게 정성스럽게 등기로 부쳤다고 생각하니 소름이 끼쳤다. 피고인의 범행과는 아무런 상관이 없는 모욕적인 질문들을 두 장이나 꽉꽉 채워 보낸 행태는 피해자에게 일종의 성희롱을 하는 것 같았다.

분노를 가까스로 가라앉히고 재판부에 이 사실을 알리며 피해자의 장애 상태를 고려하여 답변서 제출 방식을 변경해달라고 요청했다. 피해자는 글을 읽을 줄도 모르기 때문에 손수 글을 적어서 답변서 형태로 제출하는 것은 불가능하고, 피고인 측이 보낸 질문지가 너무 저열하고 형편없어서 도저히 그대로 피해자에게 읽어줄 수 없는 상황이었다. 그래서 이 질문의 취지를 선해善解하여 최대한 피해자가 충격을 덜 받으면서 질문의 취지에 대한 답을 하는 방법으로 답변을 제출하게 해달라고 한 것이다. 다행히 재판부는 요청을 받아들였다. 이제는 구체적인 답변 방법을 창의적이고 효율적으로 잘 만들 차례였다.

피해자의 엄마 그리고 성폭력 상담소 직원과 함께 신중하게 상의한 결과, 나와 피해자가 자연스럽게 대화하는 장면을 녹화하여 그 녹화 원본과 녹취록을 제출하기로 했다. 그것이 피해자에게 충격을 가장 덜 미칠 것이라고 판단했다.

증인신문을 갈음하는 증거이기 때문에 진술은 조금도 오염되거나 유도되어서는 안 되었다. 피해자에게는 사전에 질문지 내용이 노출되지 않도록 신신당부했다. 첩첩산중 시골에 있는 피해자의 집에 도착해서 일단 맛있는 것을 먹고 피해자의 긴장을 푼 후 미안하지만 사건에 관한 이야기를 단둘이 조금 해도 되겠냐고 물어보았다. 이미 여러 번 만나 나에 대한 경계심이 없던 피해자여서 괜찮다고 답했다.

피해자가 집 안에서 가장 편하게 생각하는 장소에 둘이 가서 피해자에게 동의를 구하고 두 명의 양옆 얼굴이 모두 나오도록 카메라를 설치한 뒤 20분 정도 대화를 나누었다. 답변을 유도하거나 암시하지 않도록 각별히 주의하며 질문을 짧고 정확하게 하는 것이 핵심이었다. 잠깐 결혼 생활을 한 사실이 있고 그 사람을 기억하고 있다는 것을 확인한 후 그와 있었던 일과 지금 이 사건의 계부와 있었던 일이 섞여 있는지 스스로의 언어로 표현해보도록 했다.

피해자는 그 질문에 격앙된 어조로 답했다.

"그거(전남편과 결혼 생활)랑 이거(계부의 성폭력)는 완전 다르지. 그거(전남편)는 완전 애기고, 이거(계부)는 계속 하지 마라 했는데도 계속 더했고."

서툰 표현이지만 피해자가 경험하지 않고는 진술할 수 없는 진술한 답변이 그대로 카메라에 녹화되었다. 어려운 이야기를 해줘서 고맙다고 인사하며 촬영을 마친 후 서로를 안고 토닥였다.

사무실에 돌아온 즉시 녹취록 작업을 마치고 이튿날 검찰을 통해 법원에 증거로 제출했다. 다행히 녹취록과 영상은 항소심 심리에서 피고인의 괴랄한 변명을 탄핵하는 데 중요한 역할을 했다. 피고인은 항소심에서 중형을 선고받고 구속되었다.

피고인이 구속되던 날 피해자에게 연락을 해보았다. 피해자는 그동안 피고인이 이사한 자기 집을 알아내서 찾아올까 봐 무서웠는데 이제는 그런 걱정을 하지 않아도 된다면서 2초에 한 번씩 안도의 한숨을 내쉬었다. 말해 무엇하랴. 가장 고생한 사람인데 얼마나 마음 졸였을지 전화기를 타고 내게도 그 마음이 전해져왔다.

기존의 방식이 아닌 새로운 방식의 증인신문 결과물을 재판부에서도 좋게 보았는지 피해자가 녹취 과정에서 했던 표현이 그대로 판결문에 녹여져 있었다. 만약 이 방법을 생각하지 않고 계속 피고인이랑 정면으로 싸우기만 했다면 사건은 어떻게 되었을까.

갑작스러운 돌발 변수에 불편함을 감수하는 약간의 용기를 가지는 것이 어쩌면 삶이라는 도화지를 더 다채롭게 채울 수 있는 자유를 선물로 받는 방법이 아닐까. 그 새로운 길을 함께 걸어간 은영 씨에게 다시 한번 참 고맙다.

마음의 동선을 살피며
반보 뒤에서 걷는 일

아이들과 평온한 시간을 보내는 휴일, 갑자기 모르는 사람이 급하다며 다다다다 연락해오는 일은 별로 달갑지 않다. 하지만 그렇다고 평일 통상적인 업무 시간에 연락이 닿은 사건과 다르게 대하는 것도 온당한 처사는 아니다. 일단 사건을 살펴본다. 대부분은 즉시 개입해야 할 정도로 심각한 사건은 아니다. 다만 휴일에 모르는 번호로 여러 번 연락을 해야 할 정도로 짙은 억울함을 호소하는 경우가 많다. 정훈이 사건이 그랬다.

정훈은 이제 막 초등학생 티를 벗은 중증 장애 아동이었다. 태어날 때 산소 공급이 부족해 뇌가 심하게 손상되었고 그

때부터 지금까지 계속 특수 휠체어에 누워서 생활하고 있었다.

연락을 해온 사람은 정훈의 아버지였다. 괄괄한 목소리로 당장 만나자고 하는데 도저히 상황이 여의치 않아 다음 날 만나기로 했다. 하실 말씀이 참 많은 것 같았는데 한편으로 불안하기도 했다. 열의를 가진 장애 아동의 보호자가 꼭 장애 아동의 목소리를 세심하게 담아낸다고 장담할 수는 없기 때문이다. 때문에 나는 상담에 앞서 중요한 조건을 내걸었다. 꼭 정훈과 함께 만나야 한다는 것이었다.

"그래서 제가 녹음기를 같이 보낸 거예요"

"이 사건은 이렇게 기사에도 났는데 아직도 아무 진전이 없네요."

다음 날 아버지와 정훈이 있는 곳으로 찾아갔더니 함께 자리한 어머니가 한 인터넷 미디어 기사 출력물을 내밀었다. "장애 학생 가둔 특수학교"라는 제목의 기사에는 정훈이 겪었다는 사건 내용이 압축적으로 기재되어 있었다.

"아버님, 그러니까 제가 정리해볼게요. 정훈이가 새 학년이 되어서 교실에 갔는데 새로 만난 담임 선생님이 남자고, 여자아이들만 편애한다 이거죠? 정훈이는 계속 소외하고요. 그러다가 정훈이가 어떤 일로 휠체어에 누워 소리를 질렀더니 담임 선생님이 수업을 방해하지 말라고 크게 윽박지르면서 정훈이를 교실 뒤쪽에 있는 화장실에 가두었다는 말씀이시죠?"

"네, 맞아요. 학교에 문제 제기를 했는데 여태껏 아무도 사과를 하지 않았어요."

"정말 속상하시겠어요. 그런데 정훈이는 전혀 말을 못 하는 상황인데 이런 일이 있었다는 것은 어떻게 아셨어요?"

어머니가 대답했다.

"우리 애가 말을 못 하는데 학교만 갔다 오면 시무룩하고 짜증을 많이 내기에 제가 하도 답답해서 같은 반 정훈이 친구한테 연락해서 물어봤어요. 초등학교 때 정훈이랑 같은 반이었던 친구인데 그 아이는 하반신에만 장애가 있는 아이라 말을 참 잘하고 똑똑하거든요."

"그 친구가 뭐라고 하던가요?"

"선생님이 자꾸 우리 정훈이에게 소리를 지르고 위협을 한다고요. 정훈이가 속상해서 울면 달래주지도 않고 수업 분위기를 망친다면서 화장실에 자꾸 가두고요."

듣기만 해도 이렇게 화가 나는데 그 이야기를 전해 들었을 때 두 분의 마음이 얼마나 미어졌을까 싶었다.

"그래서 제가 녹음기를 같이 보낸 거예요."

아버지의 이 발언은 예상치 못했다. 아이가 말을 못 하니 증거를 모을 요량으로 정훈이의 가방에 소형 녹음기를 달아서 등교시켰다는 것이다. 몰래 녹음한 음성 파일을 증거로 제출하면 소송에서 넘어야 하는 산이 많기에 바로 잘하셨다고 하기는 어려웠다. 그래도 이러지도 저러지도 못하는 답답한 상황에서 내린 나름 이유 있는 결정이었으리라 생각하고 일단 듣고 있었다.

녹음 파일에는 학교에서 정훈이가 교사에게서 어떻게 짐짝 취급을 당하고 있었는지 고스란히 녹음되어 있었다. 손이 많이 가고 귀찮은 아이, 함부로 해도 되는 아이, 생각나는 대로 막말해도 아무 대꾸도 하기 어려운 아이. 정훈이는 이미 그 반에서 그런 아이가 되어 있었다.

상담을 마치고 사건이 제대로 진행될 수 있도록 정식으로 경찰서에 고소장을 제출했다. 초기 수사는 지지부진했다. 아무리 기다려도 연락이 없길래 추가로 보강 자료를 제출하자 그제서야 피해자 조사를 하자고 연락이 왔다. 문제는 정훈이가 피해자로서 수사기관에 가서 어떻게 피해를 진술할 수 있을지 방법이 딱히 떠오르지 않는 것이었다.

정훈은 장애가 아주 심한 편에 속해서 피해 상황을 입을 열어 언어로 말할 수 없었고 "어어", "아아", "으으"와 같은 소리만 낼 수 있었다. 뇌병변 장애로 몸의 강직과 떨림이 심해서

'O× 조사'를 하기도 사실상 어려웠다. O× 조사는 진술을 거부하거나 진술하기를 부끄러워하는 피해자와 상담하거나 조사할 때 많이 사용하는 방법인데, O표시와 ×표시를 크게 인쇄해서 서로 떨어뜨려 들거나 붙여놓고 질문을 한다. 질문 내용이 맞다고 대답하고 싶다면 O가 붙어 있는 쪽을 쳐다보거나 손으로 가리키면 된다. 그러나 정훈은 목 근육의 강직이 심해서 오른쪽을 보려고 하다가도 고개가 스르륵 왼쪽으로 돌아가는 일이 잦았다.

　일반적인 피해자 진술 방식은 경찰서에서 피해자와 수사관이 마주 보고 앉아서 수사관이 물어보는 말에 피해자가 답변을 하고 수사관이 그 내용을 컴퓨터로 타닥타닥 받아 적는 식으로 진행된다. 수사관은 정훈의 장애 상태가 심하다는 이유로 피해자 진술을 진행할 수 없다고 난색을 표했다. 방법을 찾아야 했다. 의사 표현을 잘하는 사람만 범죄 피해를 당하는 것은 아니지 않은가. 장애인차별금지법상 제공되어야 하는 정당한 편의*를 열심히 설명하면서 경찰을 설득했다.

---

* 「장애인차별금지법」 제26조(사법·행정절차 및 서비스 제공에 있어서의 차별금지) ⑥ 사법기관은 사건 관계인에 대하여 의사소통이나 의사표현에 어려움을 겪는 장애가 있는지 여부를 확인하고, 그 장애인에게 형사사법 절차에서 조력을 받을 수 있음과 그 구체적인 조력의 내용을 알려주어야 한다. 이 경우 사법기관은 해당 장애인이 형사사법 절차에서 조력을 받기를 신청하면 정당한 사유 없이 이를 거부하여서는 아니 되며, 그에 필요한 조치를 마련하여야 한다.

"지적장애가 있는 것도 아니니 아이가 자신의 의사를 표현할 수 있는 방법을 찾아서 한 번만이라도 제대로 진술을 들어봅시다."

다행히 정훈은 몇 년째 안구 마우스 훈련을 받고 있었다. 몸을 움직이기 어려운 사람이라도 안구의 움직임은 더 수월하게 조절할 수 있는 점을 활용한 대표적인 보완 대체 의사소통 프로그램이다. 홍채의 움직임에 따라 화면 속 커서가 움직이는데 화면의 오른쪽을 바라보면 화면 속 커서도 오른쪽으로 이동하고 화면을 바라보고 눈을 깜빡 감으면 그 커서가 멈춰 있는 곳이 선택되는 방식으로 작동한다.

경찰서에서는 선례가 없다는 이유로 안구 마우스 조사를 세 번이나 거절했다. 포기할 수는 없었다. 현재로서는 정훈이 자신의 이야기를 할 수 있는 유일한 방법이었기 때문이다. 법령과 판례, 수사 규칙을 모두 내밀며 충분히 가능하다고 반복해서 설득했다. 끝까지 근거 없이 피해자 진술 조사를 거부하면 법령 위반으로 민원을 제기하겠다고 화를 내기도 했다. 이 방법 저 방법 다 시도한 끝에 어렵게 피해자 조사가 성사되었다.

휠체어를 실을 수 있는 특수차량을 타고 경찰서에 도착한 정훈이 조심조심 1층 영상녹화조사실에 들어왔다. 조사실 수사관의 컴퓨터 옆으로 큰 모니터가 정훈의 얼굴을 마주 보고 나란히 놓였다. 모니터 한쪽 귀퉁이에는 정훈의 홍채 움직임을 읽을 수 있는 장치가 달려 있었다. 프로그램을 켜고 정훈의 홍채와 모니터의 마우스 커서를 연동시켰다.

수사관이 질문을 하면 화면에는 질문과 관련한 그림들이 큰 글자와 함께 여러 개 나타났다. 예를 들어 "네가 피해를 봤다고 이야기하는 장소는 학교 어느 곳이니?"라고 물으면 교실, 운동장, 과학실, 양호실, 교무실, 체육관, 수돗가, 급식실, 매점 등을 나타내는 그림과 글자가 화면을 고르게 채워 한꺼번에 띄워진다. 그러면 정훈은 눈동자를 움직여 질문에 맞는 답을 향해 화면의 커서를 옮긴다. 교실이 그려진 네모 칸 위에 커서를 조심조심 올려놓고 눈을 질끈 감는다. 그러면 "교실"이라는 대답이 선택되었다.

이렇게 세 시간에 걸쳐 어렵사리 피해자 조사가 끝났다. 이후에도 크고 작은 일들이 있었지만 이 사건은 무사히 기소 의견으로 검찰에 넘어갈 수 있었다.

사건에만 집중하다보면 사람을 놓칠 때가 있다

그런데 정작 정훈의 삶은 왠지 모르게 점점 힘들어지고 있다는 느낌이었다. 정훈의 부모님은 사건이 진행 중인데도 학교는 물론이고 국민신문고, 청와대에까지 매일 민원을 넣었다.

그럴 때마다 언론에 학교가 오르내리면서 학교 학부모회에서 이런저런 불만이 터져 나왔다. 면학 분위기를 망치고 학교를 나쁜 곳으로만 몰아간다는 목소리였다. 아이가 학대당한 것도 억울한데 학부모회의 집단적인 비난마저 맞닥뜨린 정훈의 부모님은 학부모회 임원들과도 크게 싸웠고 결국 한 임원과는 명예훼손 소송전이 시작되기까지 했다. 점점 아동학대라는 사건의 본질과는 멀어지는 진흙탕 싸움이 번지고 있었다.

그렇게 몇 개월이 지나가는 동안 정훈의 모습도 변해갔다. 웃으며 반기던 처음 모습과는 달리 생기가 없어지고 부모님과 함께 있지 않으려 하거나 부모님을 피하려는 모습도 보였다. 조용히 그 모습을 관찰하다가 아무래도 좀 이상한 느낌이 들어 부모님께 양해를 구하고 진짜 우리 단둘이 이야기를 나눠보기로 했다. 언어 표현은 안 되지만 정훈은 내가 하는 말이 맞는다는 표현을 고개를 두 번 크게 끄덕이는 방법으로 알려주었다.

"정훈아. 학교 다니는 데 불편하거나 힘든 점이 있니?"

끄덕끄덕.

"그래, 그랬구나. 혹시 이 사건 때문에 그런 거야?"

끄덕끄덕.

"정훈아. 혹시 선생님들이나 친구들 사이에서 힘들거나 어려운 점이 있니?"

정훈은 한참 가만히 있더니 얼굴이 벌게지기 시작했다. 그러더니 고개를 끄덕이는 대신 조용히 눈물을 뚝뚝 흘리는 것이 아닌가. 나는 망치로 머리통을 얻어맞은 것 같았다.

내가 놓치고 있었던 부분이다. 강한 피해 감정을 드러내는 보호자와 주로 이야기를 나누다 보니 정훈의 진짜 마음이 무엇인지 잘 살펴보지 못한 것이다. '무엇보다 당사자의 마음을 가장 중요하게 생각하기'는 이 일을 시작하면서 수도 없이 다잡은 원칙인데 어느 순간 그걸 잊고 있었다.

"정훈아. 많이 힘들었구나. 미안해. 너한테 먼저 물어봤어야 했는데. 정말 미안해."

발걸음을 돌려 사무실로 돌아오면서 이 사건을 처음부터 다시 곱씹어봤다. 처음 연락을 받고, 처음 만나기로 약속을 하고, 처음 정훈을 찾아갔던 그날, 부모님에게 명함을 드리고 인사를 나누던 그 장면이 떠올랐다.

정훈의 보호자를 자처하는 사람과 내가 나누던 그 활발하고 시끌벅적한 대화 옆에 분명히 정훈이 있었다. 우리 이야기를 정훈은 하나도 빠짐없이 듣고 있었다. 정훈은 내가 뭐 하는 사람인지, 무슨 이유로 자신의 집에 찾아왔는지도 잘 알았다. 바로 거기에 함정이 있었다. 내가 이렇게 믿어버린 것 같다. 정훈도 모두 '동의'하고 있다고.

정작 정훈이 원하는 사건의 해결 방법은 자신을 화장실에 가두었던 선생님에게 강한 처벌을 내리고 다시는 교편을 못 잡게 하는 것이 아니었다. 그저 평범한 학생으로, 학교의 당당한 구성원으로 존중받으면서 재미있게 학교 생활을 이어가는 것이었다. 물론 처음에는 선생님에게 당한 일 때문에 화가 나서 부모님이 하자는 대로 경찰서에 가서 피해를 알리는 용기를 내기도 했지만, 갈수록 학교에서의 상황이 악화했다. 정훈 주변에 소중한 사람들은 자신이 겪은 일 때문에 싸우고 또 싸웠고 그럴수록 정훈은 학교에서 외톨이가 되어갔다.

뒤늦게나마 정훈의 상황을 알게 되었지만 돌이키기에는 너무 먼 길을 돌아와버렸다. 결국 정훈은 자퇴를 선택했다. 전례 없는 방식으로 피해자 진술을 받아 애초에 사건으로 받아주지도 않던 사건을 기소되게 하고 피고인이 벌금형을 선고받은 사실은 나에게 아무런 위로도 되지 않았다. 당사자가 같은 공간에 있었다는 이유로 함부로 당사자의 생각을 단정하고 해결사 노릇을 하려고 한 나에게 대체 왜 그랬냐고 따져 묻고 싶었다.

언제나 다짐해도 '반보 뒤에서 함께 걷는 것'은 참 어렵다. 내가 성큼 한 보 두 보 앞설 수 있을 것 같을 때, 그게 더 합리적이고 효율적이라고 생각될 때 '그래도 그건 아니야' 하며 마음을 다잡아야 한다. 정훈과의 일로 이 반보 간격의 중요성을 다시금 새기게 되었다. 앞서려고 하지 않기, 당사자 바로 뒤에서 마음 변화와 동선을 면밀히 살피며 가기, 함께 가고 있다는 것을 숨결로 응원으로 서로 교감하기. 느린 것 같아도 그렇게 가는 길이 나도 당사자도 오래갈 수 있는 방법이기에 다시 스스로에게 말해본다.

동반자가 아닌 해결사는 절대 사절이라고.

목소리를 내지 않으면
변하지 않는다

친한 동생들과 택시를 타고 이동 중이었다. 막히지 않고 잘 미끄러져간다 싶더니 이내 굼벵이 걸음이다. 무슨 일인가 창밖을 내다보니 마침 저 앞 관공서 주변에 청년들이 모여 집회를 열고 있었다. 청년이 살아야 나라가 산다면서도 청년을 꿔다놓은 보릿자루보다 못하게 취급하는 법과 정책이 많은 현실을 잘 알고 있기에 차가 막히고 택시비가 좀 올라간다고 해도 내심 응원하며 택시 안에서 시위 구호에 마음으로 동참하고 있었다.

그때 갑자기 정적을 깨는 택시 기사님의 한마디. "학생들이 하라는 공부는 안 하고 저게 뭐 하는 짓인지, 쯧쯧."

일단 가만히 있었다. 백발의 기사님께서 왜 처음 보는 승객인 우리 앞에서 저런 말을 하실까 의아했지만, 뭐 기분 안 좋은 일이라도 있으신가 싶어 못 들은 척 가만히 있어봤다. 그랬더니 기사님은 아까보다 더 목소리를 키워 "다 퍼달라고 하면 나라가 망하지. 지들이 정치할 것도 아니고"라고 덧붙이신다.

아하, 기사님께서는 시위하는 청년들이 못마땅한 게 확실하다. 이유는 '머리에 피도 안 마른 젊은 것들이 하라는 공부는 안 하고 어른들의 의사 결정에 덤비다니?' 하는 괘씸함 같았다. 아니면 학생 신분에 우르르 몰려나와 구호를 외치는 정치 활동을 하는 것은 부적절하다고 생각하시는 듯했다.

때로는 나도 내가 당황스럽지만

기사님께서 본인의 속마음을 말씀하시며 물꼬를 트셨기에 나도 속마음을 말씀드려야 할 것 같았다. 그런데 처음부터 "그게 대체 뭔 소리랍니까?"라는 식으로 대화를 시작하기에는 도착지까지 거리가 좀 많이 남아 있었다.

"기사님은 저 나이 때 어디 계셨어요?"

내 질문에 약간 당황하셨는지 아무 말도 없으셨다. 그래서 "한국에 계셨어요?"라고 다시 여쭤보았다. 광복쯤 태어나 전쟁을 겪은 한반도 격동의 시대에 청년기를 맞으셨을 것 같아 던진 말이었다. 예상대로 기사님은 "경성에 있었지"라고 대답하셨다.

"경성에 계시던 청년 시절에 나라 때문에 울화통 터지고 열 받는 일은 없으셨어요?"라고 다시 여쭤보았다. 말해 무엇하랴. 그야말로 혼돈의 시대, 격동의 세월 한가운데를 온몸으로 걸어간 기사님의 청년 시절에는 말 못 할 울분과 고뇌가 적지 않았으리라. 우리의 대화는 급진전했다. 기사님의 젊은 시절 이야기를 듣다가 되물었다.

"저 청년들도 기사님처럼 그렇게 말하고 싶고 소리치고 싶지 않을까요?"

그러자 기사님은 고개를 저으며 아니라 하신다. 그때는 다들 어려웠기 때문에 울분이 있었을지 몰라도 지금은 다 먹고살 만하고 나라에서 복지도 잘 마련해뒀는데 저렇게 사회에 불만만 가지면 오히려 사회가 발전할 수 없단다. 법이나 정책 같은 건 정치인들이 고민할 일이고 학생이면 본분에 맞게 공부를 열심히 해야 한다는 것이다. 그래서 다시 여쭤보았다.

"기사님, 그런데 얼마 전에 서울에 버스전용차로가 확 늘어난다고 뉴스 나오던데 어떻게 생각하세요? 그렇게 되면 기사님 같은 택시 기사님들은 안 좋아지는 것 아니에요?"

그러자 기사님은 내 질문에 숨겨진 맥락을 이해하셨는지 자못 떨떠름한 표정으로 "그건 그렇지. 우리한테 물어보지도 않고 막…"하며 말끝을 흐리신다.

"기사님, 바로 그런 게 정치예요. 정치가 뭐 별건가요? 이 땅에 사는 사람들 이야기를 골고루 듣고 좋은 방향으로 뭔가를 결정하는 게 정치죠. 그래서 정치를 저 국회에 있는 사람들, 힘깨나 쓴다는 사람에게만 맡겨둘 일이 아니라 기사님과 저처럼 평범한 시민들이 목소리를 크게 내야 하는 거예요. 저는 그런 의미에서 아까 저 청년들이 고맙더라고요. 공부하기에도 엄청 바쁠 텐데 저렇게 모여서 같이 목소리를 내는 게 얼마나 힘든 일인데요."

기사님은 말없이 운전하시고 나는 다시 해맑게 창밖 풍경을 구경한다. 얼마 뒤 목적지에 도착했고 요금을 계산하고 내리면서 기사님께 "안녕히 가세요"하고 인사를 드렸다. 내리자마자 동승자였던 동생이 말했다.

"언니, 조마조마해서 진짜 죽는 줄 알았잖아. 아저씨가 갑자기 길에서 내리라고 할까 봐. 하여튼… 언니는 진짜 못 말린다."

일을 하다보면 좋게 좋게 넘어가지 말아야 하는 사람들을 만난다. 악의적으로 저러는 건 아니겠지 하면서 그냥 넘어갈까 하는 순간들을 마주할 때, 뒤로 물러서지 않고 그 마음을 어떻게

라도 표현해버리는 나 자신이 솔직히 좀 당황스러울 때도 있다.

웬만해서는 기죽지 않습니다

　수사 단계에서부터 안하무인으로 굴던 성범죄 피고인이
있었다. 성인이 된 지 십수 년이 지난 이 피고인은 막 성인이
된 어린 여성의 경제 사정을 이용하기로 마음먹었다. 피고인은
여성들에게 접근해서 돈을 많이 줄 테니 주방 아르바이트를 하
라고 했고 피해자는 피고인이 운영하는 술집 주방에서 안주를
만드는 아르바이트를 시작했다. 슬픈 예감은 왜 항상 틀리지
않는가. 머지않아 피고인은 피해자에게 손님 테이블에 가서 술
을 따르고 시중을 들게 하면서 이 일을 거부하면 주방 알바비
도 지급하지 않겠다고 했다. 그것도 모자라 많은 아르바이트생
을 상습적으로 성추행, 성희롱한 혐의로 재판을 받고 있었다.
재판에 와서도 아무런 반성 없이 피해자들을 탓했다. 끈기 없
이 중간에 그만두어 자신에게 경제적 타격을 입힌 알바생이 오
히려 처벌받아야 한다며 혐의를 시종일관 부인했다.
　나는 피고인의 법정 진술이 얼마나 재판부를 기만하는 것
인지 조목조목 반박하는 의견서를 제출하고 공판기일에 출석
해 판사님께 차분히 의견서의 내용을 말씀드렸다. 나의 변론을

듣는 피고인의 표정이 점점 일그러졌다.

재판을 마치고 법정 근처 화장실에 다녀오는데 법정 밖 복도에 씩씩거리는 피고인과 그 옆에 변호사가 보였다. 1층으로 내려가려면 그들을 지나쳐야 했기에 앞으로 걸어가는데 피고인 변호사가 피고인과 흘낏 눈짓을 하더니 옆을 지나치는 나를 향해 이렇게 말했다.

"저딴 것도 변호사라고."

순간 '내가 지금 뭘 들은 거지?' 싶었다. 대응할까 무시할까 대응할까 무시할까 1초 사이에 말풍선 백 개가 머리 주변에 비눗방울처럼 생겼다 사라지길 반복했다. 그 와중에 머리와는 상관없이 내 몸은 이미 고개를 돌려 주변 상황을 확인하고 있었다. 법정 경위가 없고 비교적 조용한 복도 상황을 확인한 다음 발걸음을 돌려 그 피고인과 변호사 쪽으로 걸어갔다. 예상치 못한 나의 동선 변화에도 짐짓 태연한 척을 하던 두 사람에게 다가가 나지막이 한마디 했다.

"부끄러운 줄 아세요."

그러고는 뒤돌아 성큼성큼 걸어 나왔다. 어찌나 뒤통수가 녹아내릴 것 같이 뜨겁고 귀가 간질간질하던지. 하지만 상대방도 생각과 감정이 있는 사람임을 표현하는 것이 그 사람의 남은 인생에도 의미 있는 일이 되리라고 생각하며 법원을 홀가분하게 나섰다.

말 같잖은 말에 더 이상 웃어주지 않기

할 말을 해야 하는 상황은 재판뿐 아니라 회의를 할 때도 불쑥 나타난다. 한번은 인권 관련 일을 하는 사람들이 정기적으로 모이는 회의에 참석한 적이 있다. 각자 자신이 사는 곳에서 인권을 대표한다는 사람들이 모인 자리였고 주제도 무난했기에 논의는 물 흐르듯 수월하게 진행되었다. 문제는 회의 내용이 아니었다. '인권' 일을 하는 모든 사람의 삶이 '인권 친화적'일 거라고 기대하면 안 된다는 걸 경험으로 아는 터였는데, 그날도 사건이 하나 있었다.

회의를 마치고 다음 행사에 참석하려고 다 같이 위층으로 이동하려던 때였다. 회의가 열린 장소는 일회용품 반입이 전면 금지된 곳이었기에 회의를 담당하던 직원들은 가까운 카페에 가서 일일이 카페 소유 텀블러에 음료를 받아 왔고 정해진 시간 안에 텀블러를 반납해야 했다. 딱 보면 척 아는 그 상황에서도 굳이 자신은 커피를 아직 덜 마셨다며 위층으로 텀블러를 가져가는 한 사람이 있었다. 몇몇 사람들이 "그거 여기 두고 가라던데요"라고 말했지만 그는 웃으며 텀블러를 손에 꼭 쥐고 발걸음을 옮겼다.

엘리베이터에 타는데 직원이 그 모습을 발견하고 뛰어와 "선생님, 저희가 텀블러를 반납해야 해서요"라고 죄송한 듯 조아리며 이야기했다. 짧은 순간이지만 불합리한 권력관계가 느껴졌다. 그런데 그는 별일 아니라는 듯 이렇게 대답했다.

"아, 얼른 마시고 가져다줄게요."

그 말을 들은 직원이 뭐라 답을 할 새도 없이 엘리베이터 문이 스르륵 닫혀버렸다.

이어 그는 잠깐의 침묵이 민망했는지 바로 이렇게 말했다.

"뭐 안 갖다주면 어쩔 수 없는 거지."

그 말 같잖은 말에 예의상 허허 웃어주는 사람도 몇 있었다. 그 말을 옆에서 직접 듣고 있자니 나도 모르게 곧장 이 문장이 튀어나왔다.

"네, 형법 제329조 위반 절도죄 현행범 되시겠습니다."

그날 처음 본 사람에게 처음 건넨 말이었다. 다행히 나와 비슷한 심정인 사람이 많았는지 내 말이 끝나자마자 엘리베이터 안에서 와하하 웃음이 터졌고 그도 겸연쩍은 듯 웃었다. 나중에 확인해보니 그는 역시 텀블러를 반납하지 않았고 직원은 미회수 텀블러 보증금을 돌려받지 못했다고 했다.

세상은 느리게 변한다. 결국 세상을 변하게 하는 것은 한 사람 한 사람의 작은 변화다. 텀블러를 끝내 반납하지 않았던 그가 살아가며 '절도'라는 단어를 마주할 때마다 약간씩 불편해지기를 바란다. 스스로 돌이켜서 변화하기 어려운 우리네 인생에 때로는 그런 작은 파동들이 작동한다는 것을 믿어본다.

낯모르는 사람들의
용기가 담긴 전화들

한창 집중해서 일하고 있는데 갑자기 전화기가 울리면 어떤 표정이 되는 편인가? 반갑다고 느끼기보다는 인상이 찡그려지는 경우가 더 많지는 않은가. 솔직히 나도 마찬가지다. 집중해서 법원에 제출할 문서를 쓰고 있을 때, 자료를 찾고 있을 때, 조용히 글을 써야 할 때 수시로 전화가 걸려오면 일의 흐름이 뚝뚝 끊기니 말이다.

그에 비해 아이들은 '여보세요' 놀이를 참 좋아한다. 나무 블록이나 숟가락, 심지어 찌그러진 페트병이라도 한 손으로 들고 얼굴에 갖다 대면 바로 전화 통화 모드로 돌변한다. 여보세

요? 엄마? 하며 장난을 걸어오는 아이들의 모습을 보면 사랑
스럽기도 하면서 한편으로는 참 신기하다. 아직 나이가 어린데
도 가짜 전화기를 귀에 착 갖다 대기만 하면 대화 모드가 통화
모드로 급변하니 말이다. 전화기라는 물건을 평소에 직접 다루
지 않는 아이들이라고 해도 직감하는 듯하다. 얼굴을 직접 보
고 하는 대화와 얼굴을 상상하며 목소리로만 이야기를 나누는
통화가 서로 얼마나 다른지.

　다양한 사람들을 만나는 것을 좋아하고 얼굴 보고 수다 떠
는 것을 좋아하는 성격이지만 아무래도 사무실에 걸려오는 전
화는 그와는 조금 다른 긴장감으로 받게 된다. 전혀 모르는 사
람들에게서 전화가 오기도 하고 통화마다 각기 다른 요청을 담
고 있기 때문이다. 그래서인지 오래 알고 지낸 한 장애인 단체
활동가는 "솔직히 단체 상담 전화 벨소리가 울릴 때마다 심장
이 떨리고 무섭다"라며 심정을 토로하기도 했다. 전화로만 듣
기에도 뒷목이 뻣뻣해지는 이야기가 차고 넘치는 곳임을 알기
에 오죽하랴 싶었다.

　장애인권법센터는 변호사 사무실이니 조금 다른 차원의
난감한 전화가 오기도 한다. 사건 내용과 상관없이 무턱대고
"장애인이니 공짜로 변호를 해달라"라거나, "좋은 일 하는 데
아니냐. 내가 돈이 없으니 대신 떼인 돈을 받아달라"라는 식의
막무가내 요청들이다. 어쨌든 시간을 내어 번호를 알아내서 전

화를 하신 분이 마음 상하지 않도록 신경 쓰면서 도움을 드리기 어렵다는 말을 하는 일은 몇 번을 거듭해도 적응이 안 된다.

그래도 사무실에 걸려오는 전화를 받는 것이 항상 부담스러운 것은 아니다. 사실 당사자를 상담하러 가는 것보다는 부담이 적은 것도 사실이다. 그나마 전화로 억울함을 '직접' 말할 수 있는 사람은 그럴 수 없는 사람(자신이 범죄 피해를 당하고 있다는 것을 아예 알지 못하거나, 어디엔가 연락을 해서 도움을 받을 수 있다는 인식 자체가 없는 경우)보다는 상황이 나은 경우가 많기 때문이다. 그런데도 가끔 긴장하며 조심조심 받는 전화들이 있다. 여느 전화 통화와 다름없어 보이지만 수화기 너머로 무언가 매캐한 기운이 전해지는 목소리가 쿵 다가오는 때.

수화기 너머로 감지되는 불길한 느낌

한번은 심드렁한 목소리로 "아빠랑 떨어져 지내려면 어떻게 해요?"라고 물어오던 한 남성이 있었다. 30대 초중반쯤 된 것 같은 목소리였다. 왜 떨어져 살고 싶은지 물어보니 자기는 다 큰 어른이라서 더는 아빠랑 살기가 불편하다고 답했다. 심정은 이해하지만 이런 이야기를 왜 법률사무소에 물어보나 싶다가 목소리 끝에 왠지 힘이 없기에 슬쩍 물었다.

"선생님, 혹시 복지카드 가지고 계시나요?"

머뭇거리다가 "네"라고 한다. 정신이 확 들었다. 이 발달장애인이 어떤 마음으로 용기를 내어 전화번호를 꾹꾹 눌렀을까. 더 말을 걸며 어디 사는지 지금 뭐 하는지 이야기를 나눠갈 무렵 그가 다급하게 "들어가봐야 해요. 끊어야 돼요"라고 말했다. 지금이 아니면 다시 통화하기 어려울 수도 있다는 예감에 "다음에 또 이야기 나눠도 될까요?"라고 말하고는 허락을 받아냈다.

아무래도 이상한 느낌을 지울 수가 없어서 당사자가 사는 곳과 가장 가까운 장애인 단체의 권리 옹호 활동가에게 연락을 하고 상황을 설명했다. 추가 연락은 그 활동가가 직접 할 수 있도록 다리를 놓은 후 사안을 지켜보기로 했다.

일주일쯤 지났을 무렵 활동가에게 다시 연락을 했다. 그리고 전화기 너머 들려오는 사건의 전말에 소름이 돋았다. 활동가가 시간을 내서 찾아갔더니 당사자는 생각보다 심각하게 학대를 겪고 있었다. 친부는 자식의 집에 들어와 살면서 신체적으로 학대할 뿐 아니라 경제적으로도 착취하고 있었다. 다행히 장애인 단체에서 즉시 개입해 경찰이 수사를 시작했고 피해를 당하던 발달장애인은 안전한 쉼터로 구출되었다. 범죄 사실이 빼곡히 적힌 구속영장이 청구되었고 학대 행위자인 친부가 마침내 구속되었다는 소식을 전해 들었다. 이렇게 전화 한 통은 누군가에게 동아줄이 되기도 한다.

좋지 않은 예감은 왜 이리 맞아떨어지는지

애된 목소리로 전화를 걸어온 한 여성의 갑작스러운 요청에 난감했던 적이 있다. 수급비를 혼자 받게 해달라는 것이다. '쎄한' 느낌을 지울 수가 없어서 무슨 이야기인지 자세히 말해달라고 하니 후견인이 수급비를 달라는 대로 안 준다고 불평을 하는 것이 아닌가.

두 문장으로 여러 사정을 추측할 수 있다. 이 여성은 수급비를 받는 사람이다. 이 사람의 후견인이 법원을 통해 선임되었고 국가에서 지원하는 수급비 그리고 어쩌면 장애 연금이나 장애 수당 등을 모두 후견인이 관리하고 있다는 것 등이다.

그런데 좀 이상한 점이 있었다. 전화기 너머 간간이 짜증 섞인 남성 목소리가 들리는데 뭔가를 옆에서 시키는 듯했다. 옆에 누가 함께 있는지 물어보았다. 대답 없이 가만히 있길래 "옆에 있는 남자분을 좀 바꿔주세요"라고 부탁했다.

잠시 걸걸한 목소리가 수화기를 타고 들어오는데, 그는 "아, 여보세요? 여보세요? 애가 장애인이라 자기 돈을 자기가 못 받고 있다고!"라며 다짜고짜 언성을 높이는 것이 아닌가.

다시 여성분을 바꿔달라고 했다. 지금 말고 언제 혼자 있는지, 이 전화번호가 본인 전화가 맞는지 짧게 물었다. 본인 전화라는 것만 확인하고 일단 도와줄 방법을 찾아볼 테니 안심하라고 이야기한 후 전화를 끊었다. 다시 전화를 걸기로 약속한 시간 10분 전에 휴대전화 알람이 울리도록 설정해두었다.

몇 시간이 지나 알람이 울리고 다시 그 여성의 전화번호로 전화를 걸었다. 차분히 통화를 이어가다 보니 첫 통화에서 느낀 안 좋은 예감이 왜 이리 맞아떨어지는지 절망스러웠다. 수급비가 문제가 아니라 그 여성은 위험에 빠진 상황이었는데 정작 본인은 전혀 모르는 눈치였다.

여성을 지원할 수 있는 근처 여성 장애인 상담소에 연락했다. 그를 직접 만나고 온 상담소 직원과 통화를 하니 역시 예상대로였다. 지적장애가 있는 이 여성에게 한 비장애인 남성이 SNS로 연락을 해왔고 여성은 별 의심 없이 이 남성을 만나게 되었다. 여성은 작업장에서 노동을 하면서 약간의 돈을 모아둔 상태였고, 다달이 장애 연금과 수급비가 들어오는 통장을 가지고 있었다. 남성은 겉으로는 여성을 자신의 여자친구라고 부르면서 빼낼 수 있는 모든 돈을 착취하는 중이었다. 게다가 가장 걱정되었던 성 착취 정황도 발견되었다. 우선은 상담을 통해 여성이 이 관계에서 벗어나고 싶은지 확인하고 여성의 안전을 확보할 방법을 찾은 다음 관련 증거를 모아 수사를 의뢰했다.

머리로는 상황을 이해했지만, 아직 마음으로는 자신의 현실을 잘 받아들이지 못하는 이 여성이 크게 마음을 다쳐 다시는 사람들을 믿지 못하게 될까 봐 걱정이었다.

수화기를 사이에 두고 우리는 엉엉 울었다

"뭐 좀 궁금한 게 있어서요. 애가 장애인이면 부모는 죽을 때까지 친권이랑 부양의무가 있나요?"

얼굴 모르는 한 여성의 날카로운 목소리가 전화기를 타고 귀에 꽂히는데 뭐라 대답을 해야 하나 잠깐 고민했다. 일단 최대한 담담한 목소리로 "친권은 미성년 자녀가 성인이 되면 소멸하고, 민법상 직계혈족 간에는 서로 부양의무가 있습니다"라고 이야기했다. 솔직히 말하면 서둘러 끊고 싶다는 생각이 1초간 스쳤지만, 숨을 고르고 다시 물어보았다.

"장애 아이를 키우고 계신가요, 어머니?"

온갖 짜증을 담아 묻는 말에 대답이나 하라던 여성의 격앙된 목소리가 차츰 잦아들었다. 기왕 이야기를 시작했으니 나도 끝을 보자 싶은 마음에 40분 넘게 물어보고 들어보았다. 인터넷으로 "장애인 인권"이라는 검색어를 타고 들어와 다짜고짜 화풀이하듯 내게 전화를 했던 그는 부드러운 어조로 끈질기게 묻는 나의 태도에 초반에는 약간 당황하다가 하나씩 하나씩 자기의 이야기를 털어놓았다.

어린 나이에 엄마가 된 그녀는 장애아를 낳았다며 남편과 시가의 모진 학대를 감내하다 결국 이혼을 당했다. 아이를 혼자 키울 경제적 형편이 되지 않았던 이 여성에게 시가는 장애아를 임신한 것이 죄라는 말도 안 되는 말을 하며 그래도 자기 집안 씨앗이라고 장애가 있는 아이를 데려갔다. 당시 여성의 입장에서는 멀리서나마 아이가 건강하게 잘 자라길 빌 뿐이었다. 그러던 어느 날 친부가 아이를 학대해 형사처벌을 받게 되면서 아이는 아무런 준비가 되어 있지 않았던 친모인 이 여성과 갑자기 살게 되었다.

그 뒤로 전남편에게 양육비 한 푼 받지 못한 채 아이를 키워야 했고 그 과정에서 사회가 시키는 갖은 궂은일을 감내해야 했다. 보육 기관에 입소할 권리, 최소 생계비를 지원받을 권리 등 아이가 사람으로서 마땅히 누려야 하는 권리를 거절당하는 일은 일상이었다. 지독하게 외로운 그날들을 견디던 어느 날 엄마는 아이를 살해하고 자신도 따라 죽으려고 마음먹었다. 둘의 죽음 이후를 생각하며 주변을 정리하다가 갑자기 치솟는 화를 풀어낼 곳이 필요해서 내게 전화를 한 것이었다.

수화기 하나를 사이에 두고 얼굴도 모르는 우리는 엉엉 울었다. 잦아들다가 또 터져 나오는 눈물을 닦으며 누구에게나 태어난 이유가 있다고 쉽게 말해주기 어려운 인생이 적지 않음을 다시 한번 절감했다. 그래도 살아 있어줘서 고맙다고 꾸벅 인사를 하며 통화를 마무리하자마자 급하게 편모 가정과 장애 아동에게 연결할 수 있는 사회복지 체계를 끌어왔다. 폭풍 같은 두 시간 정도를 보내고 나니 등에서 모락모락 김이 나는 것 같았다. 며칠 뒤 통화한 그의 목소리는 한결 가벼웠다. 급하게 생계비를 지원받았고 앞으로 이것저것 지원될 것들이 배정되어 심사를 하고 있다고 했다.

"이제는 좀 견딜 수 있을 것 같아요."

견디는 것을 넘어서 숨이 좀 쉬어지면 상황을 이렇게까지 만든 원인을 법적으로 하나하나 풀어보자 약속했다. 못 받은 양육비도 받아야 하고 독박 육아에 대한 쉼도 좀 누려야 하지 않겠는가.

코로나를 거치며 이제는 일상이 된 비대면의 시대는 누군가와 대면해야만 그나마 살 힘을 얻는 상황에 놓인 사람들을 더 가혹하게 만들고 있다. 낯모르는 사람들의 용기가 담긴 전화가 내게 단지 귀찮은 일만은 아닌 이유이기도 하다.

물론 처리할 일이 쌓였을 때는 전화도 제대로 못 받을 때가 있지만 그래도 그 목소리들이 괜히 고맙다. 힘든 상황 가운데에서도 전화번호를 찾아보는 관심도, 전화기를 들어 낯선 번호를 꾹꾹 누르는 노력도, 얼굴도 모르는 나에게 아무도 몰랐

으면 하는 자기만의 속상한 이야기를 털어놓는 용기도 모두 고
맙다. 소리 없는 아우성들이 메아리처럼 허공에 흩어지더라도
그 안에 녹아 있는 약간의 고마움과 미안함이 켜켜이 내려앉아
거뭇한 사회 곳곳을 조금씩 밝혀주리라 믿는다.

2부

✦

함께 실타래를 풀어갈 사람이
곁에 있다면

누구나 감추고 싶은 슬픔이 있다.

다시는 떠올리고 싶지 않은 기억 속 장면도 있다.

처음 보는 낯선 사람인 나에게 그 비밀스러운 슬픔과 괴로움을

털어놓아야 했던 마음은 이리저리 얽힌 실타래처럼 복잡했을 것이다.

완벽하게 풀 수 있는 실타래는 거의 없지만

그래도 함께 천천히 풀어가는 사람이 있다면

과정이 조금은 덜 지루하리라 믿으며

나도 같이 그 실타래를 푼다.

부당한 일에 용기를 내는 사람들에게

조금이라도 도움이 되기를 바라면서.

오지랖이
정의 구현의 힘이다

성폭력 피해를 입었다는 지적장애인 여성 사건을 받아 들고 일단 그 여성에게 전화를 걸었다. 계속 연락이 안 되다가 겨우 목소리를 들을 수 있었는데 제대로 이야기를 나눠보려고 했지만 쉽지가 않았다. 내 말을 알아듣는 것 같지 않았고 나도 전화기 너머로 들려오는 여성의 말을 이해하기 어려웠다. 아무래도 전화로는 한계가 있을 것 같았다. 서둘러 전화를 끊으려는 여성에게 얼굴 보고 이야기 나누고 싶은데 집에 한번 놀러가도 되냐고 물어보았다. 그렇게 그 여성, 정은과 만나게 되었다.

가장 편한 공간에서 이야기를 나누는 이유

정은이 남편과 살고 있다는 도심 외곽의 한 영구 임대 아파트 앞에 도착했다. 맡은 사건의 피해자 모두를 다 일일이 집에 찾아가서 만나지는 않지만, 이 사건은 애초에 경찰에서 정리한 범죄 사실부터가 상식적이지 않았기에 꼭 만나고 싶었다.

아무리 피해자가 지적장애인이라 해도 생판 모르는 사람과 초면에 낮술을 마시다가 갑자기 대중교통으로 제법 먼 곳까지 이동해 심지어 그 가해자의 가족이 함께 생활하는 집에 갇혀서 성폭력을 당하는 사건이 흔한 일은 아니다. 글로는 읽히지만 동선이나 상황이 머릿속으로는 도무지 그려지지 않았다. 그래서 당사자에게 가장 편한 공간에서 함께 이야기를 나눠보기로 한 것이다.

오래되고 좁은 현관문을 열어준 정은을 따라 집으로 들어가는데 면적 전체가 고작 여덟 발자국도 나오지 않는다. 방이 너무 좁은 데다 온갖 잡동사니가 가득이어서 그나마 집에서 가장 넓은 거실에서 이야기를 나눠야 했다. 성인 세 사람이 엉덩이 붙이고 앉으면 말 그대로 꽉 차는 공간이었다. 거실에는 침대가 놓여 있었고 그 위에는 이불 덩어리가 천장에 닿을 듯 쌓여 있었다. 방이 너무 작아서 침대가 들어가지 않아 그냥 거실에 침대를 놓고 산다고 했다.

그래도 나름 야심 차게 준비한 나의 유기농 당근케이크가 마음에 들었는지 정은은 초면이지만 무척 반가워해줬다. 선뜻 문을 열어준 것도 고마웠고 나를 위해 작은 방석을 주섬주섬 꺼내어 놓아준 것도 감동이었다. 케이크와 함께 사온 우유를 바닥에 내려놓고 신이 나서 본격적으로 수다를 떨어보려는데 갑자기 침대 위에서 뭔가가 물끄덩 움직이는 것이 아닌가! 쳐다보니 웬 남성의 떡진 뒤통수가 눈에 들어와 나는 깜짝 놀라 소리를 지를 뻔했다. 정은은 그런 나를 보며 담담하게 "아… 남편이에요"라고 했다. 남편이 저녁에 일을 나가야 해서 낮에 잠을 자야 한단다.

자는 남편 옆에서 다른 사람에게 당한 성폭력 피해를 설명하는 것이 많이 불편할 것 같아 귓속말로 "우리 다른 곳에 가서 이야기할까요?" 하고 물어보니 그냥 여기가 좋다고 했다. 남편은 지적장애와 지체장애가 있어서 깊은 잠을 뿌리치고 자리를 옮길 상황이 아니었고 밖에 나가는 것은 정은이 싫어했다. 그래서 우리는 조용한 숲속에 캠핑 온 사람들처럼 베란다 쪽으로 자리를 옮겨서 서로 눈을 보며 속닥속닥 이야기를 나누었다.

정은의 지적장애가 심한 편이라 내용이 중간에 뚝뚝 끊어지긴 했지만, 그래도 처음부터 하나하나 물어보니 대답이 편안하게 나왔다. 차근차근 상황을 복기했다. 같이 가해자를 욕하며 낄낄거리다 보니 이해가 안 가던 당시 상황이 하나씩 맞춰졌고 비슷한 혼란에 놓일 수사관, 검사, 판사를 위해 사건 내용을 입증할 만한 증거들을 동선에 맞추어 모았다. 사진도 모으고, 지도에 표시도 하고, 피해를 당한 공간을 알기 쉽게 그림으로 그렸다. 그러는 동안 우리는 오랜만에 만난 자매처럼 마음속 이야기를 나누고 있었다.

사실 내가 할 일은 여기까지였다. 돌아가서 의견서를 잘 적고 모은 증거를 잘 붙여서 내는 일. 조금 더 오지랖을 부리자면 피해자가 유사한 피해에 또 노출되지 않도록 지원할 수 있는 기관과 사람들을 연결하기까지 하면 최선이었다. 그런데 기왕 이렇게 신뢰와 친근감이 잘 형성된 김에 정은에게 더 물어보기로 했다. 요새 사는 것은 괜찮은지.

별문제 없다고 하면서 연신 휴대전화에 신경 쓰는 모습이 걱정되었다. 상담하는 내내 휴대전화를 손에서 놓지 못하면서 계속 뭐라고 답장을 보내는 모습도 불안해 보였다. 슬쩍 웃으며 "왜 이렇게 인기가 많아요?" 하고 물어보니 정은은 확 얼굴을 찌푸리며 "짜증 나요"라고 대답하는 것이 아닌가. 뭐가 그렇게 짜증 나는지 휴대전화를 잠깐 같이 봐도 되냐고 물어보았고, 정은은 내게 선뜻 휴대전화를 내어주었다. 불길한 예감이 눈앞에 현실로 드러나는 순간이었다. 문자메시지뿐만 아니라 카카오톡 그리고 다른 메신저에도 불쾌한 글자들이 가득 들어

차 있었다. 연락처 저장조차 되어 있지 않은 모르는 번호들이
더 많았다.

혼자 있어?
이렇게 한번 할래?
돈 줄게. 돈 안 필요해?
지난번에 우리 다시 보기로 했잖아.

"집에 있을 때 심심하면 주로 뭘 하세요?" 하고 물어보니
피해자는 자주 SNS 오픈채팅방에 들어간다고 했다. 모르는 사
람들이 자기한테 말을 걸어오는 것이 신기하고 재미있다고 했
다. 참여했던 오픈채팅방을 살펴보니 맞춤법이나 대화 내용에
서 정은의 취약성이 여실히 드러나 있었다. 이런 취약함은 성
범죄 대상을 찾는 사람들에게 손쉬운 표적이 된다. 가해자는
한번 표적으로 찍으면 피해자가 답장을 할 때까지 밤이고 낮이
고 메시지를 보낸다. 그렇게 대화를 나누다가 피해자가 조금
마음을 놓는다 싶으면 가해자들은 추적이 불가능한 다른 SNS
로 넘어오라고 유도한다. 가해자 양성 학원에서 비밀과외라도
시키는 듯한 이 뻔하고 일관된 수법들이 정은의 휴대전화에 그
대로 남아 있었다.
"이런 문자를 보면 어떤 마음이 들어요?"

인상을 찡그리며 기분이 나쁘다고 한다. 앞으로 어떻게 하면 될지 불쾌한 연락을 차단하는 방법을 알려주고 함께 하나씩 하나씩 지우며 차단하는 연습도 해보았다. 모르는 사람이 연락을 해서 이름이나 사는 곳, 전화번호를 물어보면 절대 대답하지 않기로 손가락을 걸고 꼭꼭 약속도 했다.

"싹 다 감옥 갔으면 좋겠어요"

엉덩이가 쉽게 떨어지지 않았다. 걱정이 됐다. 그래서 조심스레 물어보았다.

"혹시 이 동네에 사는 사람 중에는 이렇게 괴롭히거나 귀찮게 하는 사람은 없어요?"

그러자 마침 말하고 싶었다는 목소리로 "있어요"라고 대답하는 것이 아닌가.

예상한 대답이었지만 듣자마자 가슴이 철렁 내려앉았다. 하지만 아주 드문 일도 아니었기에 심호흡을 하고 이야기를 이어나갔다.

"일단 가장 짜증 나게 하는 인간부터 우리 골라볼까요?"

그렇게 지목된 동네 할아버지는 하루가 멀다 하고 계속 연락을 해온 정황이 보였다. 다행히 모든 통화가 자동 녹음되고 있던 터라 그 번호로 들어온 수신 전화의 녹음 파일을 찾을 수 있었다. 정은의 성을 착취할 목적으로 걸려온 아주 중요한 통화 녹음 파일이 휴대전화 용량 제한으로 자동 삭제되기 직전이었다. 007 작전처럼 재빠르고 은밀하게 파일을 내 이메일로 보냈다.

그 할아버지 말고도 "삼촌"이라는 인간, "○○아빠"라는 인간도 찾아냈다. 그동안 보낸 문자와 그 속의 불법 촬영물과 외국 포르노 동영상만 보더라도 얼마나 집요하게 성 착취를 이어왔는지 잘 알 수 있었다. 어떤 상황인지 확인했으니 더는 사건에 관해 입을 열지 않았다. 스스로 명확히 사건을 끄집어내기 어려운 상태의 피해자에게 느닷없이 진실을 파헤치겠다며 자세히 사건을 복기하도록 하면 오히려 그 과정에서 진술이 오염되거나 기억이 왜곡되는 등 부작용이 더 크기 때문이다. 그렇지만 마지막으로 한 가지는 확인해야 했다.

"이 사람들을 어떻게 했으면 좋겠어요?"

"싹 다 감옥 갔으면 좋겠어요."

내게는 그걸로 충분했다. 조용히 속으로 쾌재를 불렀다.

우리 앞에 놓인 케이크가 절반으로 줄어드는 시간 동안 폭풍이 지나간 것 같았다. 그래도 '나쁜 인간들은 언젠가는 꼭 잡히는구나', '이제라도 끊어낼 수 있어서 참 다행이다'라는 생각에 안도의 숨이 절로 나왔다. 내내 낄낄대던 우리는 수다를 마무리 지었고, 인사를 하고 밖으로 나왔다.

벌써 한낮이 되어서 해가 쨍했다. 겉으로는 평온해 보이는 동네에서 피해자에게 이런 일이 일어나는 오랜 기간 동안 아무런 보호 체계도 작동하지 않았다니. 크게 심호흡을 하고 전화기를 들었다. 원래 사건을 수사하던 수사관에게 새로 발견된 범죄들을 알리고 동시에 신변 보호 요청을 해야 했다. 구청 사례지원팀에 연락해서 더 안전한 곳에서 살 수 있는 방법도 찾아야 했다. 아울러 장애 여성 성폭력 상담소에도 연락했다. 담당 상담원이 지정되면 다음에 이 집에 함께 방문하기로 미리 약속까지 했다.

얼마 후 새로 고소장을 써서 제출한 추가 사건들의 가해자들이 줄줄이 구속되고 있다는 이야기를 경찰로부터 전해들었다. 재판이라는 산을 지나 형을 선고받기까지 얼마의 시간이 더 걸릴지 모른다. 그래도 정은은 지금까지보다는 더 힘 있게 살아갈 것이다. 예전처럼 혼자서만 힘들게 "안돼요", "싫어요"를 읊조리며 부당한 일을 삭히지 않을 것이다. 두려워하며 묻어두지 않고 도움을 요청할 수 있다는 것을 알았기 때문이다. 새로 살게 된 깨끗한 동네에서 새로 연결된 복지관이나 상담소 사람들과 보내는 시간을 통해 정은이 일상을 조금 더 재미있게 채우는 힘을 얻으리라 믿는다.

정은이 겪은 일과 비슷한 사건들이 뉴스로 보도될 때는 '집단 성폭행'과 같은 자극적인 단어로 덕지덕지 덧칠해진다.

그래서 사람들은 되려 관심을 두지 않으려고도 하지만 사실 이런 류의 사건은 우리 삶 주변에서도 종종 일어난다. 장애인을 대상으로 한 성폭력 사건 중 정은 씨의 사건처럼 잘 해결되는 경우도 있지만 대다수는 기소조차 되지 않는다. 장애인 성폭력에 대한 국민적 공분을 정치적 기회로 활용하여 무책임하게 장애인 성폭력 범죄의 법정형만 두 배로 올려놓음으로써 기소율이 반토막이 났다. 법 개정이 국회의원의 성과로 치장되었을지는 몰라도 오히려 현장에서는 확실한 증거가 없는 사건은 공소 유지의 어려움 때문에 기소조차 되지 않게 되었기 때문이다.

사람을 욕망의 도구로 깔아뭉개는 이 문제는 칼로 무 자르듯이 간단하게 해결되지 않을 것이다. 어쩌면 또 다른 정은 씨를 앞으로도 여러 명 만날 수도 있다. 적어도 우리 주변에 이런 일들이 무수히 벌어지고 있음을 함께 알면 좋겠다는 생각으로 이렇게 글을 쓰고 있는지도 모른다.

육아휴직 기간에
성폭력 전문 상담원이 되다

성폭력 전문 상담 공부를 해야겠다는 생각이 든 것은 변호사 생활을 시작하고 몇 년이 지나서였다. 지적장애 여성 피해자를 많이 만나다 보니 피해 내용은 비슷해도 피해 당사자의 장애 상태에 따라 표현 방식이 천차만별이었다. "몸에서 아기가 나오는 길을 뭐라고 불러요?" 하는 내 물음에 저마다 모두 다른 단어로 대답하는 것을 들으며 내가 법률가랍시고 멋대로 사건을 판단하지 않으려면 먼저 당사자의 언어로 사건을 읽는 훈련을 해야 함을 깨달았다. 성폭력 전문 상담원*이 무엇인지도 그 무렵 알게 되었다.

마침 둘째가 배 속에서 무럭무럭 자라나고 있었는데 출산 이후 몇 개월 육아휴직을 내기로 마음먹은 상황이었다. 8개월 정도의 시간을 어떻게 재미있게 지낼지 궁리했다. 첫째를 낳고 50일이 되었을 때부터 들썩이는 엉덩이를 참지 못해서 애를 둘러메고 여기저기 일하러 다니던 못된 버릇을 이번에는 원천 차단하기로 했다. 바깥으로 돌아다니지 못하게 집 안에 '셀프 유배'할 계획이 필요했다. 원래 둘째 낳고 할 일 리스트는 논문 하나 쓰기, 사회복지사 자격증 따기 이렇게 두 개였는데 하나 더 추가했다. 성폭력 전문 상담원 자격증 따기.

둘째가 태어나고 백일이 좀 지났을 때 성폭력 전문 상담원 과정에 입문했다. 겨우 팔뚝만 한 아기를 메고 와서 강의를 들으며 젖을 먹이던 내 모습에 같이 강의를 듣던 사람들이 농담 반 진담 반 나를 아동학대로 신고하겠다고 했다. 아무리 내가 하고 싶은 일이어도 아기에게 부담이 되면 안 될 것 같아서 포기해야 하나 고민하는데 마침 동생이 선뜻 하루에 몇 시간 동안 아기를 봐주겠다고 손을 내밀었다. 고마운 그 손을 덥석 잡고 두둑한 현금 뭉치를 넘겨준 다음 날부터 나는 편하게 유축

---

* 「성폭력방지 및 피해자보호 등에 관한 법률」에 따라 백 시간 이상의 성폭력 상담원 교육을 받아 취득할 수 있다. 여성가족부에서 운영하는 자격으로 여성학, 성폭력 피해자 지원, 성교육과 성폭력 예방법 등 다양한 내용의 교육이 진행된다. 법률상 자격을 갖춘 후에는 성폭력 상담원 또는 성폭력 예방 교육 강사로 활동할 수 있다.

을 하면서 상담원 교육 과정을 이어갈 수 있었다.

3주 정도 매일 몇 시간씩 엄마 없이 이모와 지내며 잘 먹고 잘 웃고 잘 자는 아기의 도움을 받아 무사히 성폭력 전문 상담원 자격증을 받던 날, 아무것도 아닌 종이 한 장일 수도 있지만 나로서는 천군만마를 얻은 기분이었다.

"무기력한 일상에 돌파구가 필요했어요"

자격증을 얻은 후 몇 개월이 지나 만난 소민은 태어날 때부터 지적장애가 있던 20대 초반 여성이었다. 잠깐 이야기를 나눠보면 지적장애가 있는지 알기 어려웠다. 시설에서 산 적이 없었고 지역사회에서 자라났기에 사회적 맥락도 비교적 잘 이해하는 편이었다. 밝고 붙임성 있는 소민이 이야기를 시작하면 나도 모르게 빠져들 때가 많았다.

도시에서 나고 자란 소민은 특수학교가 아닌 집 근처 일반 학교에 다녔다. 같은 학교에 장애인 학생이 있긴 했지만 지적장애인은 거의 만나기 어려웠다. 지적장애가 조금이라도 있으면 다 장애인 거주 시설이나 특수학교로 보내던 시절이었다. 아이러니하게도 소민이 일반 학교에서 통합 교육을 받은 이유는 바쁜 부모님의 생활 편의가 가장 컸다. 특수학교가 집에서 너무 멀었기 때문이다.

집에서 가까워 손이 덜 간다는 이유로 일반 학교에 다녔지만 학교에 지적장애 학생을 이해하고 적절하게 상호 작용해주는 사람은 아무도 없었다. 말을 걸어주는 친구도 없었기에 자기를 주목해주고 놀리는 것조차 고마울 지경이었다. 학창 시절 내내 그림자처럼 따라다니던 따돌림은 소민의 마음에 크고 작은 멍을 만들었다. 새로운 사람이 있는 곳에 갈 때면 자신이 여기에서 환영받는 존재인가 아닌가를 민감하게 감지하며 모르는 사람에게 잘 보이려고 노력하는 성향도 그 시기를 거쳐오면서 더 강해졌다. 소민은 비장애 학생들과 같은 교복을 입고 있었지만 철저히 유리된 채 살면서 그저 출석 일수를 충실히 채웠다는 이유로 일반 중학교와 일반 고등학교 졸업장을 받아 들었다.

졸업 이후 이제는 지긋지긋한 학교에 가지 않으니 좀 살 만하겠다 싶었다. 그런데 하나도 좋아지지 않았다. 집에 남아 더 외로워졌기 때문이다. 특수학교에 다니는 장애 학생들은 고등학교반을 졸업하면 직업반으로 옮겨 2년 정도 더 학교라는 공간에 남아 취업 훈련이나 취업 지원을 받을 수 있었지만 소민에게 취업은 언감생심이었다. 학교에서 받은 따돌림이 차라리 그리울 때가 있을 만큼 지겨운 일상이 이어졌다.

탈출구가 필요했다. 부모님은 한창 예쁘게 꾸미고 싶어 하는 소민에게 화장도 못 하게 하고 허락 없는 외출도 금지했다. 집에서 할 수 있는 일은 멍하니 TV 보기가 대부분이었고, 머리가 좋아진다며 부모님이 강제로 시킨 레고 조립이나 퍼즐 맞추기를 가끔 하기도 했다. 그렇게 1년 넘게 집이라는 시설에 갇혀 지내던 소민은 어느 날 더는 못 참겠다는 생각이 꽉 차올랐다.

점심을 먹고 홀린 듯 아무렇지 않게 가출을 감행했다. 난생 첫 일탈에 가슴이 두근두근했지만 그래 봤자 집 근처 지하철역에 붙어 있는 큰 공원이었다. 해가 질 때까지 공원 벤치에 앉아 세상 구경을 했다. 불야성 같은 공원 가로등 덕에 늦은 밤까지 사람이 끊이지 않았다. 저녁이 되자 배에서 꼬르륵 소리가 났다. 배가 고파왔다. 집에 다시 돌아갈까 생각하는데 마침 엄마한테 전화가 걸려왔다. 이대로 들어갈 수는 없다는 생각에 집 근처에 잘 있다고 걱정 말라며 전화를 받았다. 다음 전화부터는 받지 않았다. 뭐 어떻게든 되겠지. 왠지 어른이 되고 처음으로 맘대로 뭔가를 한다는 생각에 무섭기보다는 괜히 신이 났다.

그때 저쪽에서 웬 허름한 옷에 수염이 덥수룩한 남자들이 다가왔다. 언뜻 보기에도 소민보다 훨씬 나이가 많아 보이는 아저씨들이었다. 다른 사람들이 그들을 "노숙자"라고 부른다는 것을 소민은 몰랐다.

그들은 소민을 원래 알던 사람인 것처럼 다가와 반갑게 인사하며 농담을 척척 건넸다. 예쁘다며 같이 놀자고 했다. 심심했는데 모르는 사람들이 먼저 놀자고 해서 내심 기뻤지만 대놓고 좋아하지는 않으며 마지못한 척 그러겠다고 했다.

공원 가로등 아래서 저녁으로 컵라면을 먹었다. 컵라면 수가 모인 사람에 비해 턱없이 모자라 국물만 얻어먹었는데도 환상적인 맛이었다. 난생처음 소주도 마셨는데 목이 타들어가는 것 같았지만 다른 아저씨들처럼 아무렇지도 않게 "크" 하는 소리를 내며 넘겼다.

밤이 깊어지자 소민에게 잘 곳이 없다는 것을 눈치챈 일행 중 한 남자가 자기 집에 가서 잠을 자라고 했다. 조금 무섭기는 했지만 몇 시간 동안 공원에서 그 남자의 무리들과 깔깔 웃으면서 놀았기에 그렇게 많이 걱정되지는 않았다. 그래도 막상 그 남자의 집에 가려고 자리를 털고 일어서니 조금 불안해졌다. 집에 연락해볼까 했지만 전화기 배터리가 다 떨어져 있었다. 저녁부터 자정이 넘어서까지 소주도 먹고 맥주도 먹고 과자도 먹었기 때문에 이제는 어디서 좀 쉬고 싶었다. 조금 망설이다가 남자를 따라나섰다.

남자가 사는 방은 너무나도 작았다. 방이라기보다는 좁은 창고 같았다. 냄새도 많이 났다. 다른 사람들이 그 동네를 "쪽방촌"이라고 부르는 것도 소민은 몰랐다. 그렇게 몇 날 며칠을 그와 함께 보냈다.

소민은 남자를 오빠라고 불렀고 오빠는 어디서 빵이나 우유를 얻어 와서 소민에게 주었다. 태어나서 가족이 아닌 사람과 이렇게 오랜 시간을 보내기는 처음이었다. 술 냄새 나는 그 오빠가 무슨 말을 하는지 잘 못 알아들을 때가 많았지만, 그래도 살면서 처음 해보는 여러 경험들이 나쁘지만은 않았다.

"내가 나를 가장 많이 사랑해줘야 해요"

소민과 연락이 끊어지자마자 가족들이 실종 신고를 했고 며칠이 지나 경찰이 각고의 노력 끝에 소민을 발견했다. 그다음 날 나는 처음으로 소민과 이야기를 나눌 수 있었다. 가족들이 옆에 있을 때는 입을 비죽거리면서 한마디도 안 하더니 공원에서 했다던 술 게임에 유독 관심을 보이는 나에게는 이런저런 이야기들을 해주었다.

"저는 사실 오빠랑 결혼했어요."

"우리 둘은 앞으로도 같이 살기로 했어요."

"사랑하는 사이니까."

"오빠가 저한테 엄청 잘해줬는데 왜 자꾸 경찰이 저랑 오빠랑 무슨 일 있었는지 물어보는 거예요?"

이토록 신나게 오빠 이야기를 하는 소민이 모르는 일들이 있었다. 소민의 삼촌과 동갑인 그 오빠라는 사람이 며칠간 소민을 데리고 있으면서 소민의 지갑 속 신분증으로 네 개의 대포폰을 만들어 팔았다는 것을, 공중전화로 소민의 가족에게 연락해 "내가 당신 딸을 데리고 있으니 무사히 돌려받고 싶으면 돈을 가져오라"라고 말한 사실을, 그러다가 잠복해 있던 경찰에게 잡혀 지금은 구치소에 가 있다는 사실을 소민은 모두 모른다.

어디까지 이야기를 해주어야 하나 고민이 많이 되었다. 소민에게 성폭력의 정황이 있다고 말해주자 담당 경찰은 자기가 스스로 가출해서 자기가 좋아서 한 일을 왜 '성폭력'이라고 봐야 하는지 의아해했다. 어떤 상황 안에서 소민이 가출을 했고 어떤 이유로 가해자를 "사랑하는 사이"라고 진술했는지, 그 맥락을 이해할 수 있는 법이 아직 없기 때문이다.

지적장애 여성을 대상으로 하는 성범죄 사건을 이해하려면 지적장애 여성의 사회문화적 맥락을 이해하는 일이 선행해야 합니다. 지적장애인은 비슷한 시기에 많은 사람과 폭넓은 인간관계를 맺기 어렵습니다. 그래서 주변에 있는 소수의 인적관계에 지나치게 매진하고 과하게 의존하는 경향을 보입니다. 이는 지적장애 여성이 어떻게 자라오고 생활하는가를 들여다보면 더 쉽게 이해할 수 있습니다.

여성이 지적장애가 있을 경우 어릴 때부터 가정에서 순종과 통제에 익숙한 생활을 해온 사례가 많고, 협소한 인간관계를 가지고 있습니다. 그러다 보니 자신에게 조금만 잘해주는 사람(특히 비장애인)이 나타나면 쉽게 친밀감을 드러내기도 합니다. 가해자의 돌봄에 길들여진 지적장애인은 가해자가 본인을 착취하는 상황에 어떻게 대응할지 혼란스러워합니다.

사회적으로 고립되어 자라왔기에 애정과 관심을 받으려고 원치 않는 성적인 관계에 끌리기 쉽습니다. 이런 상황에서 실제로 성적인 관계가 되면 이것을 성범죄로 인식하기보다는 애정관계로 인식하여 그 관계를 어떻게 처리해야 할지 알지 못하는 상황에 처합니다.

가해자는 피해자를 가족들에게서도 고립시키고 자신이 연락을 피하거나 거부하는 것이 피해자에게 큰 심리적 압박이 된다는 것을 이용하는 경우가 많습니다. 설령 문자메시지를 통해 나눈 대화에서 피해자가 먼저 연락하거나 애정 표현을 하는 것처럼 보이더라도 애정 관계라고 단정하기보다는 이 힘의 불균형을 반드시 수사 과정에서 고려해야 합니다.

아무리 의견서를 써서 내고 수사기관을 설득해도 우리 사회가 이러한 상황을 남녀 사이의 육체적인 관계로 여기는 '화간和姦'으로 단정 짓는 한 사건의 결과는 달라지지 않는다. 결국 소민에 대한 성폭력 범죄는 입건조차 되지 않은 채 스리슬쩍 종결되었다.

실연당했다고 진심으로 속상해하는 소민을 위로할 방법을 찾다가 마침 소민이 사는 동네에서 그리 멀지 않은 장애인 성폭력 상담소 부설 센터에 자조모임* 프로그램이 있다는 것을 알아냈다. 가지 않겠다는 소민과 보낼 수 없다는 소민의 가족을 몇 날 며칠 설득해서 우리 둘이 함께 자조모임에 참석했다.

재미없을 거라는 예상과는 다르게 깔깔 웃음이 터져 나왔고 흥미진진한 활동들이 이어지자 소민이 가장 적극적으로 활동했다. 첫 모임이 끝난 이후 몇 개월간 소풍도 가고, 마트에 가서 장을 한아름 봐와서 음식을 만들어 먹고, 작품도 함께 만들어 발표회를 하면서 한층 밝아진 소민을 다시 만났다. 어떻게 살았는지 이야기를 나누던 중 그날 내게 해준 이 말이 오래 기억에 남았다.

"내가 나를… 나를… 가장 많이 사랑해줘야 해요."

왜 그런 이야기를 하는지 길게 설명하지 않았지만 소민이 어떤 생각의 길을 지나 그 말을 내놓을 수 있었는지 짐작이 되

---

* 비슷한 질병이나 심리사회적으로 공통의 문제를 가진 사람들이 모여 서로의 경험이나 감정을 공유하고 지지해주면서 효과적으로 자기 삶을 조절하고 도움을 얻는 자발적인 모임. 자신이나 타인에 대한 통찰력을 얻을 수 있는 상담 활동이다.

고도 남았다. 그 말에 손뼉을 쳐대고 맞장구치며 호들갑을 떨었지만, 가해자가 저지른 짓에 대해 제대로 된 벌을 받게 해주지 못했다는 마음속 미안함이 고개를 빼꼼 들면서 눈물이 살짝 나올 뻔했다.

매년 소민과 같은 여성을 열 명도 넘게 만난다. "둘이 사권 거 아니냐", "저런 여자랑 어떤 남자가 하고 싶어 하냐", "당사자들이 좋다고 하면 법이 끼어들 수 없다" 같은 여러 장벽들을 넘어가기가 여간 어려운 일이 아니다. 빈번하게 발생하는 이런 종류의 사건 속 모든 가해자가 합당한 처벌을 받지 않는다는 것은 이골이 날 정도로 잘 알고 있지만, 다음에 이런 사건을 또 만나게 되면 장황하게 설명하거나 의견서를 내지 않아도 성 착취로 단죄할 수 있는 세상이 오길 바란다.

'피골변',
당신들 덕분에 오늘도 승소했다

    10년도 넘게 법정을 들락거리면서 수많은 변호사들을 만났다. 동종 업계다 보니 가급적 서로 존중하며 눈인사도 하고 목례도 하면서 법정 안팎을 스쳐 갔던 사람들이다. 기본적으로는 피해자를 변호하기 위해 법정에 나가지만, 어떤 사건에서는 피해자나 가해자보다도 오히려 그 사건을 맡은 상대측 '변호사'로 말미암아 전열을 가다듬게 되기도 한다. 이를테면 이런 사건들이다.

    월요일 오전은 통상 재판을 잘 안 잡는 시간인데 이상하게 그 사건은 월요일 오전에 재판이 잡혔다. 돌봄과 육아의 태산이 밀려오는 폭풍 같은 주말을 지나 월요일 아침이 되어 아이들 셋을 등원시키고 재판 시간에 늦지 않으려고 법원으로 달려갈 때면 바람이 제법 선선한 계절에도 등에 땀이 송골송골 맺힌다. 피고인이 범행을 부인하는 사건에서 피해자 본인의 증인신문이 있는 중요한 재판이었다. 피해자보다 미리 법원에 도착해서 입구에서 만나 증인지원실로 같이 이동해야 했기에 발걸음이 더욱 바빠졌다.

피골변이란 무엇인가

피고인은 오만상을 쓴 채로 피고인석에 앉아 있었다. 피해자가 왜 자기를 고소했는지 모르겠다는 표정이 얼굴에 가득했다. 아무 문제 없이 살아왔는데 재수 없게 꽃뱀한테 걸려서 이런 고초를 겪고 있다고 생각하는 모양이었다.

피해자 변호사석에 앉아 피고인을 바라보며 텔레파시를 보냈다. 자, 잘 들어봐. 내가 여기서 눈빛으로 말해줄게. 상대방이 먼저 채팅 앱에서 말을 걸어왔다고 해도, 상대방이 먼저 밥을 먹자고 했다고 해도, 처음 만나는 여자의 가슴을 길가에서 왈칵 움켜쥐어도 된다는 뜻은 아니야. 함께 웃으며 밥도 먹고 술도 마셨다는 이유로 그날 처음 보는 사람한테서 갑자기 가슴

주물럭거림을 당하고 그냥 참는 것이 더 이상하지 않겠니?

내 이런 속마음을 피고인은 여전히 모르는 듯했다. 피고인의 변호사는 거듭 재판부에 사건 당일 분위기도 좋았는데 어떤 지점에서 피해자가 기분이 나빴는지 모르겠다는 식의 변론을 이어갔다. 피고인이 오랜만에 마음에 드는 사람을 만나 기분이 좋아서 적극적으로 호감을 표현한 건데 그런 사소한 일로 피해자가 왜 이렇게 재판까지 자신을 끌고 왔는지 도저히 이유를 모르겠다는 것이다. 애석하게도 피고인은 끝까지 자신의 잘못을 깨닫지 못할 것 같았다.

증인신문을 할 시간이 되어 증인들이 이용하는 통로를 따라 피해자가 법정에 들어왔다. 피해자는 증인석에 서서 오른손을 올리고 또박또박 선서문을 읽었다. "선. 서. 양심에 따라 숨김과 보탬이 없이 사실 그대로 말하고 만일 거짓말이 있으면 위증의 벌을 받기로 맹세합니다." 선서문을 모두 읽은 피해자는 증인석에 앉아 차분히 증언을 시작했다. 피해자가 안정적으로 증언할 수 있도록 피고인을 법정 저 끄트머리로 보내 병풍(차폐 시설)으로 막아버린 뒤였다.

그런데 아까부터 피고인 변호사의 기세가 좀 수상했다. 가끔 피고인과 심정적으로 동화해 자신이 피고인이 되기라도 한 양 행동하는 변호사를 만나게 되는데 형사재판 경험이 부족한 변호사라면 미숙함과 심정적 동화가 버무려져 '마이너스 시너지'를 일으킨다. 말하자면 '피골변', 즉 '피고인을 골로 보내는 피고인 변호사'다.

피고인 변호사는 시종일관 당당한 어조로 피해자에게 이런 질문들을 쏟아냈다.

"증인이 먼저 피고인에게 만나자고 문자를 보낸 사실이 있지요?"

"증인은 피고인과 술을 먹을 때 웃으며 피고인의 손을 잡았지요?"

범죄 사실에 관한 질문이 아니라 피해자의 태도를 따져 묻는 저 질문들! 피고인이 돈을 많이 지불한 모양이었다. 피해자도 슬슬 화가 났다. 누구라도 알 수 있지 않은가. 먼저 문자를 보내고 화기애애하게 함께 밥을 먹었다고 해서 처음 만난 사람에게 강제 추행을 당하는 것까지 용인한 것은 결코 아니라는 것을. 범죄는 범죄일 뿐인데 마치 피해자가 피고인의 범죄를 유발하기라도 했다는 식으로 몰아가며 신변잡기 수준의 질문을 하는 이유가 대체 무엇일까. 피고인을 제외한 재판정 안의 모든 사람들에게 짜증과 분노를 일으킬 수 있는데 말이다. 피고인과 피고인에게 동화한 '피골변'만 그 분위기를 모르는 듯했다.

비열한 방법은 매우 고맙다

증인신문 분위기가 고조되었다. 급기야 피고인 변호사는 꺼내지 말아야 할 카드를 꺼내 들고 말았다.

"증인! 이 사진에 관해 설명해주시겠습니까?"

오호라! 예상이 적중했다. 그러지 않아도 법정에 들어오기 전 피해자가 현재 남자친구와 다정하게 찍은 SNS 프로필 사진에 관해 함께 이야기를 나누었기 때문이다. "아이고, 너무 잘 어울리네요! 어떻게 만난 거예요?"라고 묻자 피해자가 엷은 미소와 함께 수줍게 남자친구 이야기를 꺼낸다. 흥미진진하게 들은 다음 당부했다.

"정말 좋은 소식이네요. 두 분 참 잘 어울려요. 그런데 가끔 증인신문 과정에서 돌발 상황이 생겨요. 사건과 전혀 관계없는 이런 사진을 보여주면서 본질을 흐리는 질문을 하기도 하거든요. 혹시 그런 일이 생긴다면 당황하지 마시고 본인 마음의 소리를 들으며 하시고 싶은 답변을 하시면 됩니다."

놀랍게도 그 일이 눈앞에 펼쳐지고 있었다. 나에게 예지력이 추가된 것인가?

"증인은 이 사건으로 큰 정신적 트라우마를 겪었다는데 사진 속 증인의 모습은 아주 행복해 보이네요. 정말 이 사건으로 정신적 트라우마를 겪은 것이 맞습니까?"

예상한 질문이었지만 이번만큼은 가만히 있지 않았다. 자리에서 일어나 판사님과 검사님이 모두 잘 들을 수 있도록 외쳤다.

"이의 있습니다. 이 사건과 전혀 관계없는 질문이고 정형화된 피해자다움을 강요하며 피해자에게 부담을 주는 질문입니다. 신문 사항을 철회하도록 해주시기 바랍니다."

그러나 우리의 '피골변'은 이 질문이 아주 중요한 질문이라며 반드시 답변을 들어야겠다고 우기기 시작했다. 말려보는 판사님도 그 고집을 꺾지 못했다. "증인, 이 질문이 힘들면 답변하지 않아도 됩니다"라는 재판장님의 말에 증인은 외려 용기를 내본다. 비록 눈물을 줄줄 흘리며 온몸을 부들부들 떨었지만 또렷한 목소리였다.

"아닙니다. 답변하겠습니다. 이 사건이 발생한 지 1년 6개월이 지났습니다. 처음에는 제가 잘못해서 이런 피해를 당한 것 같아 그냥 죽고만 싶었습니다. 내가 이렇게 존중받을 자격이 없는 사람인가 싶은 마음에 집 밖으로 나가지도 못했습니다. 상황은 점점 더 심각해졌고 우울감이 너무 심해져서 그냥 자살하려고 했습니다. 그런 제 모습을 보고 엄마가 너무나 슬퍼하셨습니다. 사랑하는 엄마가 저 때문에 잘못되실까 봐 다시 세상으로 나오려고 무척 애를 썼습니다. 그러던 중에 제게 다가와 힘이 되어준 사람입니다. 성범죄 피해를 당한 사람은 새로운 사람도 만나지 못하고 슬픔에만 빠져 살아야 하나요? 잘못은 다른 사람이 했는데 제가 왜 계속 좌절한 채로 살아야 하나요?"

구구절절 옳은 말이다. 처음에는 사건 장소 이야기만 꺼내도 울던 피해자가 가해자 앞에서 저렇게 당당히 자기 마음을 꺼내놓을 수 있을 정도로 나아진 것이다. 조심조심 그러나 꼭 보여주고 말겠다는 비장한 심정으로 자신의 생각을 표현하는 모습에 나도 울컥했다. 법정을 나와서 함께 걷다가 쏟아지는 햇살 아래 서로를 안고 토닥였다. 그리고 사건의 선고를 들으러 간 날.

"피고인은 유죄."

검사의 구형보다도 높은 형이 선고되었다. 공판 검사도 눈을 번쩍 뜨며 살짝 놀라는 듯했다. 변호사석에 앉아 그 장면을 지켜보며 표정 관리를 해야 하는데 나로서도 이럴 때만은 스멀스멀 피어나는 입가의 미소를 감추기가 어렵다.

뻔한 증거에도 혐의를 모두 부인하는 피고인을 위해 가뜩이나 힘겨운 피해자를 굳이 증인으로 불러준 피골변, 어렵게 법정에 나온 피해자의 마음을 난도질하는 신문으로 판사님의 인내심도 함께 난도질한 피골변. 사실 내게는 더없이 유리한 전개를 만들어준 피고인 측 변호사에게 감사한 마음이 모락모락 피어났다. 굳은 표정의 피골변과 간단히 목례를 하고 나와 법정을 뒤로하고 아무 일도 없었다는 듯 다음 일정을 향해 발걸음을 옮기는데 머리부터 발끝까지 피로감이 시원하게 사라지는 느낌이었다.

용기 있게 증언에 나섰던 피해자의 메신저 프로필 사진을 지금도 가끔 한 번씩 찾아본다. 가족들뿐 아니라 주변의 좋은 사람들과 따뜻한 관계를 이어가는 모습을 보면서 그 바빴던 월요일 오전의 재판이 누군가에게는 제자리를 찾아가는 시간이었구나 싶다. 세상이 피해자에게 입히려 하는 맞지도 않는 옷을 내려놓고 자기 자리에서 묵묵히 살아가는 모습이 그에게는 진정한 승리일 것이다. 부당한 일에 용기를 내는 사람들에게 조금이라도 도움이 되기를 바라며 오늘도 분주하게 뛰어다닌다. 아무도 알아주지 않아도 이런 기쁨은 한순간에 덥석 찾아오기 마련이니까.

주저앉고 싶은 이에게
귀 기울이는 방법

완벽한 정장핏에 하이힐, 반짝이는 머리칼을 휘날리며 빌딩 숲 사이를 당당하게 걸어 다니는 드라마 속 변호사는 얼마나 멋진가. 그러나 드라마에서나 가능한 모습이다. 변호사로 산다고 해서 엄마로서의 역할을 건너뛸 수 있는 것은 아니다. 종종 손이 열 개쯤 되었으면 하고 바랄 때가 있다. 아이 셋을 동시에 목욕시킬 때, 국을 끓이면서 여러 개의 반찬을 한꺼번에 만들어야 할 때처럼 물리적인 고압력의 상황에서는 특히 더 그렇다. 육아와 살림뿐이랴. 어림잡아 평균 50건 정도의 사건을 진행하면서 강의와 정책 연구, 글쓰기를 하는 일상을 유지하려면 제한된 시간 안에 일을 착착 치고 나가야 한다. 높아진 압력으로 터지기 전에 적절히 김을 빼는 요령은 생존을 위한 불가피한 선택일지도 모른다.

그러다 보니 '이 없으면 잇몸으로' 정신으로 최소한 갖춰야 할 수준의 결과물에 애써 만족해야 하는 경우도 있다. 감자를 강판에 곱게 갈아서 아이들에게 제대로 된 감자전을 해주기로 했지만 그러기에 팔 힘과 시간이 모두 부족할 경우에는 채칼에 벅벅 대충 감자를 긁어서 감자채전으로 얼렁뚱땅 때우고 만다. 그래도 아이들이 맛있다고 먹으니 그걸로 됐다.

이래도 그만 저래도 그만인 일도 있지만 아무리 시간이 없고 손이 부족해도 제대로 해야 하는 일이 있다. 피해자를 만나고 상담하는 일이 그렇다. 특히 아직 성인이 되지 않은 아동 피해자라면 더욱 신경을 집중하게 된다.

솔직히 말하면 '확신의 J'인 내가 직업적으로 상담을 하고 살게 될 줄은 몰랐다. 어쩌면 상담이라기보다는 다른 사람과 이야기 나누는 것이 얼마나 즐겁냐며 내가 스스로를 상담의 현장으로 떠미는 것일지도 모른다. 돌아보면 여중 여고 시절에도 적지 않은 친구들이 내게 연애 상담을 해왔다. 연애 경험은 커녕 이성에게 고백 한번 받아보지 못한 모태 솔로였던 당시의 나로서는 약간 당황스럽기도 했다. 나중에 왜 나에게 연애 상담을 해달라고 했는지 한 친구에게 물어보니 의외의 답변이 돌아왔다.

"넌 뭔 말을 해도 별로 안 놀라잖냐."

정말 그랬나. 상대방의 내밀한 이야기를 듣다보면 솔직히 가슴이 덜컥 내려앉을 때가 있다. 듣기 참 힘든 이야기라도 친구에게 그러면 안 된다고 가르치려들거나, 놀라서 숨거나, 회피한 적이 별로 없었다. 오히려 그냥 나를 믿고 그런 어려운 이야기를 해주는 친구가 고마웠다.

속마음을 다른 사람에게 털어놓는 것은 어찌 보면 자기 인생에서 아주 중요한 부분을 열어 보이는 일이다. 범죄 피해를 당한 사람이 그 일을 다시 머릿속에서 꺼내 자기 입으로 이야기하고 그 과정에서 과거 자신의 모습을 현재로 소환하는 것은 그 자체로 에너지가 많이 든다. 그 쉽지 않은 일을 해주는 피해자에게 그저 고맙다는 생각이 든다.

무엇보다도 첫 상담은 1분 1초가 참 귀하다. '이 낯선 사람이 지금 자기 인생에서 가장 중요한 일을 표현하려고 용기를 냈다. 그걸 가장 잘 받아내고 담아야 할 의무가 나에게 있다.' 이렇게 되뇌며 첫 상담에 나선다.

공기가 달라지면 표정도 달라진다

부모가 이혼소송 중인 초등학생 아이가 있었다. 아이가 친부에게 지속적으로 학대를 당했다고 신고한 사람은 친모였다. 집안 어른들 사이에도 지저분한 감정싸움이 번져 있었다. 주변에 목소리 큰 어른이 너무 많아서 처음부터 아이에게 집중하기가 유독 어려운 사건이었다. 아이를 따로 만나 상담하고 싶었지만 함께 살고 있는 친모가 "아이를 만나려면 나와 함께 만나야 한다"라고 부득부득 우기고 있기도 했다.

아이와 이야기를 나눌 수 있다면 방식은 아무래도 상관없었다. 엄마와 아이가 함께 올 수 있으면서도 알아보는 사람이 없는 조용한 카페에서 셋이 만나기로 했다. 만나자마자 역시 엄마가 먼저 입을 열었다.

"제가 정말 살 수가 없어요, 진짜."

얼마나 억울하고 분개할 일이 많은 삶을 사셨는지 연신 '정말'과 '진짜'를 넣어가며 속사포처럼 쏟아내는 어머니의 복잡한 인생사를 한 시간 정도 가만히 들었다. 사건과는 대부분 관계가 없는 이야기들이었다. 마음 같아서는 어머니의 이야기를 중단하고 빨리 사건의 당사자인 아이와 이야기를 나누고 싶었지만, 나에 대한 아이 보호자의 심리적 저항선을 먼저 풀어야 했다.

하고 싶은 말을 원 없이 다 했다 싶었는지 엄마의 말수가 슬슬 줄어들었다. 이야기를 자세히 해줘서 고맙다고 인사를 하니 나에 대한 긴장이 거의 풀린 듯했다. 그제야 싱긋 웃으며 본인은 저쪽에 가서 차 마시고 있을 테니 이제 아이와 이야기를 나누라고 먼저 제안하는 것이 아닌가.

그런데 어머니가 본인 이야기만 하는 동안 저 구석에 앉아 한 시간 넘게 기다리던 아이는 휴대전화 게임조차 이미 지루해진 채 얼굴에 짜증이 역력했다. 그 상태로 아이와 상담을 이어가는 것은 자살골을 넣는 것과 다름없었다. 대화에 집중할 동력을 잃어버린 아이의 입술을 떼게 하는 것은 몹시 힘든 일이기 때문이다. 빨리 상담을 끝내고 다음 스케줄로 이동해야 해서 조바심이 났지만 어렵게 만든 이 시간을 나의 조급함으로 망칠 수는 없었다. 다른 방책을 생각해야 했다.

"어머니, 아이랑 잠깐 요 앞 공원에 가서 산책하고 와도 될까요? 금방 다녀올게요. 차 마시면서 좀 쉬고 계세요."

휴대전화에 몰두하기 시작한 보호자에게 인사를 하고 아이와 나는 손을 잡고 카페를 나왔다. 평일 낮이어서 카페 인근에 있는 작은 공원에는 한산하게 햇빛만 쏟아지고 있었다. 공원에 나온 아이는 휴대전화를 주머니에 넣더니 두리번거리며 주변을 살폈다. 공기가 달라지면 표정도 달라진다. 절반의 성공이었다.

"안에서 너무 지겨웠지? 우리끼리 먹으려고 내가 요기 간식도 챙겨 왔지롱!"

가방 안에 넣어둔 과자와 음료수를 꺼냈다. 오다가 슈퍼에 들러 사온 녀석들인데 요새 아이들에게 인기 최고란다. 과자를 먹으며 바로 본론으로 들어가지 않고 우리는 그저 휘적휘적 걸어 다니면서 꽃구경을 했다. 제법 많은 꽃들이 알록달록 피어 있었다. 가장 좋아하는 색깔의 꽃을 따 와서 서로에게 선물하기로 하자 아이는 신나서 진한 보라색 꽃을 내게 건네주었다.

짹짹 새소리를 들으며 걸으면서 진행된 그 상담에서 나는 수사기관과 아동보호 전문 기관 어디에서도 들을 수 없었던 아이만의 비밀 이야기를 많이 들었다. 그 작은 집 안에서 진짜 무슨 일이 있었는지는 물론이고 언제부터 그리고 어디서부터 시작된 것인지, 지금 아이가 원하는 것은 무엇인지, 무엇이 제일 힘든지 마음속 꼭꼭 숨겨온 이야기들이었다. 사건이 올바른 방향으로 흘러가는 데 꼭 필요한 내용이었기에 아이에게 미리 동의를 받아서 녹음한 후 음성 파일과 녹취록을 비공개 참고 자료로 제출했다.

마음과 마음을 연결하는 눈높이 맞추기

집에서 수시로 부모에게 폭행을 당한다고 자기 부모를 경찰에 신고한 중학생을 상담한 일도 있었다. 부모가 아이의 휴대전화를 압수한 상태였기에 연락 자체도 부모를 통해서만 할 수 있는 상황이어서 더 답답했다.

가해자로 수사를 받고 있는 사람들이 피해자와의 연락 창구를 독점할 수 있는 이유는 아이가 미성년자이고 부모가 친권자이기 때문이다. 아이는 부모에 대한 적개심이 큰 상태였다. 분위기 파악 못 하고 섣불리 부모를 통해 아이에게 연락을 하거나 부모와 함께 면담을 하겠다 하면 아이는 내게 마음의 빗장을 열지 않을 것이 분명했다. 뭐가 제일 좋은 첫 만남일까 고민 끝에 아동보호 전문 기관의 도움을 받아 아이가 다니는 학교에 찾아가서 단둘이 따로 만나기로 했다. 갑자기 모르는 어른이 변호사입네 하면서 아이 앞에 쓱 나타나기보다는 그나마 아이를 만나본 상담원의 소개로 만나는 편이 더 자연스러울 터였다.

수업 시간에 학생이 외부인을 만나기 위해 움직이게 하려니 절차가 꽤 까다로웠다. 미리 학교에 공문을 보내야 했고 해당 수업의 교과 선생님께 전화로 특별히 양해를 구해야 했다. 어떤 일로 자리를 비우는지 알려지지 않도록 하기 위해 담임 선생님께 따로 상황 설명을 드리는 것도 잊지 않았다.

아이 어머니의 말처럼 "그냥 집에 와서 이야기 나누면"이런 번거로운 과정은 필요 없다. 그래도 아이만 더 편할 수 있다면 이 정도쯤이야 몇 번이라도 할 수 있다고 생각하며 운동장에서 기다리는데 아이가 쭈뼛거리며 걸어 나왔다. 누군지 서로 확인하고 반갑다고 인사를 하자마자 나는 다짜고짜 아이의 눈을 보며 비밀스러운 제안을 했다.

"우리 학탈(학교 탈출)할까?"

사실 담임 선생님께 연락드리면서 아이가 운동장에 있으면 다른 아이들이 볼 수도 있으니 학교 근처에서 차 한잔 마시며 이야기하고 오겠다고 미리 양해를 구해두었다. 아이는 그런 상황까지는 모르고 나온 것인데 갑자기 처음 보는 어른이 학탈을 하자고 하니까 살짝 당황한 눈치였다. 그러더니 이내 재미있다는 듯이 따라나섰다. 대신 학교에 꼭 돌아올 것이라는 단서를 달고 우리는 교문을 나섰다.

일단 학교 앞에서 소떡소떡을 하나씩 사서 입에 물고 아이스크림을 사서 바로 앞 아파트 단지 놀이터로 숨어들었다. 덩치가 제법 큰 아이는 그네를 참 좋아했다. 아이스크림을 한 손에 들고 그네를 타는 모습이 무척 신나 보였다. 얼굴 표정이 학교에서 나오던 때와는 전혀 다른 사람 같았다.

아이스크림을 다 먹고 우리 둘은 나란히 그네에 앉아서 서로 옆얼굴을 보며 이야기를 시작했다. 슬그머니 열린 상담에서 나는 아이가 아무도 모르게 학교폭력으로 고통받고 있다는 사실을 알게 되었다. 사전 조사를 한 기관에서는 '문제아'와 '엄격한 부모'의 사춘기 트러블 정도라고 설명했는데 비로소 진짜 원인을 찾게 된 것이었다. 나를 믿고 가장 힘든 일을 내게 이야기해준 아이에게 많이 고마웠다.

이 사건의 지원 방향은 우리의 '학탈 상담'을 계기로 완전히 수정되었다. 아이를 괴롭히던 문제가 학교에서 정리되기 시작하면서 아이와 부모의 관계도 조금씩 회복되고 있다는 소식을 들었다. 형사사건이 되어 부모와 자식이 평생을 서로 원망할 뻔했던 사건이 뜻밖에 출구를 찾았다는 점이 특히 좋았다.

상담 매뉴얼이라는 이름의 책자는 얼마든지 만들어질 수 있지만, 마음과 마음을 연결하는 눈높이 맞추기를 매뉴얼에 담기는 참 어렵다. 함께 힘든 이야기를 나누는 이 시간이 서로에게 위안이 된다면 때로는 그걸로 충분하다. 상담이 필요할 수밖에 없었던 그 어떤 사건이 때로는 원하는 결론으로까지 이어지지 못할 수도 있다. 하지만 상담을 하면서 낯선 이에게 마음을 열어본 일, 그 과정에서 찾아온 작은 위안들이 어쩌면 이 사람에게 남은 인생을 살게끔 하는 힘이 될 수도 있지 싶다. 주저앉고 싶은 누군가에게 다가가 어깨동무를 하고 뭐든 다 괜찮으니 같이 이야기 나눠보자 말할 수 있는 것, 내가 변호사로서 누릴 수 있는 제일 큰 특권이 아닐까. 내가 이 일을 계속해나가는 원동력이기도 하다.

마음이 열리면
보이는 것들이 있다

한비자는 자고로 군주는 보고도 못 본 척, 들어도 못 들은 척, 알아도 알지 못한 척을 하며 본심을 함부로 드러내지 말아야 한다고 했는데 나더러 그렇게 살라고 하면 숨이 막혀 못 살 것 같다. 한비자가 그리 가르친 이유는 속을 알 수 없는 사람이 되어야 주변 사람들이 경계심을 가져 리더로서 역량을 발휘할 수 있기 때문이라는데 아무래도 나는 리더의 그릇이 아닌가 보다.

인권변호사라고 하면 매사에 진지하고 사명감 투철한 투사를 떠올리기 쉽지만, 사실 나는 TMI까지도 별 거리낌 없이 말하는 '투머치토커'에 가깝다. 먼저 물어보지 않았는데도 나의 삐죽삐죽한 일상을 말하기도 하고, 기분이 좋다 나쁘다 감정의 변화와 그 이유도 기회가 되는 대로 표현하는 편이다. 좋게 말하면 털털하다고 볼 수도 있지만 냉정히 보면 오지랖 넓은 푼수다. 게다가 태생적으로 목소리까지 크니 그런 성격이 더 도드라질 때가 있다. 그런데 이런 성격이 공익변호사로 일할 때 의외로 도움이 될 때도 적지 않다.

우리만의 '케미'를 쌓는 일

한 장애 여성 모임에서 와장창 수다를 떨어야 할 일이 있었다. 일부러 나의 직업을 밝히지 말아달라고 진행자에게 미리 부탁을 해두었던 터라 "저는 김예원이라고 해요. 오늘 같이 놀게 되었어요. 잘 부탁해요!"라고 간단히 자기소개를 하고 이야기를 나누기 시작했다. 그 자리에 모인 장애 여성들은 성 착취 또는 가정폭력 생존자였고 지금은 모두 자립 생활을 하며 정기적으로 공동체 모임을 지속하고 있었다. 자연스럽게 대화하면서 피해자들에게 필요한 추가 지원을 잘 찾아내야 했기에 약간은 긴장하고 참여한 시간이었다.

내 차례가 되어 와자지껄 이야기를 시작하니 처음에 보이던 낯선 이에 대한 경계가 조금씩 허물어졌다. 우리는 금세 하하호호 어우러져 수다를 떨었다. 그렇게 몇 시간을 보내고 돌아와 한 달 뒤 그 프로그램을 담당했던 활동가와 소통할 일이 있었는데 그분이 "저희 모임 멤버들이 변호사님을 발달장애인 당사자로 알고 있어요"라고 말해주었다. 나로서는 큰 청찬이었다. 구분되지 않고 자연스럽게 어우러진 감정을 나만 느낀 게 아니었구나, 그날 우리가 나눈 이야기들은 어쩌면 진짜 속마음이었겠구나 싶었기 때문이다.

아동학대 피해자와 이야기를 나눌 때도 사건 이야기를 꺼내기보다는 시간이 오래 걸리더라도 같이 놀고 작은 일에 반응하며 우리만의 '케미'를 먼저 쌓아간다. 내가 어른이니까, 변호사니까, 이 일을 해결할 전문 지식이 있는 사람이니까, 이런 마음가짐으로 접근하면 단단한 마음의 빗장을 열 수 없다. 그 순간에는 같은 아이가 되어 실없이 깔깔대고, 감탄하고, 부러워하고, 투닥거리며 시간을 보낸다. 떡볶이와 아이스크림을 먹고 놀이터에서 놀다가 헤어졌을 뿐인데도 "오늘 정말 인생 최고의 날이었어요!"라고 말해준 아이도 있었다. 그렇게 서서히 서로 웃음을 쌓아가야 아이와 앞으로 한 달 뒤, 1년 뒤 살아갈 모습을 이야기할 수 있다.

성폭력 사건 피해자를 만날 때도 마찬가지다. 피해자가 이미 어느 정도 말할 각오를 하고 왔다 하더라도 사건 이야기를 바로 꺼내지 않는다. 사건보다 더 중요한 것이 지금 내 앞에 있는 이 사람이기 때문에 요즘에는 무슨 생각으로 사는지, 일상은 어떠한지, 사는 것이 조금 더 괜찮아진다면 무엇을 하고 싶은지, 이런 이야기들을 먼저 나눈 후에 자연스럽게 피해자 입에서 사건 이야기가 나올 수 있도록 기다리는 편이다.

"생일에 꽃을 처음 받아봐요"

미숙을 만난 건 어느 여름이었다. 이메일로 도움을 요청해온 내용이 심상치 않아 일단 만나자고 했다. 금방이라도 쓰러질 것 같이 마르고 푸석한 모습이 미숙의 첫인상이었다. 미숙에게 청각장애가 있는 것은 미리 알고 있었지만, 생각보다 장애가 중했다. 큰 목소리로 이야기를 해도 거의 듣지 못하는 상황이었다. 수어로 이야기를 나누는 것이 편하다고 해서 우리는 먼저 필담으로 간단히 이야기를 나누고 다시 약속 날짜를 잡았다.

두 번째 만나던 날에는 사전에 수어통역센터에 연락해 수어 통역사가 함께 자리했다. 미숙은 손으로, 나는 입으로 서로 한 시간 넘게 물어보고 답했다. 미숙은 장애인 취업 프로그램을 통해 한 공장에 어렵사리 취직을 했다. 대중교통으로 편도

두 시간이 걸리는 곳이었다. 먼 출퇴근 거리도 마다하지 않은 건 어려운 형편 속에 혼자 계시는 어머니 때문이었다. 자신도 어른이 되었기에 가정에 보탬이 되고 싶었다. 마침 소개받은 공장이 급여가 나쁜 편이 아니어서 멀더라도 가겠다고 했다.

막상 직장에 가보니 업무 환경이 몹시 열악했다. 환기도 잘 안 되는 곳에서 먼지를 뒤집어쓰며 단순노동을 해야 했다. 기계에서는 작업해야 하는 물건들이 끊임없이 쏟아져 나왔다. 미숙도 다른 라인에 지장을 주지 않게 높은 강도의 업무 속도를 유지해야 했다. 자잘한 일을 모두 사람이 해야 했기에 가끔 변수가 발생하기도 했는데 청각장애가 있는 미숙은 돌발 상황을 알리는 소리 정보를 못 듣거나 남들보다 늦게 이해했다. 그로 인해 해당 라인이 몇 번의 작업 중단을 겪으며 가다 서다를 반복하자 미숙은 암묵적인 따돌림을 당했다.

문제는 미숙의 사수인 선임 남성이었다. 그는 미숙이 잘 적응하고 일을 잘할 수 있게 도와주어야 함에도 도리어 미숙의 약점을 잡아 괴롭혔다. 사람이 많은 곳에서 조롱하는 표정으로 미숙이 알아들을 수 없는 (그러나 입 모양으로는 추측할 수 있는) 욕을 하며 낄낄 웃어댔다.

언젠가부터 그는 미숙을 때리기까지 했는데 하루하루가 지날수록 폭력은 더 심해졌다. 어느 날은 미숙의 정강이를 멍이 들 정도로 발로 세게 차기도 했다. 충격을 받고 한참 고민한 끝에 미숙은 취업을 알선한 담당자와 작업장의 상사에게 상황을 알렸지만 "어렵게 취업했으니 조금만 더 참아라", "다시 안 그러게 주의를 줄 테니 서운한 마음 풀고 서로 잘 지내봐라"라는 미온적인 답변만 돌아왔다. 희망이 보이지 않았다.

큰 소리로 말하는데도 못 알아듣는다고 사수에게 머리채를 잡힌 날 미숙은 더는 참지 말아야겠다고 결심하고 작업장을 뛰쳐나왔다. 그길로 울면서 긴긴 퇴근길을 밟았다. 다음 날이 되자 회사에 어떻게 나가야 하나 두려웠고 결국 자의 반 타의 반으로 사직서를 냈다.

그 엄청난 일을 겪고도 비교적 담담하게 수어로 자기 이야기를 풀어내는 미숙이 대단하게 느껴졌다. 힘든 이야기를 해줘서 정말 고맙다고, 앞으로 힘들겠지만 둘이 힘을 합해 가해자가 마땅한 벌을 받을 수 있도록 해보자고 이야기하고 상담을 마쳤다.

고소장 작성에 필요한 서류들을 넘겨받으면서 복지카드를 보니 마침 상담하는 날이 미숙의 생일이 아닌가! 나는 반가운 마음에 "어머! 오늘 생일이시네요!"하며 잠깐 기다리라고 했다. 미숙이 서류의 빈칸을 채워가는 사이, 사무실에서 가까운 꽃집에 달려가 작은 꽃 뭉치를 사왔다. 꽃다발이라고 하기엔 초라한 꽃 뭉치를 미숙에게 주며 말했다.

"생일 축하해요!"

조금 전까지만 해도 담담하게 자신의 이야기를 해나가던 미숙은 약간 놀란 듯 멍하니 있다가 갑자기 소리 내어 울기 시작했다. 갑작스러운 상황에 나도 당황스러웠지만 뭔가 이유가 있겠지 하면서 등을 쓰다듬었다. 시간이 지나고 울음이 잦아들자 "혹시 꽃 무서워하는 거예요?" 하고 농담도 건넸다. 슬며시 웃던 미숙은 내게 수어로 말했다.

"생일에 꽃을 처음 받아봐요."

그 말을 이해한 나는 가슴이 쿵 했지만 갑작스러운 선물을 받아줘서 고맙다는 말을 하며 애써 당황을 내색하지 않았다.

바닥까지 내보이는 용기

미숙과 헤어진 그날 밤, 이메일이 한 통 도착했다. 미숙이었다. 아직 고백하지 못한 사실이 있다면서 고민 끝에 보낸다고 했다.

변호사님, 오늘 정말 감사했습니다.
점점 생일이 싫어지고 특히 작년부터는
죽고 싶다는 생각도 많이 했어요.
제 생일인 줄도 모르고 있었어요. 감동이었어요.

사실 말씀드리지 못한 일이 있어서요.

저를 진심으로 대해주시는데 저도 더 숨기면 안 될 것 같아요.

찬찬히 읽어 내려가는데 마음이 아려왔다. 미숙은 가해자에게 언어폭력이나 신체적 폭력만 당하고 있었던 것이 아니었다. 성 착취 피해도 당하고 있었다. 직장 내 취약한 상황을 이용해 가해자는 미숙을 심리적으로 조종하려고 했다. 잘 적응하려면 자신의 말을 잘 들어야 한다고, 자신에게 복종하는 것이 여기서 살 수 있는 유일한 길이라고, 자신이 도와주겠다고. 너를 좋아해서 이러는 거라고.

출퇴근만으로도 충분히 힘든 상황 가운데 가해자의 그루밍*을 대차게 밀어낼 수 없었던 미숙은 연애 감정이 이런 것인가 하며 헷갈리다가 가해자의 패턴에 조금씩 말려들어갔다. 업무 인수인계를 핑계로 미숙과 따로 회식이란 것을 하고 술에 취해 그의 원룸에서 잠을 잔 이후로 가해자는 노골적으로 미숙에게 자신의 욕망을 드러냈다. 미숙에게는 혼란스러운 나날들이었다. 둘이 있을 때 가해자는 한없이 잘해주다가도 사사건건 미숙을 지배하려고 했기 때문이다. 미숙이 남성을 조금이라도

* 가해자가 친분과 신뢰를 쌓아 피해자를 심리적으로 지배한 뒤 저지르는 성범죄를 뜻한다. 주로 아동이나 청소년인 피해자들은 피해 당시에는 자신이 성범죄의 대상이라는 것조차 인식하지 못하는 경우가 많다.

밀어내려고 하면 가해자가 휘두르는 폭력의 수위가 높아졌다.

낮에 상담할 때 뭔가 끊어지던 이야기들이 비로소 연결되기 시작했다. 아무리 첫 직장이라고 해도 왜 이렇게 부당한 일에 심리적으로 취약할 수밖에 없었는지, 왜 몇 개월이 지나서야 억울함을 호소하게 되었는지 말이다.

미숙이 용기를 내어 마음 깊은 곳까지 보여준 덕에 사건 해결에는 더 속도가 붙었다. 쟁점이 많아진 데다가 특히 성범죄가 추가되면서 범죄 행위들을 일일이 입증하려면 피해자가 더 고생할 것이 보였지만, 결과에 상관없이 우리는 진짜 '같은 편'으로 의기투합하게 된 것이다. 미숙이 퇴사 후 자신이 겪었던 부당한 폭력에 대하여 회사에 문제 제기를 했을 때조차 가해자는 반성도 없이 목소리를 높이며 "질척거린다"라고 미숙을 비난했다고 한다.

이후 가해자는 자신에게 유리한 부분만 짜깁기해 회사 사람들에게 근거 없는 소문을 퍼뜨렸고 미숙은 그 무수한 2차 피해를 온몸으로 고스란히 겪어야 했다. 고소를 한 다음 가해자에게 2차 가해를 그만두라고 전달했지만 말이 안 통했다. 그래서 회사에 정식으로 문제를 제기했다. 나름 상당히 점잖게 문제 제기를 했는데 다행히 회사에서 서둘러 가해자를 다른 곳으로 전근 보내면서 말조심하지 않으면 징계하겠다고 엄중히 경고하는 등 필요한 조치를 취해주었다.

만약 미숙이 나에게 가해자와 있었던 내밀한 일들을 말해주지 않았다면 사건은 어떻게 되었을까. 직장 내 장애인 노동자에 대한 괴롭힘 사건으로 수사가 시작되었다가, 나중에야 둘 사이에 성적 관계가 있었다고 가해자가 밝혔다면 나는 피해자의 변호사로서 얼마나 더 큰 산을 넘어야 했을까. 생각만 해도 아찔했다. 그렇게 떳떳하게 굴던 가해자는 다행히 기소되었고 중형은 아니었지만 나라에서 범죄자로 인정하는 유죄 판결을 선고받았다.

누구에게나 감추고 싶은 슬픔이 있다. 다시는 떠올리고 싶지 않은 기억 속 장면도 있다. 처음 보는 낯선 사람인 나에게 그 비밀스러운 슬픔과 괴로움을 고스란히 털어놓아야 했던 미숙의 마음은 이리저리 얽힌 실타래처럼 복잡했을 것이다. 잘 드는 가위로 확 자르면 속이 시원할 것 같지만, 그렇게 되면 영영 사건이 드러날 수 없으니 힘들어도 실타래를 풀어야 하는 고통에 동참해야 한다. 실타래의 끝이 현재의 나와 연결되어 있기 때문이다.

피해자들이 속마음을 여는 용기를 보여준 고마움에 나도 같이 그 실타래를 푼다. 완벽하게 풀 수 있는 실타래는 사실 거의 없다고 봐야 한다. 그래도 함께 천천히 풀어가는 사람이 있다면 그 과정이 조금은 덜 지루하리라 믿는다.

승자도 패자도 없는
어떤 싸움들

만약 조선 시대에 태어났다면 나는 뭘 하고 있었을까. 목소리도 크고 할 말을 참지 않는 지금 성격 그대로 그 시대를 살아야 했다면 아마 제명을 다 채우지도 못했을 것 같다. 사회 대부분의 자원을 소수의 기득권이 독식했던 공고한 신분제 사회를 살아가던 사람들의 마음은 과연 안녕했을까.

"태어날 때부터 계급이 정해져 있다니, 그걸 어떻게 참고 살아. 나는 아마 민란 무리의 행동 대장 뭐 이런 걸 하지 않았을까?"

농담으로 이런 이야기를 던졌는데 듣고 있던 누군가가 십

드렁하게 대답했다.

"그래도 처음부터 정해진 게 덜 비참할 수도 있어. 같은 처지인 사람들끼리는 서로 돕고 살았을지도 모르니까."

"그게 무슨 말이야?"

"생각을 해봐. 어차피 아무리 발버둥을 쳐도 계급이 바뀔 리 없으니 가난하고 무시당하는 사람들끼리는 딴생각 안 하고 서로 챙겨주려고 하지 않았을까? 벼슬아치한테 말도 안 되는 트집으로 멍석말이라도 당하고 오면 얼마나 억울하냐며 몰래 숨겨둔 감자라도 쪄서 먹여주고 했을 텐데. 지금은 대놓고 계급제만 아닐 뿐이지 사실은 대부분 노비나 다름없는 인생이면서 내가 더 좋은 대학 나왔네, 내가 다니는 회사가 더 잘나가네, 내가 사는 아파트가 더 비싸네 하면서 서로 무시하니까 하는 말이지."

계급제나 신분제에 동조할 마음은 결코 없지만, 이 어설픈 논리에 어쩐지 바로 반박할 수가 없었다. 내 마음의 헛헛한 곳을 찌르는 말이었기 때문이다. 평등하고 자유로운 21세기 민주주의 대한민국을 살아가는 내가 조선 시대를 부러워할 이유가 없음에도 어쩌면 지금보다 서로 더 돕고 살았을지도 모를 어떤 세상을 상상하며 동경하게 되다니.

이 헛헛함은 변호사로 일하면서 더 자주 느낀다. 이 일을 하면서 "어떤 사건이 가장 힘든가요?"라는 질문을 종종 받는

다. 끔찍한 사건? 복잡한 사건? 이기기 어려운 사건? 생각해보면 질문의 답이 그리 간단하지는 않다. 사건 하나하나가 당사자들의 인생이 걸린 일들이기에 '쉬운' 사건이 없는 것은 확실하다. 그 와중에 개인적으로 가장 만나고 싶지 않은 사건을 꼽자면 '죽어라 싸우기가 참 애매한 사건'이다.

강약 구조가 명확한 사건은 비록 현재의 상황이 최악일지라도 앞으로 싸워볼 무기와 기회가 많다. 강자들은 잃을 것이 많기 때문이다. 그런데 형편이 고만고만한 사람들끼리 상대방을 깔보고 차별하며 생기는 사건들은 오히려 대응할 방법이 적다. 너도 한번 당해보라며 똑같이 괴롭히고 짓밟아줄 수도 없는 노릇일뿐더러 법적인 대응을 한다고 해도 가해자가 스스로 잘못을 돌이켜 피해자에게 사죄하지 않기 때문이다. 그 과정에서 오히려 감정의 골이 깊어져서 수습하기 어려운 지경에 이르는 사건도 적지 않다.

도와주지는 못할망정

의뢰인은 혼자 청소년 남매를 키우는 엄마였다. 의뢰인의 남편은 외국에서 일해야 했기에 귀국하지 못한 지 몇 년째였고 의뢰인도 그 생활에 나름 익숙해져 있었다. 의뢰인 가정의 둘째 아이는 뇌병변 장애 아동이었다. 중증은 아니지만 언어 표현이 조금 느렸고 스스로 보행하기 조심스러운 정도였다. 엄마와 두 아이 이렇게 단란한 세 가족은 작은 동네의 작은 아파트에서 나름 평온한 일상을 보내고 있었다. 아랫집이 이사를 들어오기 전까지는.

아랫집에 살게 된 중년 여성은 우연히 엘리베이터에서 의뢰인의 둘째 아이를 만난 이후 꽤히 시비를 걸어왔다. 위층에 뇌병변 장애 아동이 산다는 것을 알게 된 뒤부터 온갖 방법으로 괴롭히려들었다. "장애인이 내 머리 위에 살고 있다니 재수 옴 붙었다"라는 망언은 기본이고 동네 사람들에게 "윗집 병신"이 시끄럽게 해서 살 수가 없다는 등의 근거 없는 소문을 퍼뜨렸다.

날이 갈수록 아랫집 여성의 언행은 악랄해져갔다. 창문을 열고 생활하는 계절에는 일부러 들으라는 듯이 베란다에서 고개를 들고 위쪽을 향해 이렇게 소리를 치기도 했다.

"병신 새끼는 이. 사. 가. 라!"

보다 못한 동네 사람들이 안하무인으로 구는 여성을 볼 때마다 그러지 말라고 한마디씩 보탰지만 상황은 더 악화해갔다. 의뢰인인 남매의 엄마가 고민 끝에 내게 연락을 해온 것도 그무렵이었다. 계속되는 이유 모를 공격에 불안과 분노에 빠진 두 남매와 엄마를 만났다. 그동안 겪은 일을 듣는데 분노로 손이 떨릴 지경이었다. 어쩌면 인간이 그리도 못났을까.

분노에 이글거리는 나와는 달리 정작 이 가족이 원하는 것은 처벌도 배상도 아닌 '이사'였다. 정확히 말하면 아랫집이 다른 곳으로 이사 가는 것. 마음 같아서는 가해자에게 똑같은 고통을 경험하게 해주고 다른 곳으로 강제로 이사를 보내고 싶은 심정이었지만 법으로 그렇게 할 방법은 거의 없었다. 그러지 말라고 좋게 말한다고 말이 통할 사람도 아니었다.

고민 끝에 수사기관의 도움을 받는 방법부터 시작했다. 하지만 막상 고소장을 내던 날 경찰서에서 돌아오는 내내 입맛이 썼다. 이 경고가 당장은 속 시원한 방법이 될지 몰라도 어쩌면 저 자리에서 매일 매 순간을 버티고 살아내야 하는 의뢰인의 가족들에게는 혹시 아랫집 여성에게 보복을 당하지는 않을까 더 불안해질 수 있는 방법이기도 하기 때문이다.

일상이 고통이 될 때

이렇듯 사람이 같은 사람을 근거 없이 짓밟는 방법도 참 가지가지다. 복도식 임대 아파트에 살던 한 의뢰인은 자신의 집이 마침 복도 끝이라 현관 앞에 전동 휠체어를 놓아두었는데 누군가 그 휠체어가 볼썽사납다며 자물쇠로 칭칭 감아놨다고 한다.

횡단보도가 시작하는 곳에 설치된 음향신호기의 가운데 버튼을 누르면 보행 신호 음성 안내가 나온다. 시각장애인과 시각장애가 없는 모두가 음향신호기를 사용할 수 있지만, 시각 장애인에게는 횡단보도를 안전하게 건너는 데 필수인 장치다. 점자 아래에 있는 버튼을 시각장애인이 더듬더듬 만져서 꾹 눌러야 하는 것을 누가 봐도 알 수 있는데 일부러 씹던 껌을 버튼에 붙여놓는 사람도 있었다.

아파트 지상 주차장에 그려진 휠체어 표시 때문에 자신을 포함한 비장애인 입주민들이 피해를 본다는 생각에 검정 래커를 자기 돈 주고 사와서 친히 뿌리는 수고를 마다하지 않으며 결국 휠체어 표시를 흉하게 지워버린 사람도 있었다. 하긴 소음을 내는 옆집에 복수할 용도로 살아 있는 빈대를 구한다며 온라인 중고 마켓을 기웃거리는 사람도 있다는데 말이다.

사람이 사람에게 지옥을 만드는 세상은 어디에서나 펼쳐질 수 있다. 당하는 상대방 입장에서 생각해보면 감히 하기 어려운 행동을 아무렇지도 않게 하는 그 마음속에는 '그래도 내가 너보다 낫다'며 상대방을 하대하는 태도가 숨어 있었다. 그런 사건일수록 법적으로 뚜렷한 해결점을 찾기 어렵고 감정의 골만 깊어지기에 피해자가 먼저 피하는 경우가 많다.

절대 강자의 갑질보다 고만고만한 사람들끼리 약점을 잡

고 괴롭히는 것이 더욱 일상을 파고들어 삶을 좀먹기에 그런 세상에서는 무시당하지 않으려고 부단히 노력해야 한다. 그래도 별수 없을 때는 보고도 못 본 척 듣고도 못 들은 척 견뎌내는 것 외에 뾰족한 수가 없을 때도 있다. 참 피곤한 일이다.

다른 사람보다 가진 것이 없어도, 남들에게 없는 장애가 있어도, 많이 배우지 못했어도, 부양해야 하는 식구들이 많아 여유가 없는 형편이더라도 당당히 있는 그대로 자기 상황을 드러낼 수 있는 사회가 건강한 사회 아닐까. 이런 내색을 하면, 만만하게 보이면 무시당하겠지 하는 걱정 없이 말이다. 안 그래도 먹고살기 힘든 사람들의 삶 속에 굳이 법이라는 양날의 칼을 들고 들어와 후벼 파고 누가 더 나쁜지 저울질한다고 해서 그것을 정의 실현이라고 할 수 있을까. 법률가로 살아가면서 현장에서 느끼는 가장 큰 고민이기도 하다.

누구에게나 사회적 소수성이 있다. 그 소수성은 태어나면서부터 가진 것일 수도 있고 살아오면서 생긴 것일 수도 있다. 밖으로 선명하게 드러난 것일 수도 있고 안으로 꼭꼭 숨겨진 것일 수도 있다. 분명한 건 아무리 잘나 보이는 사람이라도 소수성에서 자유로울 사람은 거의 없다는 사실이다. 나의 경우에도 장애인으로 사는 것이나 어린 아이들을 키우는 여성으로 사는 것만 보면 소수자로 분류될 수 있지만, 변호사라는 직업을 갖고 있으며 이성애자와 법률혼을 하여 아들딸 골고루 낳았다는 점에서는 주류에 서 있다고 볼 수도 있다.

인생에는 완전한 승자도 완벽한 패자도 없지만 확실한 사실은 이번 생은 단 한 번뿐이라는 것이다. 너도나도 하나쯤은 드러내고 싶지 않은 소수성을 가지고 사는 것이 인생이라면 내 주변에서 거슬리고 신경 쓰이게 하는 누군가를 떠올려보면 어떨까. 그 누군가를 응징하고 고치려 하기보다는 그대로 존중하고 자기 모습대로 살게 하면 결국 그 존중은 나에게도 돌아온다. 내 안에도 분명 남을 성가시게 하는 뭔가가 있을 수 있다. 존중이 일상이 되면 그 뭔가를 애써 꽁꽁 숨길 필요도, 눈치 보며 신경전을 할 필요도 그만큼 줄어들지 않을까.

얼굴에 침이라도
뱉어주지 그랬냐는 말

스마트폰이라는 것이 생기고 나서부터 지금까지 몇 개의 스마트폰을 거쳐오면서 일관되게 유지해온 습관이 있다. 잠금 화면을 풀면 나타나는 첫 화면에 녹음 앱을 배치해두는 것이다.

사실 녹음을 하는 것도, 듣는 것도 썩 좋아하지 않는다. 동의를 구하고 하는 녹음이라도 말하는 사람을 괜히 자기 검열하도록 하고, 불가피하게 어떤 현장을 녹음해야 하는 경우에도 반복 재생이 가능한 기록을 남긴다는 것이 좀 부담스럽기 때문이다. 그럼에도 녹음 앱을 첫 화면에 그대로 두는 이유는 변호사 업무 특성상 아주 간혹 절실히 필요할 때가 있기 때문이다.

어떤 설명보다 강력한 도구

오랜 시간 자녀들을 가혹하게 학대하고 아내에게 성폭력과 가정폭력을 가해왔던 중년 남성이 받는 재판에 피해자의 변호사로 참여할 때였다. 수많은 병원 기록과 목격자가 있음에도 불구하고 전혀 그런 바 없다고 시치미를 떼던 피고인이 꼭 제대로 된 처벌을 받았으면 좋겠다고 생각해서 열심히 증거들을 모아 검찰을 통해 재판부에 제출하던 터였다. 마침 고맙게도 재판 중인 피고인이 피해자에게 전화를 걸어 소송을 취하하라며(아니 형사재판은 나라에서 연 재판인데 피해자더러 합의도 아니고 취하를 하라니?) 사실상 협박을 하는 일이 발생했다. 두려워하는 피해자를 보니 다시는 이런 일이 생기지 않도록 적극적으로 조치해야겠다는 생각이 모락모락 피어났다. 법정에서 손을 들고 재판장님에게 피고인이 최근 피해자 측에 연락해 소를 취하하라며 위협적으로 말한 사실을 밝히며 피고인이 다시 그렇게 하지 않도록 재판부에서 적절한 주의를 주시면 좋겠다고 부탁을 드렸다. 내 말을 듣는 피고인의 표정이 확 일그러지더니 남은 재판 내내 힐끔거리며 나를 쩨려보는 눈빛이 심상치 않았다.

재판이 끝나고 법정을 나서는데 아무래도 낌새가 좋지 않아 얼른 휴대전화를 열고 녹음 앱을 실행했다. 아니나 다를까 불구속 재판을 받던 피고인이 내 뒤로 성큼성큼 붙더니 법정을 조금 지난 복도에서 나더러 "야!" 하고 소리를 지르며 다가오는 것이 아닌가!

예상한 일이 펼쳐졌지만 일반적인 상황이 아니라 당황스러웠다. 그래도 짐짓 평온한 기색으로 "왜 그러시죠?"라고 되물었다. 얼굴에 분노가 가득한 피고인은 내 얼굴 앞으로 곧장 다가와 한 대 칠 것 같은 기세로 "알지도 못하면서 니가 뭐!" 하고 소리를 지르는데, 저쪽에서 지켜보던 피고인의 변호사가 달려와 피고인을 말리며 데려갔다. 아주 짧은 시간이었지만 불꽃이 튀었던 그 상황은 고스란히 휴대전화에 녹음되었다. 이후 공판 검사에게 녹음 파일을 보내 상의하여 피고인의 공격적이고 분노 조절이 안 되는 성향을 입증하는 증거로 제출했다. 녹음이 요긴할 때가 분명히 있긴 있다.

한편 범죄 현장이 담긴 녹음을 듣는 일은 되도록 피하고 싶은 일이다. 어떨 때는 범죄 현장을 담은 비디오를 보는 것보다 더 마음이 아프기도 하다. 녹음 파일 속 소리를 통해 추측할 수 있는 상황들이 그 소리라도 담으려 하는 피해자의 절박함과 뒤섞여 있기 때문이다.

눈물을 닦으며 들어야 했던 목소리들

어렵게 이혼 절차에 들어간 여성이 있었다. 법원에 이혼 서류를 제출한 뒤였기에 여성은 그 남자를 전남편이라 불렀다. 몸집도 목소리도 아주 작은 여성이었다. 여성이 들고 온 현장 녹음 파일에는 전남편에게 강간을 당하던 상황이 그대로 담겨 있었다.

사건의 시작은 이러했다. 그렇게 잡아먹을 듯이 자신을 괴롭히던 그가 어느 날 갑자기 따뜻한 목소리로 전화를 걸어왔다. 짐을 챙겨놓았으니 와서 가져가면서 깨끗하게 작별 인사를 하자고 했다. 오랜 시간 바라온 반가운 제안이었지만 뭔가 께름칙했다. 워낙 폭력적이고 자기중심적인 전남편이었기에 어딘가 모르게 그 제안이 낯설었다. 그래서 만나기로 한 그날, 현관문을 열고 들어가기 직전에 휴대전화 녹음기를 켰다.

남편에게서 별다른 기색은 보이지 않았다. 몇 마디 대화를 하며 짐을 하나하나 챙기는 동안 옆으로 다가와 도와주기도 했다. 짐을 다 싸서 나가려는데 이제 진짜 끝이구나 만감이 교차했지만 적어도 평화로웠다. 전남편이 잠깐 이야기를 하자며 안방으로 데리고 들어가기 전까지는 말이다.

소리를 칠 수도 없었고 도망칠 수도 없었다. 힘으로나 덩치로나 도저히 이길 수 없는 사람이었다. 하지 말라고 수십 번이나 반복해서 말해보았지만 아무 소용이 없었다. 신혼집으로 구해 살았던 집 안방에서 전남편에게 강간을 당하다니, 비참함에 엉엉 눈물만 나올 뿐이었다.

범행이 끝난 직후에 바로 집 밖으로 나올 수도 없었다. 가해자도 흥분한 상태였기 때문에 와다다 도망치거나 화를 내고 집을 확 나와버리면 뒤쫓아올 것이 분명했다. 안전하게 상황을 벗어나기 위해 울음을 멈추고 진정하는 척을 해야 했다. "너를 너무 사랑해서 이럴 수밖에 없었다"라는 가해자의 변명들을 묵묵히 들으면서 말이다.

여성은 자신만의 거처에 돌아와 전남편을 성범죄자로 고소할지 말지 고민하며 그날 밤을 뜬눈으로 지새웠다. 이미 딸이 이혼 서류를 냈다는 것만으로도 하늘이 무너진 줄 아시는 부모님 얼굴이 아른거리기도 했고 이혼까지 오는 것도 충분히 힘들었기에 더 큰 바위를 인생에 떨어뜨리고 싶지 않기도 했다. 하지만 그렇다고 아무 일도 없었다는 듯이 묵히고 지나가는 것은 더욱더 자신이 없었다.

많은 고민 끝에 해바라기센터에 가서 몸에 남아 있는 가해자의 DNA를 채취하고 성범죄를 당했다고 알렸다. 잘못했다고 빈말이라도 할 줄 알았던 가해자는 오히려 범행을 전면 부인했고 시어머니라는 사람은 위자료를 더 많이 뜯어내려는 수작질이라고 여성에게 저주의 문자를 보냈다. 용기를 내서 고소하길 잘했다고 확신이 드는 순간이었다. 휴대전화에 녹음되어 있던 녹음 원본과 녹취록을 추가 증거로 제출했다.

경찰에서 기소 의견으로 송치된 후 검찰에서 연락이 왔다. 피해자 조사를 해야겠다는 것이었다. 경찰에서 한 조사 때 이미 세세하게 진술을 한 터라 무얼 더 말해야 하나 싶었지만 성실히 조사에 임하고자 피해자와 나는 검찰청에 함께 갔다. 여러 질문들이 이어졌지만 질문들을 관통하는 취지는 하나였다. '너도 그동안 이 사람과 성생활을 해온 부부이고, 분위기상 자연스럽게 성관계로 이어진 것으로 보이는데 꼭 가해자를 처벌해야겠냐?'

증거로 제출한 녹음 파일을 한 번만 들어봤어도 그런 말은 못 할 것 같은데 피해자를 굳이 검찰청에 불러내어 가슴을 후벼 파는 이런 질문을 하는 검찰 수사관이 원망스러웠다. 나는 울음이 막 터지려 하는 피해자의 손을 잡았고 피해자는 자신이 당시 왜 빠져나올 수 없었는지 여러 번 자세히 설명했다.

수사관의 조사가 끝나고 검사가 자신의 책상으로 오라고 하여 자리를 옮겼다. 진술 조서를 컴퓨터 화면으로 주우욱 훑어보던 검사는 몇 가지를 더 물었다. 수사관의 질문과 비슷한 취지였다. 같은 대답을 이미 여러 번 한 상태라 지쳐 있었지만 평소 전남편의 폭력적인 성향이나 당시의 분위기를 설명하며 저항할 수 없는 상태에서 일어난 성범죄라는 사실을 다시 설명했다. 그러자 검사가 피해자의 얼굴을 빤히 보더니 이렇게 물었다.

"아니, 그렇게 하기 싫었으면 얼굴에 침이라도 뱉지 왜 그냥 가만히 있었어요?"

그 말을 들은 피해자는 눈에 눈물이 그렁그렁한 채 그대로 얼어버렸다. 조사는 그렇게 마무리되어 우리는 다 늦은 저녁에 검찰청 밖으로 걸어 나왔다. 얼마 뒤 그 사건은 허무하게도 '불기소처분(무혐의-증거 불충분)'되었다.

피의자를 불기소한 이유를 서류로 확인해보니 가관이었다.

"성관계를 한 사실은 인정되나 고소인의 반항을 불가능하게 하거나 현저히 곤란하게 할 정도의 폭력을 행사하였다고 인정할 증거가 부족하며, 부부 사이의 성생활에 대한 국가의 개입은 가정의 유지라는 관점에서 최대한 자제되어야 한다."

이미 끝난 부부 관계라고, 도저히 힘으로 빠져나올 수 없는 상황이었다고 그렇게 여러 번 이야기했는데 이런 결정문을 받고보니 힘이 쫙 빠졌다. 항고하기로 결정했다.

항고 이유서에는 기존에 음성 중심으로 기재되어 있던 녹취록 전체를 초 단위로 분석해서 당시 상황이 어떠했는지 읽는 사람이 쉽게 이해할 수 있도록 자세히 기재했다. 당시 동선이며 분위기며 행사된 물리력은 어떤 것이었는지 등 객관적으로 표현할 수 있는 것은 죄다 집어넣었다. 지극정성으로 쓴 항고 이유서 덕분이었을까. 고등검찰청에서 연락이 왔다. 좋은 신호였으나 한 가지, 대질조사를 해야만 했다. 가해자와 피해자를 한자리에 불러서 수사관이 녹음 파일을 직접 들으며 진행한 그 조사에서 피해자는 몇 시간 내내 눈물을 닦았다.

힘겨운 과정을 모두 견뎌내고 몇 주 뒤 항고가 받아들여져서 사건을 재수사하라는 명령이 나왔다. 무죄보다 더 받기 힘들다는 항고 인용 결정이었기에 더없이 기뻤지만 당연한 길을 너무 돌아 돌아서 온 것 같았다.

사건을 마무리하면서 만난 피해자의 얼굴은 한결 홀가분해 보였다. 사건을 올바른 방향으로 바로잡기 위해 지난 몇 개월간 서로의 자리에서 고생했음을 위로하고 앞으로의 삶을 격려하는 대화들을 이어갔다. 그러다가 피해자가 지나가는 말로 이렇게 말했다.

"얼굴에 침이라도 뱉어주지 그랬냐는 말은 아마 평생 못 잊을 것 같아요."

무슨 말을 더 보태랴, 나도 같은 마음인 것을.

피해자는 최선을 다해 도망쳐야 한다. 피해자는 강하게 불쾌함을 표현해야 한다. 피해자는 기분이 나쁘면 욕을 해서라도 거부 의사를 명확히 밝혀야 한다. 이런 생각들이 얼마나 비현실적인지 굳이 직접 겪어보지 않더라도 쉽게 알 수 있을 텐데,

여전히 사회에는 가해자의 시각에서 피해자의 탓으로 돌리는 왜곡된 생각들이 떠돌아다닌다. 사건이 좋은 결과로 끝났음에도 피해자의 마음에 상처로 남을 수밖에 없었던 그 말도 그 생각의 연장선에 있는 말이었다. 심지어 사건을 처리할 담당 검사의 입에서 그런 말을 들었으니 피해자의 무너지는 심정은 오죽했을까.

장애인다움을
강요하는 사회

성폭력 피해자에 대한 사회의 과도한 요구나 기준과 더불어 장애인, 특히 지적장애인에 대한 고정관념을 오롯이 보여준한 재판이 생각난다. 이미 초로에 접어든 광수 씨의 이야기다. 고된 일로 두툼해진 손바닥을 만지며 놀라는 내게 괜찮다고 헤벌쭉 웃어 보이는 그의 얼굴을 마주하며 무슨 말부터 시작해야 할지 잠깐 고민했다. 그는 수년간 비장애인 부부에게 무임금으로 노동력 착취를 당하다가 한 장애인 단체의 도움으로 그곳에서 탈출한 지적장애인이다.

인생 그 자체를 바라봐주길

　모르는 사람의 지시를 받으며 땀이 비 내리듯 흐르도록 고된 일을 이어온 건 언제부터인지 기억도 없다. 서류를 통해 장애인 등록 경위를 확인해보니 광수 씨는 태어날 때부터 지적장애가 있었다고 한다. 아주 어릴 때 영문도 모르고 부모와 떨어져 지내야 했고 남들이 중학교에 다닐 나이에 이 집 저 집 옮겨다니며 몇 년씩 시키는 일을 해야 했다. 언제 끝이 날지 알 수 있었다면 조금 견디기가 쉬웠을까.

　이번 '주인'은 정말 고약했다. 끝도 없이 넓은 딸기밭에서 수년간 일을 시키고도 제대로 된 한 끼 식사조차 내주지 않았다. 반찬은 수급비를 쪼개서 직접 읍내에서 사 먹어야 했고 비쩍 마른 몸통에 쏙 들어올 정도의 작디작은 밥솥 하나로 끼니를 이으며 연명했다. 주인이라는 작자는 시키는 대로 빨리 일을 못 한다 싶으면 광수 씨에게 주변에 있는 물건을 마구 집어던지곤 했다. 맞기 싫어서, 욕먹기 싫어서 새벽부터 밤까지 매일 쉬지 않고 일을 하니 언제부턴가 허리도 몹시 아프고 한쪽 다리가 저리는 통증도 생겼다.

　상황을 보다 못한 동네 주민이 군청에 찾아가 알리고 나서야 광수 씨는 장애인 단체 사람들을 만났다. 그 단체에서 내게 연락을 주어 광수 씨와 상담한 후 일단 가해자 부부를 고소하기로 했다. 고소가 무엇인지 이리저리 설명을 해보는데 별 반응이 없다가 "꼭 벌 받게 해주이소!"라고 목소리를 높인다.

"네! 물론입니다."

앞으로의 긴 싸움에 앞서 조만간 닥칠 일들도 알려드렸다.

"경찰서나 면사무소 같은 곳에 여러 번 가셔서 똑같은 이야기를 되풀이하셔야 할 수 있습니다. 그리고 법정에 나가서 판사님께 어떤 일이 있었는지 설명해야 할 수도 있습니다."

그런데 상담한 다음 날부터 밤에도 새벽에도 전화가 걸려 왔다. 지적장애로 사회적 맥락의 이해가 좀 어려운 상황이라 더 자주 전화를 걸어왔다. 주된 하소연은 다른 건 몰라도 가해자 앞에서 증언하는 일은 안 하면 안 되느냐는 내용이었다. 가해자의 집에서 분리되어 피해자 쉼터로 옮긴 지 몇 달이 지났는데도 가해자 생각만 하면 아직도 소화가 안 되고 기분이 나쁘다면서 말이다. "지난번 경찰서에서 말씀하실 때처럼 제가 법정에서도 옆에 있을 것"이라고 말씀드려도 광수 씨는 계속 불안해했다.

고소 후 8개월이 지나 드디어 올 것이 왔다. 법원에서 온 '증인 소환장' 앞에서 한숨을 푹 내쉬는 광수 씨의 모습에 나도 덩달아 긴장이 되었다. "꼭 필요한 일이니까, 혼자가 아니니까"하며 손을 연신 도닥도닥 해보았지만, 피고인석에 앉은 그 인간을 마주하기는 너무 싫은 모양이었다. 피고인에 대한 마지막 기억이 신발을 들고 자신을 때리려고 쫓아오던 모습이니 오죽할까.

대망의 증언 날이 밝았다. 법정에 미리 증인 지원 신청을 해놓았기에 증인 지원관의 도움을 받아 피고인과 마주치지 않으며 무사히 입정했다. 검사와 피고인 변호사가 차례로 여러 질문을 던졌고 어려운 질문들에 낼 수 있는 용기를 모두 끌어내서 대답하는 그의 느린 한 문장 한 문장이 고마웠다. 그런데 마지막에 재판장이 몇 가지 질문을 추가했다. "피고인은 그렇다 치고 피고인의 아내는 어땠나요?" 질문을 여러 차례 듣고 이해한 그는 이렇게 대답했다.

"아휴, 그 밥에 그 나물이쥬."

재판장은 의외라는 표정으로 혼잣말처럼 "지적장애가 있는데 어려운 말도 잘하네요?"라고 한다. 재판장은 속담과 같은 은유적 표현을 쓰는 지적장애인이 낯선 듯했다. 이러한 생경함은 종종 지적장애인이 아닐 거라는 성급한 판단으로까지 나아가기도 한다.

'재판장님, 지적장애인은 아기처럼 말하는 사람이 아니에요. 그냥 사람이에요. 지적장애가 있어도 나이를 먹으면서 사회적 성숙도가 자라나기 때문에 어려운 관용적 표현도 가끔 따라 할 수 있어요. 부디 이 사람이 살아온 인생 그 자체를 바라봐주세요.'

이 당연한 사실을 변호인 의견서에 녹여내기 위해 수많은 지적장애인의 사회 성숙도 관련 논문을 정리하여 제출해야 했다. 비장애인 중심의 사회는 장애인을 유형화·대상화·특정화하려고 한다. 미리 만들어놓은 '장애인다움'이라는 틀에서 조금이라도 벗어나면 놀라거나 비난하기도 한다. 재판장님에게 묻고 싶었다. 지적장애인이 쓸 수 없는 '어려운 말'이라는 게 따로 있긴 한 건가요?

백 명의 자폐성 장애인, 백 가지의 자폐성 장애

지적장애인과 더불어 발달장애인 중 하나인 자폐성 장애인에 대한 고정관념도 있다. 자폐 '스펙트럼' 장애라는 말이 있듯이 백 명의 자폐성 장애인이 있으면 백 가지의 자폐성 장애가 있는 것과 같다고 보는 것이 맞을 정도로 자폐성 장애는 사람마다 다른데도 세상은 자폐성 장애인을 일률적으로 이해하려고 한다.

원래 사람은 그 존재 안에 수많은 다양성을 안고 살아간다. 자폐성 장애인인 변호사를 소재로 큰 인기를 끌었던 드라마 속의 '우영우'도 분명 그 안에 다양성을 가진 사람 중 하나임에도 드라마 인기가 더해지면서 '장애'라는 한 단어로 존재가 한없이 수렴하는 일을 피하기 어려웠다.

일반적으로 자폐성 장애는 사회적 관계를 맺는 기술을 습득하기가 어렵고 의사소통이나 언어 습득에 장애가 있으며 감각적으로 특이하거나 의미 없는 행동을 반복하는 세 가지 기준 모두를 충족해야만 진단된다. 드라마 속 우영우라는 변호사는 자폐성 장애가 있으면서 백만 명에 한 명꼴로 나타난다는 초감각적 능력의 서번트 증후군을 가지고 있는 것으로 표현되었는데, 실제 현실 속에는 일상 전반의 질이 타인에 비하여 현저히 저하할 가능성이 있는 자폐성 장애인이 더 많다. 그래서 어떤 장애는 어떤 뛰어난 능력이 있다는 식으로 일반화하는 것은 장애인이 자신의 있는 모습 그대로 살아가는 데 방해가 된다.

난 우영우가 참 좋았다. 영우가 자폐성 장애인임에도 놀라운 실력과 천재성으로 장애를 극복해서가 아니다. 변호사로서 사건과 의뢰인을 마주하고 고민하는 자세, 자신을 평범하지 않은 사람으로 규정짓는 세상에서 나름의 방식대로 적응하며 명랑한 직업인으로 고군분투하는 모습에 진심으로 공감했기 때문이다.

이제야 고된 노동을 벗어난 광수 씨도, 이제 막 사회에 변호사로 첫발을 내딛는 우영우도 그냥 그 모습 그대로 살도록 존중하는 것이 풍성하고 재미있는 삶을 만드는 데 필요한 가장 큰 응원이지 않을까.

3부

✦

자신보다 약한 존재에게 가하는
비열한 폭력들

한 해 동안 아동학대 사건으로 신고되는 숫자가

거의 5만 건 정도이다.

일주일에 전국적으로 어림 천 개 정도의 사건이 생기는 것이다.

학대에서 살아남았더라도 중증 장애를 안고

남은 삶을 살아야 하는 아이들을 만나곤 한다.

사건의 가해자들은 후회한다고 울먹이며

재판부에 반성문을 열심히도 써내지만,

피해 아동이 살아내야 하는 일상은

그 반성문에 담기지 않는다.

아이는 흙탕물 안에 가라앉은 흙덩이처럼

누가 휘저으면 휘저어지며 그냥 하루하루 견딜 뿐이다.

어떻게 왔든
태어난 걸 진심으로 환영해

"엄마, 저기 난자에서 쉬었다 가요."

유치원생이던 아이와 산책하던 어느 가을, 멀찍이 보이는 정자를 가리키며 아이가 말했다. 갑작스럽지만 천진하게 튀어 나온 말을 들으며 '아기가 어떻게 생기는지 배웠구나' 직감했다.

"저건 난자가 아니고 정자야. 난자 짝꿍인 정자랑 저기 있 는 저 정자는 서로 달라."

설명을 해주면서도 피식피식 자꾸 웃음이 새어 나왔다. 생 명이 잉태되는 과정을 유치원생도 다 아는 세상이다. 어린이집 에서도 성교육은 필수가 되었다. 중·고등학교의 성교육도 난자, 정자, 수정, 착상을 설명하는 생물학 수준을 넘어 콘돔 사용법이나 사후 피임약 등의 피임법은 물론 재생산과 권리, 생명과 자기 긍정에 관한 내용도 함께 담아가고 있다.

성교육의 수준은 높아졌지만 어떤 생명은 참 어렵게도 세상에 오는 것 같다. 사건을 지원하다보면 임신한 피해자를 만날 때가 있는데 그중에 아동이나 장애인 등 스스로 아기를 낳고 기를 결정을 하기에 취약한 상황에 있는 사람들도 적지 않다.

산모도 아기도 받아주는 곳 하나 없는 현실

성폭력 피해로 일상생활을 유지하기 어렵다는 한 여성을 만나던 날, 남산만 한 배에 깜짝 놀랐다. 내색하지 않고 만나서 반갑다고 한참 친근하게 이야기하다가 자연스럽게 배 속 아기 이야기를 꺼냈다. 아기 아빠는 가해자였고 몇 달째 잠적 상태였다. 경찰에 확인해보니 지명수배를 내렸다는데 도대체 어디 있는지 잡히지 않는다고 했다.

사건도 사건이지만 여성과 태아가 더 걱정이었다. 지적장애와 정신장애를 가지고 있던 피해자는 두 달 뒤면 성별도 건강 상태도 모르는 아기를 만나야 했는데 정작 본인 건강이 몹시 안 좋았다. 여성은 원래 가지고 있던 지병의 고통을 줄이기 위해 임신 기간 내내 하루에 한 갑씩 담배를 피웠고 몇 년 전부터 정신과 약을 먹고 있었다. 산부인과를 다니기는 했지만 담당 의사조차 아이가 건강할지 걱정이라고 했다.

상담을 마치면서 일의 우선순위를 명확히 해야 했다. 지명수배된 가해자가 언제 잡힐지 모르는 상황이기에 지금 가장 중요한 일은 두 달 뒤로 예정된 출산에서 두 생명을 안전히 지키는 것이었다. 일단 긴급하게 피해자의 주소지를 관할하는 통합사례지원체계*를 연결했다. 출산까지 필요한 생활비와 의료비를 겨우 확보했다.

피해자는 아기를 입양 보내길 원했다. 앞으로 자신이 얼마나 살지 장담하기 어려웠고 아기를 낳자마자 정신병원에 입원해 치료받아야 하는 상황이었다. 내가 보기에도 생명이 얼마 남지 않은 듯한 여성에게 모성과 책임을 요구하기는 무리일 듯했다.

피해자의 출산 예정일이 가까워져오면서 나는 바쁘게 전화를 돌렸다. 입양도 알아봐야 했고 산후조리를 해줄 사람도 없어서 방법을 알아봐야 했다. 아기가 건강하게 태어나더라도

---

* 주로 시군구 단위의 행정청에서 운영하는 사례관리팀에 연락하면 유관 기관, 동 단위의 사회복지 공무원과 협업해 방문 상담이나 복지 서비스 계획을 수립한다. 행정청의 사례 관리 이외에도 추가로 사례 지원이 필요하면 가까운 복지관 사례관리팀이나 해당 피해를 전문적으로 지원하는 상담소 등을 연결하기도 한다.

안전하게 돌보면서 병원 치료나 예방접종 등 꼭 필요한 일을 지원해줄 곳도 필요했다. 그렇게 몇 날 며칠을 백 통도 넘게 전화해보았지만 결국 요청은 모두 거절되었다.

"엄마가 결혼한 적이 있다고요? 그럼 미혼모가 아니잖아요. 우리 미혼모 시설에는 입소가 안 되는데요."

"엄마가 아기를 낳고 온다고요? 아시다시피 지적장애인 거주 시설에는 남자 장애인들도 같이 살고 있고 저희가 산후조리까지 해줄 수는 없어요."

"성폭력 피해자 쉼터에는 아기를 낳은 몸으로는 오기 어려워요. 물론 갓난아기도 같이 올 수 없고요. 다른 피해자들이 너무 힘들어할 것 같아요."

"저희 모자 시설에 엄마만 입소할 수는 없어요. 엄마가 아기랑 같이 입소해서 아기를 직접 돌볼 수 있는 분만 이용할 수 있어요."

결혼 경험이 있고 출산 후 아기를 직접 양육할 상황이 아닌 피해자가 갈 곳은 어디에도 없었다. 아기가 갈 곳도 따로 찾아야 했지만 역시 아무 데서도 받아주지 않았다. 입양 기관에 문의를 해보았지만 엄마에게 정신장애가 있는 점, 임신 기간 동안 태아가 약물 섭취와 흡연에 지속적으로 노출된 점, 친부가 행방불명인 점 등을 주된 원인으로 거절당했다.

"솔직히 기형아일 수도 있는데 누가 입양을 하려고 하겠어요. 입양은 불가능할 것 같네요.”

"보육원에 입소하려면 아기가 출생신고가 되어 있고 친부 친모의 동의가 다 있어야 하는데 그럴 수 없는 상황인 것 같네 요. 그리고 막 태어난 아기는 돌보기가 어렵기 때문에 일반 보 육원에 입소하는 것 자체가 어려워요.”

예상은 했지만 모든 곳에서 거절당하자 화도 안 나고 막막 하기만 했다. 그때 나도 셋째를 낳아 젖을 먹이던 상태라서 나 는 '그냥 내가 한두 달 정도 젖을 먹여 같이 키우다가 건강이 좀 나아지면 입양이나 가정 위탁 등 다른 방법을 찾아볼까?' 하 는 생각도 했다. 그러다 절박한 마음으로 빌다시피 간청한 영 아 돌봄 기관에서 기적처럼 연락이 왔다. 아기가 보육원에 입 소하기 전까지만 임시로 돌봐주겠다고 했다. 당연히 작동되어 야 하는 사회 시스템은 설계조차 안 되어 있었고 개인의 선의 로 생명이 구제받는 상황이 안타까웠지만 다른 선택이 없었다.

다행히 아기는 무사히 태어났다. 뇌가 조금 작기는 하지 만 의사도 이 정도면 기적이라고 했다. 미리 싸둔 아기용품들 과 산모용 미역을 바리바리 챙겨서 기쁜 마음으로 병원에 달려 갔다. 산모의 상태를 보니 회복에 꽤 오랜 시간이 걸릴 것 같았 다. 구청을 통해 연결한 공공 산후 도우미가 퇴원 후 당분간 산 모의 회복을 돕게 되어 그나마 한시름 놓았다.

아기가 세상에 온 지 3일이 되던 날, 나는 아이를 피해자의 자녀로 출생신고 했다. 아기의 '부모를 알 권리'를 존중하면서 아기가 적법하게 아동보호 체계 안에 들어가기 위해 필요한 절차였다. 아기를 안고 택시로 돌봄 기관에 데려다주는 길에 그 해맑은 얼굴을 보면서 참 많이도 울었다.

아동의 삶을 뿌리째 잘라내는 법안

두 달이 지나 첫째 아이와 함께 아기가 있는 기관에 방문했다. 뽀얗게 살이 오른 아기는 제법 사람을 알아보는지 까꿍 소리에 생글생글 미소를 보였다. 법적으로 필요한 서류 처리를 마치고 아기는 영아 전담 민간 보육원에 무사히 입소했다.

몇 달간 마음 졸이며 고군분투하는 사이 아이의 친부인 가해자는 출산과 양육까지 모든 과정을 도망으로 회피했고 장애여성을 위한 공적 체계도 무엇 하나 작동하지 않았다는 사실이 참 씁쓸했다. 씁쓸함이 채 가시지 않아 생채기로 남아 있는데 한 가지 신기한 소식이 들려왔다. 방송인 사유리 씨가 정자를 기증받아 당당하게 비혼 출산을 했다는 뉴스였다. 대한민국 법으로는 방법이 없어서 일본에서 적법한 절차에 따라 정식으로 엄마가 된 그녀의 인터뷰를 보며 그 용기에 연신 박수가 나왔다.

그런데 이를 두고도 가족 질서를 무너뜨린다느니, 애비 없는 자식을 세상에 만드는 것은 아동학대라느니 쓸데없는 훈수질을 하는 사람들도 보였다. 묻고 싶었다. 친부를 특정할 수 없거나 친부가 양육 책임을 거부하는 상황에서 아기를 낳겠다고 선택하는 것도 아이에 대한 폭력인가? 그렇게 말할 자격이 있는 사람은 과연 누구란 말인가.

여성의 재생산권, 임신과 출산에 대한 비차별, 아동의 보편적 출생 등록권, 아동이 친생부모에게 길러질 권리(도저히 불가능하다면 최후의 수단으로 적법하고 안전하게 대체 양육을 받을 권리)들은 연결되어 있고 모두 보장되어야 한다. 출산과 양육은 당위가 아니라 한 인생의 전인격적인 결단이기 때문이다.

이 숭고한 결단은 돈이 많다고, 많이 배웠다고 내려지는 것이 아니다. 사람과 사람의 인생이 얽혀 역사가 만들어지는 일이며 그렇기 때문에 손쉬운 방법을 택하면 나중에 시간이 지나 그 대가가 반드시 돌아오기 마련이다. 아기를 낳고 기르는 일이 그렇다.

이 와중에 국회는 속전속결로 보호출산제*를 통과시켰다. 위기 임신을 지원할 수 있는 제도와 인력이 거의 없는 상황에서 출산율 그 세 글자만 보고 아동의 삶을 뿌리째 잘라내는 법안임

* 2023년 10월에 익명 출산을 지원하는 보호출산제가 국회 본회의에서 통과되었으며 2024년 7월부터 시행된다.

을 알면서도 우르르 찬성표를 던진 국회의원들의 이름을 찬찬히 살펴보았다. 법이 가뿐히 국회 본회의를 통과하던 날, 하루 종일 힘이 빠져 아무것도 할 수 없었다. 그리고 조용히 앉아 보호출산제로 태어나는 아기가 나중에 다 자라나서 언젠가 볼 수 있도록 저미는 가슴으로 편지를 써서 신문에 싣기로 했다.

먼저 세상에 와줘서 정말 고맙구나. 엄마 배 속에서 지내는 9개월 동안 바깥 세상은 어떤 곳일까 두근두근 설레며 열심히 자라났을 네게 온 마음으로 고맙다는 말을 해주고 싶어. 힘들게 나왔는데 왜 너를 반겨주는 엄마와 아빠가 없는지 의아하고 불안할 수 있다는 것 잘 알고 있어. 그래서 지금부터 네게 왜 이런 일이 생기게 되었는지 차분히 설명해주려고 해. 마음이 아픈 이야기지만 네가 한 번은 꼭 들어야 하는 이야기라서.

너도 잘 알겠지만 모든 아이는 자신의 부모가 누구인지 알 권리가 있고 친생부모에게 보호를 받으며 자라날 권리가 있어. 혹시나 부득이하게 부모와 떨어져 지내게 되더라도 부모와 지속적으로 연락을 할 권리도 있단다. 유엔 아동권리협약에서 이러한 아동의 권리들을 여러 번 강조해서 적고 있는 이유는 자신의 뿌리를 안다는 것이 한 사람의 전체 인생을 지탱하는 정체성과 자아를 만드는 데 중요한 역할을 하기 때문이야. 네가 태어난 이 대한민국은 무려 30년도 전에 이 유엔 아동권리협약에 가입했기에 네게 이런 권리가 있다는 것을 잘 알고 있었어.

그런데 네가 태어나기 몇 년 전부터 사람들이 결혼도 하지 않고 아기도 낳지 않는 문제로 나라 전체가 큰 고민에 빠지게 되었단다. 후손을 낳으려는 생명의 본능을 거스를 정도로 삶이 많이 팍팍해진 거지. 무한 경쟁과 각자도생의 사회 분위기에서 잘사는 사람과 못사는 사람의 격차가 심해지면서 독박 육아와 경력 단절의 문제가 해결될 기미가 보이지 않자 사람들은 아기를 낳지 않기 시작했어. 종종 아기를 낳자마자 죽이거나 버리는 끔찍한 일이 생기기도 했단다.

이 문제를 비교적 손쉽게 해결하기 위해 국회는 보호출산제라는 이름으로 익명 출산을 보장하는 제도를 법으로 도입했어. 아기가 생겼는데 낳아 키울 자신이 없는 사람, 스스로 기를 능력이 없다고 여기는 사람이 전국 어느 병원에서나 익명으로 아기를 낳은 후 놓고 떠날 수 있게 하는 거야. 심지어 자신이 낳은 아기를 키우다가도 한 달 안에 양육을 합법적으로 포기할 수 있도록 했단다. 아기가 택배 물건도 아닌데 한 달 안에 국가에 무료 반품할 수 있게 되면서 장애를 가지고 태어난 아동들이 줄줄이 반품될 운명에 처하게 된 것이지. 불법 영아 유기를 막기 위해서 이 법을 만든다면서 사실은 더 폭넓게 영아 유기를 조장하는 모순이 생겨버렸어.

친부모의 정보가 보관되기는 한단다. 비실명화 처리를 한 정보는 아동권리보장원에 영구 보존이 되기는 할 거야. 그 안에 너의 생물학적 엄마와 아빠에 관한 정보도 담겨 있겠지. 그러나 네가 그 정보에 제대로 접근하기란 거의 불가능해. 왜냐하면 너에게 그 정보를 보여주기 위해서는 너의 엄마와 아빠의 동의가 있어야 하거든. 하물며 그 동의가 있다고 하더라도 네가 성인이 되기 전까지는 너의 법정대리인만 그 정보를 청구할 수 있고 너 스스로는 청구조차 할 수 없단다.

아동의 입장에서 몹시 잔인한 법이니 입법을 하지 말아달라는 반대가 물론 있었어. 이러한 반대를 의식해서인지 익명으로 아기를 낳기를 원하는 여성을 잘 상담해서 직접 키우도록 마음을 돌려보겠다는 내용이 법에 적혀 있기는 해. 하지만 그 중요한 일을 할 전문 인력도, 전문 기관도 없이 법부터 뚝딱 만들어버린 탓에 처우가 열악한 상담 현장에서 형식적인 상담을 하는 데 그치더라도 아무도 책임지지 않을 수 있게 되었어.
이 법을 만든 사람들은 프랑스와 독일에도 이 제도가 있으니 우리도 만들면 좀 어떠냐고 하기도 했어. 하지만 프랑스와 독일은 한 부모 가정이나 사생아에 대한 사회적 편견이 우리나라보다 훨씬 적은 데다 어떤 상황에서 태어난 아기든 아기를 낳은 그 자체만으로 머물 곳을 해결해주고 생활비도 넉넉히 주기때문에 실제 양육이 어렵다고 아기를 유기하는 부작용이 훨씬 적다는 사실은 애써 외면하더라고.

네가 성인이 될 때까지 가정 대신 살게 될 확률이 높은 곳은 예전에는 고아원이라고 불리던 보육원이라는 시설이야. 아이들이 가정이 아닌 시설에서 집단적으로 자랄 경우 정서적 안정이나 아동 발달에 해악이 크다는 것이 여러 연구로 입증되었기 때문에 보육원이 아예 없는 나라도 있지만, 우리나라는 거꾸로 보호출산제 때문에 보육원이 더욱 번성하게 되었단다.

이 법을 만든 사람들은 익명 출산으로 태어난 아기들이 입양을 통해 새로운 가정을 찾을 것이라고 장담하듯 말하더라고. 하지만 입양 가정에 대한 사회적 편견이 큰 데다가 친자식조차 낳지 않으려는 이 나라에서 까다로운 입양의 절차와 긴 기다림을 뚫고 과연 얼마나 많은 아기들이 새 가정을 찾을 수 있을까. 게다가 한번 보육원에 들어가면 보육원에 대한 편견 때문에 더 입양이 안 되기도 하거든.

네게 잔인한 말이 될 수도 있겠지만 혹시나 네가 보육원에서 자라난다면 성인이 될 때까지 가정에서 살게 되리라는 기대는 되도록 하지 않는 것이 마음의 평안에 차라리 도움이 될 수도 있을 거야. 그나마 보육원에서 자라나는 아이들은 성인이 되면 퇴소라도 할 수 있는데, 장애가 있어서 버려진 아이들에게는 그런 기회조차 없단다. 아기 때부터 장애인 거주 시설에서 자라나 성인이 되고 할아버지 할머니가 되어도 지역사회로 탈시설하여 나와 사는 것이 거의 불가능하게 되었지.

네가 자라나다보면 가난하고 못 배운 집 부모 밑에서 자라느니 차라리 보육원에서 배곯지 않고 살게 된 것을 감사하게 생각해야 한다는 식의 말 같잖은 말이 들릴 때도 있을 거야. 자신들은 누릴 거 다 누리고 살았으면서 자신이 경험하지 않은 것을 함부로 이야기하는 사람들의 말을 귀담아들을 필요는 없단다. 너의 의지와 의사에 상관없이 태어나면서부터 2등 시민 취급을 받는다는 생각이 들 때가 있더라도 너라는 존재가 얼마나 존엄하고 소중한 생명인지 꼭 잊지 말았으면 좋겠어.

혹시 네가 친부모를 알 권리를 온전히 누리지 못한 것이나 위기 임신과 초기 양육에 대한 적절한 지원이 없어서 네가 집에서 엄마 아빠와 함께 자랄 기회를 잃은 것이 부당하거나 억울하다고 생각되면 나를 찾아오렴. 너의 편이 되어 국가를 상대로 소송을 내고 함께 싸워줄게. 내게 낯선 일도 아니니 걱정은 하지 않아도 돼. 수십 년 전에 멀쩡히 부모가 있는 아이들이 입양 기관에 의해 해외로 돈을 받고 팔려 나갔다가 그 아이들이 고국의 입양 기관에 대해 소송을 하고 있기도 하니까.

네가 자라는 동안 하루하루가 크고 작게 웃는 일들로 채워지길, 아프지 않고 학대받지 않으며 시기에 맞는 적절한 지원을 받는 행운을 누리길 매일 두 손을 모아 기도할게. 사랑하고 또 사랑한다.

진심으로, 이 편지를 읽으며 가슴 아파할 아이들이 한 명
도 없길 바란다. 혹시 생긴다면, 그래서 나를 찾아온다면 기꺼
이 손을 잡고 국가에 빼앗긴 것을 함께 찾아갈 것이다. 뿌리를
알 권리를 박탈당한 채 자라나 '정녕 살아도 산목숨이 아니었
다'는 사람에게 '그래도 살아는 있으니 다행'이라고 말하는 국
가는 얼마나 잔인한가.

아이는 존재를 다해
신호를 보낸다

"20만 원에 아이 입양 보냅니다. 36주 되었어요."

당근에 올라온 아기 판매 글이 뉴스에 보도되던 날, 살포시 눈을 감고 세상모르게 자는 사진 속 아기의 평온한 얼굴이 가슴을 쿵 내리쳤다. 아이는 지금 자기에게 무슨 일이 벌어지는지 모르고 잠에 빠진 채 열심히 자라나고 있었다. 아동학대 사건을 맡으면서 가장 마음이 찌르르한 이유이기도 하다. 사건을 관통해온 아이가 해맑게 웃는 모습을 보더라도 아이의 머릿속에 과거와 현재가 어떻게 새겨지고 있을까 하는 생각을 떨치기 어렵다.

한국에서는 거의 일주일에 한 명꼴로 학대로 인해 아이가 죽음에 이른다.* 언론에 보도되지 않는 사건이나 스리슬쩍 자연사로 처리되는 숨은 사건까지 포함하면 더 많은 아이들이 생명을 잃고 있을 것이다. 법에서는 아동학대를 "보호자를 포함한 성인이 아동의 건강 또는 복지를 해치거나 정상적 발달을 저해할 수 있는 신체적·정신적·성적 폭력이나 가혹행위를 하는 것과 아동의 보호자가 아동을 유기하거나 방임하는 것"이라고 적어두고 있다. 추상적인 개념이 많아 같은 사건을 두고도 학대다 아니다 의견이 갈리기도 한다. 그래서 개념을 이해하는 것보다 더 중요한 것이 있다. 바로 '잘 살펴보는 것'이다.

아이가 하는 모든 행동에는 이유가 있다

신체적 학대를 당하는 아이들에게서 나타나는 징후가 있다. 자꾸 여기저기 다치는데 상처와 정황 설명이 맞아떨어지지 않고 부자연스럽다거나 아이가 흔히 다치지 않는 부분(등이나 몸의 안쪽, 머리카락 아래 두피 부분)을 집중적으로 다치는 경우 등이다. 스스로 놀다가 다쳐서 난 상처라기보다는 외부의 힘이

---

* 2022년 아동학대 통계에 따르면 학대로 사망한 아동의 수는 총 50명이다.

가해져서 다치는 경우(가령 귓불 밑부분이 찢어진 상처)가 반복되면 위험한 상황이라는 신호로 볼 수 있다.

정서적 학대도 아이를 잘 살펴보면 보인다. 작은 소리나 손짓에 크게 놀란다거나 명랑하던 예전과 달리 유난히 예민하며 침울한 모습을 보이는 아이, 사소한 일에 격분하거나 반대로 피가 나는 등 제법 큰일에도 별 반응이 없는 무기력한 아이를 보면 정서적 학대에 노출되어 있지는 않은지 의심해볼 수 있다. 정서적 학대는 상당히 많이 발생*하는데도 잡아내기 어려운 학대 유형인데, 정서적 학대에 지속적으로 노출된 아이는 얼핏 예의 바르고 성실한 아이로 보이는 경우도 있기 때문이다. "책 읽어!"라고 하면 꼼짝 않고 가만히 앉아 두 시간을 내리 책을 읽기도 하고 자기가 한 일이 아닌데도 눈치를 보면서 과도하게 책임지려고 한다. 이런 행동은 일상적인 학대에 노출되어 마음이 오그라들었을 때 나오는 모습인데 주변 사람들은 "어쩜 이렇게 예의 바르게 잘 컸니?"라고 칭찬하고 넘기기 쉽다. 잘못된 포장에 익숙해진 아이는 스스로 도움을 청할 수 있는 끈을 놓아버리고 학대 상황 안에 더 가라앉게 된다.

---

* 2022년에 아동학대로 판단된 사건은 총 27,971건이었다. 그중 정서적 학대 사건은 10,632건(전체의 38퍼센트)이었고, 중복 학대(9,775건)에 대부분 정서적 학대가 포함되어 있는 것을 감안하면 정서적 학대와 중복 학대의 총 합계는 20,407건(전체의 73퍼센트)에 달했다.

성적 학대를 당하는 아이도 있다. 아동에게 가해지는 성적 학대를 초반에 잘 발견하지 못하는 이유는 아동의 취약성을 잘 아는 가해자가 성적 학대를 '놀이'처럼 인식하게끔 만들기 때문이다. '사랑하는 사람들 사이에서만 할 수 있는 비밀 놀이', '아프고 힘들긴 하지만 건강해지기 위해 잠깐만 참아야 하는 치료 놀이'라는 명목으로 벌어지는 아동학대는 밖으로 잘 드러나지 않는다. 아이가 나이에 비해 과도하게 성적인 행동을 하지는 않는지, 호감을 표현하는 방식이나 관심받고 싶어서 툭툭 나오는 행동이 성적인 표현과 연결되어 있지는 않는지 유심히 봐야 잡아낼 수 있다. 아이가 하는 모든 행동에는 이유가 있다.

미국에서 아동학대로 신고당했던 날

미국 대학의 방문학자이자 연구원으로 2년간 살면서 미국의 아동학대 시스템을 들여다볼 기회가 있었다. 미국 초등학교는 한 달에 한두 번 정도 선생님만 출근하고 아이들은 등교하지 않는 워크데이Work Day가 있다. 날씨가 좋은 어느 워크데이에 나는 우리 집 아이 셋과 앞집 아이 둘을 함께 데리고 동네에서 조금 떨어진 놀이터로 출발했다.

생각보다 규모가 큰 놀이터였다. 아주 큰 놀이터 두 개 사이에 큰 주차장이 있었는데 주차장을 가운데에 두고 위쪽으로 올라가도 놀이터, 아래쪽으로 내려가도 놀이터였다. 아이들은 신이 나서 먼저 아래쪽 놀이터를 뛰어다니며 놀았고 난 그 모습을 지켜보며 소소한 일들을 처리했다.

순식간에 오전 시간이 지나갔고 주차장 쪽 중간 벤치에 모여 미리 준비한 도시락을 펼쳐 다 같이 점심을 먹었다. 먹자마자 아이들은 이번에는 위쪽 놀이터에서 놀겠다고 우르르 몰려갔다. 나도 도시락과 테이블을 정리한 후 위쪽 놀이터로 향했다.

정리를 다 마치고 천천히 아이들이 노는 모습을 살펴보는데 아뿔싸! 우리 집 막내가 보이지 않았다. 가슴이 덜컥하여 목소리를 높여 아이의 이름을 부르며 뛰어다녔다. 다행히 저쪽에서 울고 있는 막내가 보여 얼른 달려가 안았다. 어디 있었냐고 물었더니 혼자 아래쪽 놀이터에 있었다고 손가락으로 가리키기에 토닥토닥 아이를 진정시켰다. 거기까지는 별일 아니게 지나가는 듯했다.

그런데 주차장으로 경찰차 두 대가 들어오기 시작했다. 무슨 일인가 싶었는데 웬 백인 여성이 나에게 다가와 자신이 나를 아동학대로 신고해서 경찰이 온 것이라고 설명했다. 이게 무슨 말인가 싶어 들어보니 자신이 아이를 5분 정도 관찰했는데 아이가 혼자 있고 보호자도 없어서 신고를 했다는 것이다.

졸지에 방임이나 유기에 따른 아동학대 혐의자가 되었다는 사실에 조금 당황했고 저기 다가오는 경찰들이 나를 잡으러 오는 사람들이라는 생각에 약간 두렵기도 했지만 사실 신고한 여성에 대한 고마움이 가장 컸다. 이런 살아 있는 신고 정신이 아동 사건을 조기에 제대로 대처하게 하기 때문이다. 일단 연유를 알려줘서 고맙다고 한 후 경찰에게 상황을 설명했다.

위아래로 나뉜 놀이터 구조가 사달을 냈다. 아이들이 점심을 먹고 위쪽 놀이터로 우르르 몰려가는 것을 몰랐던 막내 아이는 내가 도시락을 정리하는 사이 혼자 아래쪽 놀이터로 내려갔다가 아무도 보이지 않자 그 자리에서 울음을 터뜨린 것이다. 다행히 긴 시간 동안 방치되지 않고 얼른 찾긴 했지만 자칫하면 큰일 날 수도 있는 위험한 상황이었다. 자초지종을 들은 경찰은 여기 지리상 충분히 벌어질 수 있는 일이라고 오히려 놀란 나와 아이를 안심시켰다.

떡 본 김에 제사 지낸다고 기왕 눈앞에 총을 차고 있는 경찰 두 명, 그사이 별도로 도착한 사복 차림의 경찰 한 명까지 세 명의 경찰을 마주한 기회에 나는 아동 인권 업무를 하는 변호사임을 밝히고 이것저것 궁금한 것을 물어보았다. 각자 소속은 어디인지, 사건이 접수되면 누가 출동 신호를 보내는지, 어떻게 이렇게 빨리 출동할 수 있는지, 협업하는 기관이 어디이며 절차가 어떻게 되는지 등을 질문하면서 즉석 인터뷰를 진행했다. 신고는 별문제 없이 종결되었고 경찰들은 돌아갔다.

상황을 지켜보고 있던 신고자 여성과도 이야기를 나누었다. 여성은 자신이 오해하고 신고해서 미안하다고 했다. 나는 오히려 엄지를 치켜들며 정말 중요한 일을 하신 것이라고 감사하다고 말씀드렸다. 그랬더니 여성이 자신이 겪은 일을 말해주었다. 어린 시절 자신을 놀이터에 두고 부모님이 자동차에 기름을 넣으러 간 적이 있는데 그때 아무 말도 없이 차를 타고 가버리는 부모님을 보면서 버림을 받았다고 생각하고 큰 충격에 빠져 많이 울었다고 한다.

어린 아이는 혼자 두면 죽는다

아동학대의 여러 행위 유형 중 방임은 상대적으로 별일 아닌 것처럼 취급된다. 그러나 분명한 사실은 '어린아이는 혼자 두면 죽는다'는 것이다. 발달의 정도에 따라 버틸 수 있는 시간의 차이가 있을 뿐 모든 아동은 적절한 지원과 공급, 보살핌과 상호작용 없이 혼자 덩그러니 남겨지면 목숨을 유지하기 어렵다. 사실 성인도 그렇지 않은가. 자립 생활을 하는 성인이라도 혼자 산골짜기에서 농사를 짓고 사냥을 해서 먹고살라고 하면 쉽지 않다. 사람은 끊임없이 관계 속에서 필요를 채우고 주고

받으며 살아간다. 아동을 방임한다는 것은 그 관계를 일방적으로 끊는 것이기 때문에 결코 가벼운 문제가 아니다.

방임에도 물리적 방임, 교육적 방임, 의료적 방임 등 여러 종류가 있다. 물리적 방임은 말 그대로 기본적인 의식주조차 아동에게 제공되지 않는 것인데 뉴스를 통해 가끔 보도되는 오물과 쓰레기 속에 사는 아동, 제대로 씻지 못해 냄새가 나고 치아 상태가 엉망인 아동이 여기 해당한다. 물리적 방임에 놓였던 아동을 대리할 때는 가급적 아동이 지냈던 공간을 확인해보는데 매번 슬픔에 휩싸여 놀라곤 한다. 사람이 사는 집이 이렇게 더러울 수도 있다는 데 놀라는 것이 아니다. 이런 곳에서 이 아이가 살아내려고 여기저기 뒤지고 주워 먹으며 버텼을 시간을, 혼나지 않으려고 치우는 시늉이라도 하면서 살아냈을 날들을 생각할 때 특히 많이 속상하다.

기본적인 의식주는 어느 정도 제공되지만 교육적으로 방임되는 아동도 있다. 사기 혐의로 체포당할 것 같으니 아이들을 데리고 도망가서 여러 모텔을 전전하던 부부가 있었는데 아이들이 몇 개월이나 학교를 무단으로 결석하면서 덜미가 잡혔다. 어떤 보호자는 자신은 밤에 일을 해서 낮에는 자야 한다며 아이가 학교에 가거나 말거나 방치하기도 했다. 아이는 게임에 빠져 학교에 안 가는 날이 허다했다. 모두 교육적 방임으로 입건된 사건들이다.

한창 코로나로 온 세계가 떠들썩하던 2020년에 아이들은 학교에 등교하지 않고 거의 1년 가까이 집에서 원격 수업을 들으며 버텼다. 어른들은 직장에 가고 평소처럼 사는데도 아이들은 학교에조차 갈 수 없었다. 당시 저소득층 아동들의 실태를 조사한 결과를 보니 평일에 성인 없이 집에 혼자 있다고 답변한 아이가 약 36퍼센트였고 그중 42퍼센트는 5일 내내 부모나 어른 없이 지냈다고 답했다.

가만히 홀로 두면 살 수 없는 아동이 사회적인 돌봄 공백과 연결되면 결국 아동학대로 이어진다. 2020년 코로나 상황에서 휴교 이후 아동학대 경험 비율이 두 배 이상 증가했다는 조사 결과를 보더라도 사회적 안전망 안에서 아이들이 돌봄을 제공받는 것이 얼마나 중요한지 알 수 있다.

아동학대는 소수의 극악한 사람들에 의해 발생하는 극단적인 사건이 아니라 함께 돌보고, 함께 살아가는 사회구조 어딘가가 고장 나서 발생하는 문제인데, 아동학대에 대한 이러저러한 편견들은 여전히 아동을 어른 중심의 사회에 욱여넣어 현실을 왜곡하는 것을 반영하고 있다.

가해자는 자고로 이러해야 한다니

"또 계모야(계부야), 이럴 줄 알았어."

뉴스만 터졌다 하면 달리는 댓글이다. 매년 발표되는 아동학대 조사 통계를 보면 친부모에 의한 아동학대가 계부나 계모에 의한 학대보다 압도적으로 많은데도 말이다.

입건조차 되지 않는 사건들도 있다. "배울 만큼 배운 사람이 왜 아이를 학대하겠어", "저렇게 넓은 평수의 아파트에 살면서 뭐가 불만이 있어서 애를 학대하겠어", "귀엽고 사랑스러운 아이를 학대하는 것은 정신적으로 병든 사람이나 하는 짓이지"라는 생각들 때문이다. 조금 어색한 말이긴 하지만 사회가 만들어낸 '가해자다움'의 일종인 것 같다.

사건으로 만나본 수많은 아동학대 가해자 중에는 내로라 하는 직업을 가진 사람, 남부러울 것 없이 가진 게 많은 사람도 있었다. 오히려 그런 사람들은 자신에게 유리한 '가해자다움'이라는 사회적 편견을 악용해서 상황이 심각해질 때까지 요리조리 잘만 피해 다닌다. 미꾸라지처럼 법을 빠져나가다가 아동이 죽거나 장애를 입는 등 심각한 사건이 터져야 비로소 수면 위로 드러나는 경우가 많다.

아동학대 행위가 드러나면 가해자들은 몰라서 그랬다고 변명한다. 자신은 결코 아이를 학대하려고 그런 것이 아니며 너무 사랑한 나머지 잘 크라고 훈육 차원에서 한 행동이라는 것이다. 몇 년 전 민법 제915조가 개정되면서 자녀에 대한 부모의 '징계권'이 삭제되었다. 한국이 세계에서 예순두 번째로 '아동 체벌 금지 국가'가 된 것이다. 이를 두고 "아이쿠, 이제는 무서워서 애들 눈도 못 쳐다보겠네", "잘못된 것은 때려서라도 가르쳐야 되는데 이걸 법으로 막았으니 애들이 엉망진창으로 크겠네"라는 반응도 있었다. 스웨덴, 핀란드, 노르웨이의 아이들은 1980년대부터 체벌이 금지된 나라에서 자랐지만, 버르장머리 없고 이기적이라 사회에 해를 끼치는 존재가 되지 않았는데도 말이다.

체벌과 달리 훈육은 필요하다. 아이가 올바르게 성장하도록 도와주고 잘못된 행동을 바로잡아주기 때문이다. 그래서 훈육을 할 때는 아이를 지지하는 마음으로 감정을 앞세우지 않아야 한다. 아동은 이미 어른보다 낮은 위치에서 불평등한 관계를 감내하는 존재라는 점을 이해하는 사람이라면 아이를 체벌해야 한다고 목소리를 높이지 않는다. 아이를 학대해놓고 그게 학대인 줄 몰랐다며 숨지도 않는다. 격분해서 아이를 때리고 욕하고 소리를 지르면서 훈육 핑계를 대는 것을 보면 그래서 참 갑갑하다.

아이에게 한 행동이 정말 학대인 줄 몰랐다면 다른 사람이 있을 때도 똑같이 행동해야 한다. 그런데 아이가 같은 잘못을 하더라도 사람들이 보는 데서는 아무 일도 아닌 듯 넘어가면서 다른 사람이 없는 곳에서는 죽일 듯이 몰아세운다. 결국 본인도 아는 것이다. 이게 학대라는 것을, 다른 사람에게 들키지 않아야 한다는 것을 말이다.

아이가 자신을 화나게 하면 아이의 뺨을 때리고, 사장이 자신을 화나게 하면 사장의 뺨을 때리는 사람은 분노 조절 장애 등 신경정신과적 진단을 받고 사회적 관리 대상이 된다. 오히려 학대 상황에 개입하기가 수월하다. 그러나 아동학대 가해자 대부분은 상대를 봐가면서 선택적으로 분노한다. 결국 '몰라서', '훈육하려고' 저지르는 일이 아니라 자신보다 약한 존재에게 가하는 비열한 폭력이다. 아동학대 가해자들이 합당한 벌을 받아야 하는 이유는 여기에 있다.

아이의 말과 행동에는 모두 이유가 있음을 기억하고 대하면 크고 작은 표현들이 오감으로 들어온다. "보여라! 들려라! 얍!" 마법의 주문은 필요 없을지도 모른다. 관심 있게 살펴보고 물어보고 마음을 내어주면 결국 아이의 진짜 속을 보고 들을 수 있는 눈과 귀가 열린다. 내 주변에 유심히 살펴볼 만한 아이는 누구인가.

아이들의 삶을 시들게 하는
나쁜 정책들

2021년을 맞이한 지 얼마 지나지 않은 어느 겨울날이었다. 법원에 가야 하는데 도저히 용기가 나지 않았다. 사건의 첫 재판이 열리던 날, 아수라장이 된 법원 안팎을 담은 뉴스 화면만 보는데도 계속 눈물이 났다. 화면 속에서는 한 구속 피고인의 호송 버스를 둘러싼 수많은 사람들이 버스를 때리면서 살인자라 외치며 날카롭게 울고 있었다. 눈물을 가득 담은 비명이었다. 모두의 눈물에는 분노를 넘어 원통함이 스며 있었다. 왜 귀하디귀한 생명을 지켜낼 수 있었는데 이 나라는 그러지 못했느냐고. 왜 세 번씩이나 기회가 있었는데 아이를 구해내지 못

했느냐고.

정인이. 이제는 누구나 알고 있는 한 아이의 죽음은 2020년 10월경 세상에 알려졌다. 사건 직후에는 한 달에 한두 번꼴로 나오는 여느 아동학대 사망 사건과 비슷한 수준으로 무심한 듯 보도되었다. 하지만 사건이 알려질수록 사람들은 분노했다. 사망 전 의사, 어린이집 선생님, 일반 시민이 도합 세 번이나 아동학대 신고를 한 사건이었기 때문이다. 분노의 여론을 의식한 듯 경찰청과 보건복지부는 그로부터 약 50일 뒤에 이런 제목의 보도자료를 낸다.

아동학대 두 번 신고되면 즉시 분리 보호한다.

이어서 2021년에 「아동복지법」을 스리슬쩍 개정해 "1년 이내에 2회 이상 아동학대 신고가 접수된 아동에 대하여 현장 조사 과정에서 학대 피해가 강하게 의심되고 재학대가 발생할 우려가 있는 경우"에 공무원이 아동을 분리하도록 했다.

심정적으로만 보면 이해가 가기도 한다. 10년이 훌쩍 넘게 변호사 일을 해오면서도 다른 범죄보다도 아동학대 사건 가해자에게만큼은 평정심을 유지하기 어려울 때가 있으니 말이다. 어떤 가해자는 재판이라는 거추장스러운 절차를 생략하고 즉시 요절내고 싶은 생각이 들 때도 있다. 학대받는 아동이 하루라도 빨리 학대 장소에서 구출되길 바라는 마음이 간절한 것은 두말할 나위가 없다. 그런 나로서도 2회 신고로 아동을 임의로 가정에서 시설로 옮길 수 있는 이 졸속 법 개정을 보고 황당을 넘어 분노를 금할 수 없었다.

신고 횟수보다 중요한 것들

동문서답 아닌가. 왜 여러 번 신고를 했는데도 정인이를 구해낼 수 없었는지를 물었는데, 그 질문에 대한 대답은 회피하면서 앞으로 아동학대로 2회 신고되면 아동을 분리하겠다니. 왜 환자가 세 번이나 고통을 호소했는데 정확히 진단을 못 했는지 물어보니 앞으로 아프다고 두 번 말하면 환자를 다른 병원으로 보내겠다는 식이다.

왜 이런 문제가 생겼는지 면밀히 살펴보지 않은 채 엉성한 방법을 해결책이라고 던지면 막상 아동학대에 개입하는 현장에는 '2회 신고＝아동 분리'라는 잘못된 공식이 자리 잡는다. 학대 피해를 당한 아동을 신고 횟수에 따라 기계적으로 분리하는 것은 왜 위험할까.

우선 1회 신고라도 바로 분리되어야 할 아동이 법 때문에 분리되지 않을 수 있다. 2회 신고 시 분리한다는 말을 행정 편의로 해석하면 1회 신고가 들어오면 한 번 더 신고가 들어올 때까지 분리를 보류하기 쉽다는 말이다. 최초 신고로 출동했더라도 바로 아동을 분리해야 하는 사건을 그렇게 하지 못했을 때 오히려 잘못에 대한 책임을 면하게 될 수 있다.

또한 기계적인 분리 과정에서 아동의 심리가 무시될 가능성이 높다. 많은 학대 피해 아동이 갑작스러운 분리로 불안과 공포를 호소한다. 욕설이 난무하는 집이지만 자기만의 작은 공간에서 애착 물건을 통해 위안을 얻던 한 아이는 슬리퍼에 잠옷 차림으로 갑자기 낯선 시설에 분리되자 공황장애를 겪기도 했다. "가해자가 나가야지 왜 피해자인 내가 집에서 쫓겨나야 하느냐?"라고 화를 내는 아이도 있다.

무분별한 분리가 아이들에게 미치는 악영향이 크다는 사실을 높은 분들과 이야기해보았지만 "위험한 집에서 구출해주었으면 고마워해야지 왜 아동이 분리를 싫어하느냐?", "시설에서 다 같이 쓰는 팬티랑 양말을 같이 입으면 되지 왜 꼭 자기 물건을 챙겨 나와야 하느냐"라는 대답이 돌아왔다. 정작 그들은 '분리'라는 큰 사건을 겪어내는 아동이 한낱 물건이 아닌 '사람'이라는 사실을 모르는 듯했다.

그렇게 쉽게 분리된 아동에게는 막상 갈 곳이 없다. 아무리 학대 피해 아동 쉼터를 많이 만든다고 해도 아동학대 사건은 재학대율이 높기 때문에 1년 내내 쉼터가 포화 상태다. 이런 상태에서 신고 횟수만 차면 분리한다는 제도는 물리적으로 나 공간적으로도 뒷받침이 안 된다. 기계적인 분리로 쉼터에 빈자리가 사라지면 반드시 분리해야 하는 아동을 보고도 갈 곳이 없다는 이유로 분리하지 않을 수 있다. 그 책임은 누구한테 물어야 할까.

즉각 분리 제도를 악용하는 나쁜 어른들도 나타나기 시작했다. 정부에서 '2회 신고=아동 분리'를 발표하자 양육권 다툼 중인 부부 일방이 아이를 데리고 있는 상대방을 아동학대로 허위 신고하는 사례가 급증했다. 아동이 학대 의심으로 분리되면 공동 친권자인 자신과 같이 살 수 있다는 것을 알기에 아이를 합법적으로 빼앗아 오기 위해 제도를 악용하는 것이다.

코미디 같은 일도 있었다. 정부의 일방적인 즉각 분리 제도 발표 다음 날부터 현장에서는 '2회'를 어떻게 해석해야 하는지 몰라 혼란을 겪었다. 같은 기관에만 2회 신고인지, 다른 기관에 신고한 횟수도 포함하는지 우왕좌왕하며 최대한 책임을 지지 않는 방향으로 해석해야 한다는 것이었다. 신고받은 기관이 서로 다르면 누적 신고 횟수를 제대로 파악하기 위해 신고 사실을 실시간으로 공유해야 했지만 그럴 근거도 방법도 전혀 없는데 일단 당장 시행하고 보자는 무책임함에 혀를 내두르지 않을 수 없었다.

즉시보다 적시

공무원이 아동을 기존에 살던 곳에서 전혀 새로운 곳으로 옮기는 일은 법적으로 따지면 '행정처분'이다. 모든 행정처분은 행정기본법과 행정절차법에 따라 이루어져야 하는데 이상하게 아동만은 예외인 듯하다. 통지 제도도 이의신청도 있는 듯 없는 듯 감추어져 있고 아동이 왜 분리되었는지 판단의 이유를 알 뚜렷한 방법도 없다. 아동을 집에서 분리할 수 있는 요건이 두루뭉술해서 해석하는 사람에 따라 들쭉날쭉이다.

무엇보다 아동 분리 행정처분에는 기한이 없다. 그래서 한번 분리된 아동은 언제까지 자신이 시설에서 살아야 하는지 모른다. 이 시설에서 저 시설로 옮겨질 때도 아동에게 의사를 묻지 않거나 형식적으로 돌려 물을 뿐이다.

그러니 황당한 사건들이 생긴다. 부모가 이혼한 뒤 엄마와 살다가 잠시 아빠 집에 가서 살았는데 아빠의 폭력으로 보육원에 분리된 아동을 대리한 적이 있다. 엄마가 아이를 끝까지 잘 키우지 못하고 아빠에게 보냈다는 이유로 엄마에게는 양육 의사가 없다고 판단하여 아이는 곧장 시설로 보내졌다. 아이는 시설에 분리되었다는 이유로 학대 행위를 하지도 않은 엄마와 1년 가까이 얼굴 한번 못 본 채 시설 아동으로 살아야 했다. "내가 애를 때린 것도 아닌데 왜 애를 못 보게 하느냐"라고 하며 엄마는 격하게 항의했다. 나와 만났을 때 아이의 엄마는 이미 관계 기관 모든 곳에서 진상 민원인으로 찍혀 있었고 아이와 같이 살 수 있는 그날은 그만큼 더 기약 없이 멀어지고 있었다. 이런 행정처분이 성인에게 내려지면 가만히 참고 있을 사람이 과연 있을까?

즉각 분리에 대한 입법이 번갯불에 콩 볶아 먹듯 마무리되자마자 정부는 아동학대 종합 대책을 발표했다. 어디선가 계속 긁어다 붙인 것 같이 그렇고 그런 내용 중에서 유독 지나치게 강조되는 네 글자는 역시 "즉시 분리"였다. 네 글자 주변에 얼쩡거리는 문장들은 하나같이 다음과 같았다.

'즉시' 분리하고, '즉시' 보고하고, '즉시' 조치한다.

어디서 많이 보았다 싶었는데 마침 뉴스가 흘러나온다.

"이번 명절 택배 대란을 막기 위해 물류 센터에서는 물류를 즉시 분리하여 차질 없이 운송될 수 있도록 최선을 다하고 있습니다."

그렇다. 나라에서 학대 피해 아동을 사람이 아니라 물건 취급하고 있었다. 택배처럼 빨리 어디론가 옮겨져야 하는 물건.

사실 우리는 모두 알고 있다. 분리되어야 할 아동이 그동안 제대로 분리되지 못한 이유는 법에서 분리의 기준을 모호하게 정했기 때문이 아니라는 것을. 허벅지의 멍을 몽고점이라고 우기고, 손찌검에 벌건 피부를 아토피라고 우기는 가해자의 말만 듣고 돌아선 어른들의 '비전문성'과 '책임 회피' 때문에 반복되는 문제라는 것을 말이다. 신고 횟수에 따른 기계적인 아동 분리는 공무원의 면책을 위한 개악에 불과하다.

분리되는 아동도 한 명의 '사람'이라는 것을 인식할 때 비로소 아동을 위한 적시 분리가 가능해진다. 사람과 사람은 서로 물어볼 수 있고, 교감하며 살펴볼 수 있고, 상대방의 비언어적인 의사 표현도 오감으로 해석할 수 있다. 우리 사회가 정말 고민해야 하는 것은 몇 번을 신고했을 때 아이를 분리해야 하는지가 아니라 신고 횟수에 관계없이 아이를 처음 만나 조사하는 어른이 어떻게 그 아이를 동등한 인격체로 보고 상황을 판단할 수 있을까 하는 문제다.

모르면 가만히 있든가

신고 횟수로 아동을 원가정에서 쉽게 분리해내는 법을 만든 국회의원들이 무식한 말을 내뱉기 시작했다. "학대 피해 아동을 위해 원가정 보호 원칙을 폐기해야 한다"라는 말이었다. 학대 피해 아동이 학대 행위자에게서 분리되는 일과 아동이 원

가정에서 보호받으며 양육되어야 한다는 아동 인권의 대원칙은 전혀 다른 문제인데 말이다. 가만히 있으면 중간이라도 간다는 말이 이럴 때 쓰는 것이구나 싶었다.

근대를 거쳐 인간은 '영장주의'라는 대원칙에 합의했다. 죄를 저지른 사람이 아무리 미워도 법관이 발부한 영장 없이는 체포되거나 구속되지 않을 권리가 있다는 인간의 기본권을 인정하고 합의한 것이다. 영장주의는 이제 상식이다. "범죄 피해자를 보호하기 위해 영장주의를 폐지합시다!" 따위가 이상한 말인 것을 누구나 안다. 범죄 피해자를 보호하는 일과 영장주의를 준수하는 일은 전혀 다른데 이 둘을 동일 선상에 놓고 하나를 위해 하나를 포기하자는 논리는 어떻게 연결되는 걸까. 마찬가지로 학대로부터 아동이 보호될 권리와 아동이 원가정에서 보호될 권리는 서로 다른 말이다. 원가정 보호 원칙은 아동권리협약에 따른 아동의 중요한 '기본권'이다.

정인이 이후에도 많은 아이들이 학대로 생명을 잃었고 지금도 그 일들은 벌어지고 있다. 즉각 분리 제도 도입 이후 남용 방지를 위해 분리된 아동 현황을 정기적으로 공개하겠다는 정부는 입을 꾹 닫았다. 원가정에서 뽑혀 나가 어디론가 떠도는 아이들이 어떻게 살고 있는지 정책을 발표한 사람도, 법을 만든 사람도 모두 모른다.

모든 면에서 어른에 비해 취약할 수밖에 없는 아동을 대상으로 자행되는 폭력과 학대에 대처하는 방법은 숫자 몇 개에 머물러 있지 않다. 이 일을 담당하는 어른들이 어디까지 책임 질 수 있는 구조인가에 달려 있다. 당장의 책임 회피를 위해 급조된 나쁜 정책들로 아이들의 삶이 어떻게 시들어가는지 들여 다볼 필요가 있다.

아동학대 신고 이후
벌어지는 진짜 현실

"이제 두 분이서 편히 이야기 나누세요. 저는 그만 나가 있을게요."

'사랑의 작대기'가 등장하는 연애 프로그램 진행자가 할 만한 멘트를 느끼하게 날리고 나온 그곳은 시골의 한 정신병원 상담실이었다. 나는 상담실에서 나왔지만 사실 그 안은 조용한 전쟁터나 다름없었다. 그날 두 사람의 면담 결과가 향후 소은이의 인생에 아주 중요한 영향을 미칠 예정이었기 때문이다. 소은이는 세상 누구보다 힘든 일을 2년째 겪고 있었다. 그 모든 일은 다니던 중학교 선생님과 고민 상담을 하면서 시작되었다.

솔직하게 말했을 뿐인데

소은이는 엄마의 얼굴이 기억나지 않는다. 소은이가 잘 뛰어다니게 되었을 무렵 나이 차이가 많이 나는 오빠와 소은이를 두고 집을 떠났기 때문이다. 갑자기 엄마가 없어진 충격을 추스를 겨를도 없이 소은이의 아빠는 소은이가 너무 어려 키우기 어렵다는 단순한 이유로 차로 두 시간이나 떨어진 보육원에 보내버렸다. 아빠와 오빠는 어쩌다 한번 시설에 찾아올 때만 볼 수 있는 사람들이 되었고 자연스레 소은이는 보육원 원장님을 엄마라 생각하고 몇 년간 살았다. 한글도 알게 되고, 혼자 씻고 먹는 생활 훈련도 잘 해나가던 어느 날, 초등학교 입학을 앞두고 갑자기 아빠가 찾아와서 집에 가자고 했다.

정든 친구들과 인사할 겨를도, 아끼는 물건을 챙길 여유도 없이 하루아침에 집으로 돌아온 소은의 일상을 지배한 것은 방임과 외로움이었다. 냉장고가 텅 빈 집, 게임에만 몰두하여 한마디 대화조차 나누지 않는 오빠, 술과 안주를 사 들고 모르는 아줌마와 밤늦게 집에 들어오는 아빠와 담배꽁초가 가득한 집에서 사는 일은 몹시도 외로운 일이었다.

다행히 학교 생활은 그럭저럭 나쁘지 않았다. 마음이 맞는 친구들도 더러 있었고 소은이는 말썽이라곤 전혀 부리지 않는 조용한 아이였기 때문이다. 하지만 한 살 한 살 먹어갈수록 안

정적이고 믿을 만한 누군가가 절실해졌다. 지금 겪는 어려움은 친구들은 공감하기 어려운 것이었기에 소은이는 친구들과 수다 떠는 것보다 학교 상담 선생님과 이야기를 나누는 것이 좋았다.

"아빠가 제가 잘못하거나 예의 없게 굴면 뺨이나 등, 엉덩이를 손으로 세게 때릴 때가 있긴 하지만, 괜찮아요. 아빠를 싫어하진 않거든요. 그래도 아빠가 제 몸을 만지는 것은 소름 끼치게 싫을 때가 있어요."

이야기를 들은 상담 선생님의 얼굴색이 갑자기 심각해졌다. 그리고 "내가 이 이야기를 너에게 들은 이상 법에 따라 신고를 해야 하는데 괜찮겠냐"라고 물어봤다. 어디에 뭘 신고한다는 건지 정확히는 몰랐지만 안 하면 선생님이 벌을 받는다고 하니 그러시라고 했다. 20분쯤 지났을까. 경찰 몇 명, 아동복지과 선생님이라는 사람 몇 명이 상담실 안팎에 모여들었다. 모르는 어른들이 소은이 앞에 앉더니 아빠가 네 몸을 어떻게 만진 거냐고 묻고 또 물었다. 뭔가 잘못되어가는 듯했지만 없는 말을 지어낸 것은 아니었기에 다시 사실대로 이야기했다.

"가슴이 커지려면 마사지를 해야 한다면서 제 가슴을 꽉꽉 움켜쥔 적이 있고요. 잘 자라고 제 침대에 와서 저를 뒤에서 꽉 안고 가는데 그때 손으로 제 배 아래로 손이 내려가서 그 부분을 꾹 누르면서 안은 적이 있어요. 제가 하지 말라고 했더니 이제는 안 해요."

어른들의 표정이 다 같이 또 심각해지더니 소은이를 두고 뭔가 속닥속닥 이야기를 나누었다. 그러다 자기를 공무원이라고 소개한 어른 한 명이 소은에게 와서 물었다.

"소은아, 오늘 집에 들어가고 싶어? 아니면 다른 데 가서 잘래?"

학교 선생님에게 아빠에 관한 뭔가 비밀 이야기를 했다는 것을 아빠가 알면 왠지 크게 혼이 날 것 같았다. 하룻밤쯤은 다른 곳에서 자도 괜찮겠지 싶어 소은이는 별 고민 없이 오늘은 집에 안 들어가겠다고 대답했다.

낯선 차를 타고 도착한 곳은 자그마한 건물이었다. 들어가는 입구부터 비밀번호를 눌러야 했고 입구로 들어가니 계단이 나왔다. 몇 층을 걸어 올라가니 거뭇한 복도 끝에 또 비밀번호를 눌러야 하는 철문이 나왔다.

그 문을 열고 들어가자 초등학교 저학년처럼 작은 아이부터 고등학생처럼 보이는 언니까지 예닐곱 명의 아이들이 있었다. 혼자 깨끗한 방에 가서 편안히 하룻밤 쉬고 내일 집에 돌아갈 줄 알았던 소은이는 뭔가 슬슬 불길해졌다. 현관문 밖에도 잠금장치가 되어 있어서 누가 문을 열어주지 않으면 밖으로 나갈 수 없었고 창문은 죄다 쇠창살로 막혀 있었다. 그곳에 있던 선생님은 소은이를 보자마자 여기서는 휴대전화를 내야 한다며 덜컥 가져갔다.

　낯선 공간이나 소리에 예민한 소은이는 거의 뜬눈으로 밤을 새웠다. 모르는 사람들이 가득한 이 공간에서 나가고 싶다는 생각뿐이었다. 다음 날 아침이 되자마자 집에 가겠다고 말해보았지만, 당분간 학교에 갈 수 없으며 여기서 계속 지내야 한다는 뜻밖의 답변을 들었다. 절대 싫다고 해보았지만 내일이나 모레 있을 경찰 조사를 잘해야 집에 가도 갈 수 있다며 당장 집에 가기는 어렵다고 했다.

　'그래, 카메라 앞에서 제대로 있었던 일을 말하면 집에 갈 수 있을 거야'라고 생각하며 하루 이틀 버티는 시간이 이어졌다. 며칠 후 소은이는 자신을 데리러 온 차를 타고 큰 병원에 갔고 병원 안에 있는 해바라기센터라는 곳에서 진술을 하게 되었다. 이미 여러 번 말한 내용을 처음 보는 어른이 또 계속 물어봐서 좀 힘들었지만, 이 진술만 잘 마치면 집에 갈 수 있다는 생각에 힘을 내기로 했다.

그러면 아빠를 집에 못 오게 해야지

　몇 년처럼 길게 느껴졌던 몇 시간의 진술을 마치고 주차장으로 나왔는데 여기까지 타고 온 차에 다시 타라는 소리를 든고 뭔가 잘못되고 있다는 생각이 강하게 들었다. 이 차를 타면 다시 그 쇠창살 감옥으로 가는 것이겠지? 소은이는 집에 보내 달라고 울며불며 소리를 질렀다. 하지만 그 자리에 있던 모든 선생님들이 집으로는 돌아갈 수 없다는 말만 반복했다. 아빠가 자신을 학대했기 때문이라고 하는데 그러면 아빠를 집에 못 오게 해야지 왜 내가 내 방에 갈 수 없는 것인지 도저히 이해할 수가 없었다. 소은이가 눈물을 멈추지 않자 어른들은 다시 자기들끼리만 뭔가 속닥거리더니 "그럼 쉼터 말고 편안하게 살 수 있는 아파트로 데려다줄게"라고 소은이를 달래기 시작했다.

집으로 갈 수 없다면 집과 비슷한 곳으로 일단 가겠다고 했다. 다른 선택지는 전혀 없어 보였다. 또다시 차를 타고 처음 가보는 동네로 갔다. 한 아파트 단지 안에서 멈춰 함께 차를 타고 온 선생님과 어느 집 초인종을 누르니 한 아줌마가 "안녕하세요"라고 인사하면서 웃으며 나왔다. 제법 넓은 아파트였다. 방이 여러 개 있었는데 대여섯 명쯤 되는 초등학생 아이들이 살고 있었다. 여기는 '아동 그룹홈'이라고 했다. 소은이는 한 초등학생 아이와 같은 방에서 지내야 했다.

다행히 그룹홈에는 쇠창살이나 잠금장치 같은 것은 없었다. 휴대전화도 가지고 있을 수 있었고 외출도 할 수 있었지만 그곳도 답답하고 힘들긴 마찬가지였다. 며칠 동안 휘몰아친 일들을 혼자 조용히 식히며 정리할 자기만의 공간이 없었고, 공동생활 안에 지켜야 하는 자잘한 규칙들이 참 많았다. 가령 휴대전화를 쓸 수 있는 시간이 정해져 있었는데 무엇보다 아빠와 연락을 하면 안 된다는 것을 강조했다. 연락을 하고 싶었지만 아빠에게는 아무런 연락이 오지 않았다. 처음엔 잘 왔다고 반겨주던 선생님도 소은이가 계속 침울해하며 집에 가고 싶다고 하자 점점 짜증을 내기 시작했다. 이곳 역시 벗어나야 하는 공간이었다.

결단을 내려야 했다. 소은이는 며칠 더 고민하다가 집에 가겠다고 말하고 문을 나섰다. 그때 다급하게 그룹홈 선생님이 할 말이 있다며 부르셨다. 그러곤 소은이를 앉혀두고 진지한 목소리로 이렇게 말했다.

"소은아. 사실 너는 집에 가도 들어갈 수가 없어. 아빠가 너를 버렸거든. 아빠가 자기를 신고한 너를 다시 보고 싶지 않대. 그래서 이제 집에 갈 수 없고 계속 여기서 살아야 해."

그럴 리가 없었다. 믿을 수 없는 말이었다. 소은이는 갑자기 인생이 끝난 것 같았다. 어디서부터 잘못된 것인지, 어떻게 수습하고 해결해야 할지 막막하기만 했다. 그렇게 다시 힘없이 방에 들어간 소은이는 이틀 후 그 아파트 옥상에서 막 뛰어내리려다 발견되었다.

"여기서 나가게만 해주면 뭐든지 다 할게요"

사건 지원을 위해 소은이를 만나야 해서 구청에 연락을 해보니 아이가 정신병원에 있다고 했다. 어렵게 상담 시간을 잡아 병원에 찾아갔다. 입원복을 입고 상담실로 내려온 소은이와 처음 한 일은 병원 1층 카페에 가서 음료수와 쿠키 먹기였다. 얼마 만에 먹는 것인지 모른다며 소은이는 무척 좋아했다. 일관되고 구체적인 소은이의 진술 덕분에 아빠에 대한 수사는 큰 어려움이 없는 상태였지만 정작 제일 힘든 사람은 소은이였다. 상담을 마치고 잘 지내라 인사하며 안아주는데 갑자기 소은이가 무릎을 꿇더니 두 손을 모아 빌면서 울기 시작했다.

"선생님, 여기서 나가게 해주세요. 나가게만 해주시면 뭐든지 다 할게요."

처음에 아동을 원가정에서 분리하면서 지금 벌어지는 상황이 무엇을 뜻하며 앞으로 어떻게 되는지 제대로 알리거나 동의를 받은 적이 없는 점, 기껏 옮겨진 시설 종사자가 아동에게 아빠가 너를 버렸다고 거짓말까지 하면서 정서적으로 학대한 점, 아동이 잘 적응하지 못하고 불안해한다는 것을 이유로 정신병원에 입원시킨 점까지 이 사건은 첫 단추부터 잘못 꿰어진 총체적 난국이었다.

더 답답한 것은 이 모든 일이 '합법'적으로 이루어진 것이어서 추궁할 수 없다는 점이었다. "오늘은 집에 가기 싫어요"라고 하며 무슨 뜻인지도 모르고 소은이가 서명했던 동의서가 있었고, 그룹홈 직원은 그렇게 말한 적 없다며 소은이가 허언증이라 했다. 입원은 추가 자살 시도를 막기 위한 유일한 방법이었으며 적법하게 진행되었다고 자랑스레 포장되었다.

소은이가 정신병원에 있는 것에 대하여 지속적으로 문제 제기를 했지만, 아이는 정신병원에 입원할 수 있는 합법적인 최대 기간인 6개월을 꽉 채울 때까지 병원에서 나올 수 없었다. 마침내 나오고 나서도 결국은 그렇게 싫어했던 그룹홈에 다시 돌아가게 되었다. 자살 시도 전력이 있다고 모든 시설에서 전원을 거절했기 때문이다.

나중에야 안 사실이지만 소은이가 원래 살던 집과 그룹홈은 버스로 세 정거장밖에 떨어지지 않은 가까운 거리였다. 그리도 가고 싶은 그리운 집을 코앞에 두고 그룹홈으로 돌아가야 했던 소은이의 마음은 어땠을까. 부서진 마음을 한아름 안고 다시 어쩔 수 없이 그룹홈으로 돌아간 소은이는 더 심해진 통제와 일상적인 잔소리에 점점 생기를 잃어갔고 결국 몇 개월 후에 아파트 옥상에 다시 올랐다.

누구 하나 책임지지 않는 비극

"소은이가 떨어졌어요!"

일하다가 갑자기 받은 전화에 다리에 힘이 탁 풀렸다. 떨어지면서 나무에 걸린 덕분에 목숨을 잃지는 않았지만, 지금 몇 시간째 수술실에 들어가 있다고 했다. 화가 머리끝까지 나는데 눈물이 멈추지 않았다. 떨어지기 몇 시간 전까지 함께 통화한 아이였다. 나는 왜 아이의 고통을 더 세심하게 감싸 안지 못했을까.

중환자실에서 깨어난 소은이에게 "괜찮니?" 하고 물어보았다. "그룹홈 선생님은 '왜 그랬니! 왜 뛰어내렸어!' 하고 화를 냈는데, 선생님은 괜찮냐고 물어봐서 좋아요"라고 하며 피식 웃는다.

한 가지, 소은이의 친부가 소은이를 간병하고 있다는 점이 마음에 걸렸다. 자기 딸이 신고를 해서 재판을 받고 있는 아비가 계속 무죄를 주장하면서 피해자인 딸을 간호한다는 것이 영 어색했다. 간병인을 들이시는 것이 어떻겠냐고 조심스레 제안해보았지만 "갑자기 애를 데려가더니 이 지경을 만들어놓고 딱 병원비만 대줄 수 있다네요. 간병비를 낼 돈이 있어야죠!"라고 하는데 뭐라 반박할 말이 없었다. 아이에게 한 번이라도 연락하면 더 강하게 처벌받는다고 여기저기서 전화로 으름장을 놓아 연락도 못 했다는 친부는 모든 것을 체념한 듯했다.

소은이가 그렇게 되기까지 경찰, 아동학대 전담 공무원, 아동보호 전문 기관 직원, 학대 피해 쉼터 직원, 그룹홈 직원 등 열 명이 넘는 어른들이 있었지만, 죽다가 살아난 소은이 앞에 나타나 누구 하나 책임을 지는 사람이 없었다. 심지어 병원에 얼굴을 비치는 사람도 없었다. 긴 치료와 재활의 시간 동안 가해자로 재판을 받고 있는 소은이의 아빠가 홀로 소은이를 돌보았다.

일반 병실로 옮겨진 소은이는 전보다는 한결 생기 있는 얼굴이었다. 병원 밥이 너무 싫은데 아빠에게 먹고 싶은 것을 말하면 다 사준다고 했다. 휴대전화도 시간제한 없이 맘껏 할 수 있고 아빠랑 휠체어 타고 병원 주변 산책도 할 수 있어서 꽃과 새를 보는 것이 좋다고도 했다. 학교 선생님과 이야기를 나누던 그날 이후 누리지 못한 자유였다. 역설적이게도 자신이 겪은 일을 알린 이후 그 일로 재판을 받고 있는 아빠와 함께 있는 아이의 표정이 몇 개월간 본 모습 중 가장 밝아 보였다.

몇 개월의 재활 치료를 거치고 퇴원 날짜가 잡히면서 아동의 사례 관리를 한다는 사람들에게 연락이 오기 시작했다. 소은이가 원하는 것은 하나였다. 집에 돌아가는 것. 하지만 돌아오는 답변도 똑같았다. 집은 가해자인 아빠가 살고 있으니 돌아갈 수 없다는 답변이었다. 자살 시도 경력이 있는 아이를 받아줄 시설도 더는 없었다. 그렇다면 그들에게 남은 선택지는 하나였다. 자살 위험이 높다는 이유로 아이를 다시 정신병원에 입원시키는 것이었다.

나는 소은이가 정신병원에 들어가는 것을 극력히 반대했지만, 그 선택지를 막을 대안이 법 테두리 안에는 없었다. 결국 아이는 지난번 정신병원보다도 훨씬 더 굽이굽이 시골에 있는 다른 정신병원에 입원당했다. 더 절망스러운 것은 아이가 성인이 될 때까지 몇 년간 그곳에서 나올 방법이 거의 없다는 것이었다. 다 법에 따라 진행된 일이었기 때문이다.

정신병원 구출 대작전

병원은 먼 곳에 있었지만 나는 수시로 아이를 만나러 갔다. 담당 의사 선생님은 아무 정신병적 증상이 없는 이 아이가 왜 이렇게 오랫동안 병원에 있어야 하는지 의아하다고 했다. 그 소견을 아동복지과나 아동보호 전문 기관에 전달해보았지만 달리 방법이 없다며 계속 정신병원에 있어야 한다는 답변만 돌아왔다. 법의 허점들과 책임지지 않는 어른들이 만들어낸 합작품 속에서 이 아이는 정신병원에 갇혀 하루하루 시들어가고 있었다. 묘책을 찾아야 했다.

소은이도 새로운 정신병원에서 지내면서 자신의 삶을 찬찬히 되돌아보았다. 어릴 때부터 지금까지 자기에게 일어났던 일들을 차분히 되짚으며 글로 정리하기 시작했다. 그리고 마침내 아빠와의 관계와 가족이라는 테두리가 자신에게 얼마나 해롭고 힘든 관계였는지 직시하게 되었다.

"저는 이제 가족은 없다고 생각하고 혼자 씩씩하게 살고 싶어요."

오랫동안 기다려온 아이의 아픈 결심을 듣고 드디어 정신병원 구출 작전을 행동에 옮기기로 했다. 아이에게 원가정 복귀 의사가 없어졌다는 것을 계기로 아이를 병원에서 나와 지역사회에서 살도록 하게끔 설득할 생각이었다.

아이가 정신병원에서 나오려면 두 가지 큰 관문을 통과해야 했다. 먼저 아이가 병원에서 나와 살 곳이 정해져야 했다. 다음으로 구청 사례관리위원회에서 아동의 퇴소 결정이 내려져야 했다.

그러나 첫 번째부터 만만찮았다. 어느 시설도 소은이를 받아주려 하지 않았고 소은이 역시 시설이라면 진저리를 쳤다. 아직 성인이 되려면 2년 넘게 기다려야 하는 미성년 여성 청소년이 국가의 지원을 받아 지역사회에서 자립 생활을 할 수 있는 방법을 우리 법은 상상조차 하고 있지 않았다. 전국에 백 통도 넘게 전화와 연락을 돌렸다. 미성년 아동에 대한 자립 생활

지원을 긍정적으로 검토해보겠다던 경기권의 한 교회에서조차 소은이가 여자아이라서 위험요소가 높기에 자립 지원이 어렵겠다는 최종 통보를 해왔다. 원룸을 구해주고 매달 생활비를 주며 사례 지원도 가능하다는 민간 청소년 지원 센터와 기적적으로 연결이 되었지만 이번에는 구청에서 막아섰다. 어떻게 미성년자가 자립해서 혼자 사냐며 사례결정위원회에서 허락해주지 않을 것이라 했다. 자립을 포기하고 어쩔 수 없이 시설을 찾아야 했다.

그렇게 여성 쉼터로 눈을 돌렸다. 아동 시설과는 달리 성폭력 피해자를 지원하는 여성 쉼터는 아이와 비슷한 또래들이 모여 있었고 무엇보다 사소한 통제나 간섭 없이 존중하는 분위기가 좋았다. 아이가 그룹홈에 있을 때 핸드크림을 발랐다고 "왜 이리 강한 향이 나는 화장품을 쓰니? 이런 건 술집 여자나 쓰는 거란다"라고 막말하며 통제하던 선생님은 적어도 없었다. 아이도 여성 쉼터 관계자를 만나보는 데 동의했다.

여성 쉼터를 설득하는 것도 쉽지 않았다. 쉼터에 가겠다는 사람은 항상 많았고 무엇보다 지금 아이가 정신병원에 있다는 것이 가장 걸린다고 했다. 정신 병력이 있는 사람이 쉼터에 들어오면 세심한 케어가 필요한 다른 피해자들을 힘들게 할 수 있다는 우려였다. 납득할 만한 이유였기에 구구절절 설명을 하기보다는 딱 한 시간만 시간을 내서 아이랑 이야기를 나눠달라고 간절히 부탁했다. 그렇게 '사랑의 작대기'가 시작된 것이었다. 상담실에서 서로를 소개해주니 웃으며 인사하던 소은이와 여성 쉼터 활동가는 다행히 금세 마음을 터놓고 이야기를 나누었다. 며칠 더 기다린 끝에 여성 쉼터 입소가 가능하다는 반가운 연락을 받았다.

문제는 그다음 관문이었다. 사례결정위원회는 한두 달에 한 번 열리는 회의고 그 자리에 참여하는 사례결정위원들은 대부분 아동 시설의 시설장들이었다. 아동은 자립할 수 없으며 보호받아야 마땅하다는 시혜적 관점에 익숙해진 사람들이 아동을 안전한 정신병원에서 꺼내서 지역사회 속에 있는 여성 쉼터로 옮겨주는 결정에 순순히 도장을 찍을 리 만무했다.

보호라는 명목으로 겪어야 했던 모진 일들

갈 곳이 정해졌기에 사례결정위원회 결정 전에 먼저 퇴원한 후 사례결정위원회의 추인을 받는 방식으로 진행하자고 구청에 제안했지만 거절당했다. 사후 추인이 얼마든지 가능하다는 아동학대 업무 매뉴얼과 보건복지부의 유권해석을 덧붙여 다시 설득했지만 예외를 만들고 싶지 않았던 공무원들은 그래도 안 된다는 말만 반복했다. 아이는 한 달 이상 정신병원에 더 갇혀 지내야 했다.

"의사 선생님도 병원을 나가라고 하고 나가서 갈 곳도 생겼는데 왜 계속 이렇게 병원에서 살아야 하나요?"

아이는 계속 병원에 있어야 하는 이유를 이해할 수 없어 무척 힘들어했다. 어떤 설명이나 위로의 말도 소용이 없었기에 담당 의사 선생님에게 정식으로 외출 허락을 받고 데리고 나왔다. 무얼 제일 하고 싶은지 물으니 아이는 예쁘게 차려입고 가게들을 돌아다니며 예쁜 물건을 구경하고 싶다고 했다. 그래 그러자.

아이의 짐이 모두 그룹홈에 있었기에 먼저 아이가 살던 그룹홈에 갔다. 아이를 버러지 보듯 쳐다보는 직원의 표정이 인상적이었다. 아이의 짐은 이미 박스에 담겨 있었는데 이 짐들을 가지고 단 1초라도 빨리 여기서 나가라는 분위기에 압도되어 서둘러 박스들을 차에 실었다. 다음 행선지는 나의 집이었다.

"샤워든 컴퓨터든 잠이든 너 하고 싶은 거 마음대로 하렴!"

이내 샤워를 하고 박스에서 옷과 화장품을 꺼내 단장을 하며 한껏 들뜬 소은이는 예쁜 신발을 빌려달라고 했다. 나는 신발과 함께 현금 10만 원을 주었다. 1년 넘게 먹고 싶은 것, 사고 싶은 것, 해보고 싶은 것을 스스로 선택하는 일에서 완전히 배제되었던 소은이는 꿈만 같다고 했다. 그날 오후 다시 병원으로 돌아가는 길에 우리는 맛있는 떡볶이집에 들러 포장한 떡볶이를 들고 근처 공원에 가서 배 터지게 먹으며 이야기꽃을 피웠다.

그렇게 가까스로 버텨오던 병원에서의 나날이 지나고 드디어 사례결정위원회 회의 날짜가 다가왔다. 정신병원에 있는 소은이를 여성 쉼터로 옮기는 것에 위원들이 순순히 수긍을 할지 아무래도 불안했던 나는 소은이가 회의에서 직접 진술할 수 있도록 해달라고 구청에 의견진술 신청을 했다. 법적인 지위 변경에 관한 회의에서 당사자가 출석하여 자신의 상황과 의견을 진술하는 것은 법이 보장하는 소은이의 권리이기 때문이다.

하지만 예상대로 구청에서는 아동이 스스로 사례결정위원회에 나와서 진술하는 것은 절대 안 된다며 펄쩍 뛰었다. 보건복지부에서 만든 매뉴얼에서도 아동 진술 참여가 가능하다고 나와 있는데 대체 왜 안 된다는 거냐고 물었지만 선례가 없다는 둥 위원들에게 부담을 줄 수 있다는 둥 아무 말 대잔치 같은 답변들만 돌아왔다.

소송이라도 걸어 끝까지 싸우고 싶었지만 이런 지엽적인 문제까지 모두 쟁점화해서 다투면 아이의 인생에 좋지 않은 영향이 더 클 것 같았다. 아이를 대신해서 변호인인 내가 참석해 진술하게 해달라고 신청 내용을 변경했고 마지못해 그러라는 답변을 받았다. 그렇게 마지막 관문인 사례결정위원회까지 마침내 무사통과할 수 있었다.

아이가 정신병원에서 나오던 날, 집에 보관하고 있던 아이의 짐을 차에 가득 싣고 아침 일찍 병원으로 데리러 가는 길에 콧노래가 절로 나왔다. 아이라서, 아직 성인이 아니라서 '보호'라는 명목으로 아이가 일방적으로 겪어야 했던 그 모진 일들이 주마등처럼 스쳐 가며 눈물이 나기도 했다. 쉼터에 도착한 아이의 짐을 같이 풀면서, 헤어지며 또 보자고 안고 오래 인사하면서 소은이와 나는 울다가 웃다가 했다.

소은이의 시계는 이제 다시 움직이고 있다. 느리지만 꾸준히 자기 보폭을 찾아 과거에서 벗어나는 걸음을 한 발 한 발 떼고 있다. 피해자는 가해자에게서 도망쳐 숨어야 한다고, 아동은 자립할 수 없고 보호만 받아야 한다고, 아동은 목소리를 가질 수 없고 보호자들이 정해주는 대로 따라야 한다고 법과 제도가 단단하게 쌓은 아동복지의 견고한 성城. 그 성을 겨우 빠져나온 소은이를 보며 여전히 그 성 안에 갇혀 있는 수많은 학대 피해 아동들의 멈춰 있는 시계를 본다. 성인이 되어야만 다시 켤 수 있는 그 시계는 과연 온전히 잘 작동할 수 있을까.

태어나기만 하면
저절로 어른이 되나요?

희끗희끗한 금발의 여성 교수가 인터뷰 도중 놀라 머리를 쥐어 감싸며 "한국 완전히 망했네요!"라고 말하는 장면*이 큰 화제가 되었다. 단전에서부터 올라오는 그 탄식에 많은 사람이 자조적인 공감을 한 것이다. 뼈아픈 말인데 부인할 수가 없으니 말이다.

우리나라의 저출생 현상은 제법 오래된 문제다. 2006년

---

* 성별, 인종, 계급 전문가인 조앤 윌리엄스 미국 캘리포니아대 법대 명예교수가 EBS 다큐멘터리 〈인구대기획 초저출생〉 제작팀과 인터뷰를 진행했다.

유엔 인구포럼에서부터 세계는 한국의 심각한 저출생 현상을 주목했다. 포럼에 참석했던 인구학자 데이비드 콜먼 옥스퍼드대 명예교수는 이미 그때부터 "한국은 지금 같은 상황이 계속되면 인구 소멸로 지구상에서 사라지는 첫 번째 나라가 될 것"이라고 말하기도 했다. 이대로라면 우리나라는 2750년쯤엔 아예 사라진다는데 뭐가 어떻게 된다는 건지 상상으로라도 가늠이 잘 되지 않는다.

　미국에서 2년간 살다 보니 한국의 저출생 문제가 더 피부로 느껴졌다. 듀크대와 UNC에 각각 1년씩 지낸 내가 살던 곳은 미국에서도 적당히 시골스럽고 적당히 도시스러운 노스캐롤라이나였다. 어느 모임에 가나 아이 서넛을 기르는 엄마를 만나기 쉬웠고, 사람이 많이 모인 곳에 가서 주위를 천천히 둘러보면 임신하여 배가 볼록한 여성 예닐곱 명 정도는 금방 눈에 들어왔다. 한국에서는 임신 출산 박람회에서나 보던 진귀한 풍경이 미국에서는 쇼핑몰이나 지역 행사와 같은 일상 속에 펼쳐져 있었다. 놀이터나 공원에 가면 다양한 인종의 아이들이 바글바글 신나게 놀고 있는데 그 모습을 바라보기만 해도 저절로 행복해지는 기분이었다.

　한국에서 친한 지인들을 집에 불러 요리를 해 먹으며 놀던 어느 주말이었다. 오랜만에 만나 그동안 못 했던 속 이야기들을 나누는데 한 부부가 짐짓 진지한 목소리로 "우리는 아이를 낳지 않기로 했다"라고 선언하는 것이 아닌가. 서로 머뭇머뭇 눈치를 보다 마침내 한 사람이 그렇게 결정하게 된 이유를 물어보았다. "인간이 환경에 미치는 해악이 너무 커서"라는 그의 대답에 하하 웃음이 터진 우리는 참으로 맞는 말이라며 모두 고개를 끄덕였다.

아무도 거기에 더해 쓸데없는 말을 보태지는 않았지만 우리 모두는 그 말에 숨겨진 진짜 이유를 알고 있었다. 임신 그 순간부터 부모와 자식은 서로에게 누구보다도 큰 영향을 미치는 천륜으로 이어진다는 것, 아기가 태어나면 단순히 하루하루가 지난다고 저절로 어른이 되지 않는다는 것, 재생산의 여정은 부모와 아이라는 서로 다른 인격이 평생 연결되는 일이라는 것을 말이다. 임신하고 아기를 낳아 기르는 일은 그러한 전인격적 결단이 담겨야 가능한 일이기에 섣불리 법으로 돈으로 그 문제를 해결하려고 하면 득보다 실이 더 많다.

효율성 논리에 묵살되는 아동 인권

아동 인권 일을 하면서 아동이나 청소년에 대한 여러 조사 결과를 유심히 봐온 지가 십수 년인데 아동의 행복에 관한 조사에서 거의 한 번도 좋은 결과를 본 적이 없다. 우리나라의 아동·청소년 행복 지수가 OECD 국가 중 명실상부 꼴찌라는 것은 두말할 나위 없고 매년 하는 국내 아동·청소년 행복 지수 조사에서 최근 여덟 명 중 일곱 명이 행복하지 않다고 답변했다고 한다.* 특히 우려스러운 것은 충동적으로 자살을 생각해봤냐는 물음에 2021년 4.4퍼센트, 2022년 7.7퍼센트, 2023년 10.2퍼센트가 그렇다고 답변했다는 것이다.

자꾸 아기를 낳으라고만 할 것이 아니라 법이나 정책으로 아이들이 행복하게 자랄 수 있는 현실을 만들어가야 할 텐데 왜 그런지 아동에 대한 정책은 집권 세력이 누구이건 간에 뒷걸음질만 치는 것 같다. 당사자인 아동의 입장에서 생각하지 않고 서비스 제공자의 입장에서 어떻게 하면 더 적은 비용으로 더 효율적인 결과를 뽑아낼지에 집중하니 당연한 결과다. 아이가 학대를 당하면 손쉽게 즉각 분리해서 집에서 시설로 옮겨 급식하며 기르면 되고, 출생률이 떨어지니까 익명 출산을 도입해 전국 병원 어디에나 비밀로 아기를 낳아 유기하도록 한다. 버려지는 아기들의 친부모 정보는 국가가 지우개로 싹싹 지우고 아기들은 병원에서 수거되어 보육원이나 장애인 시설에서 자라난다. 영화 속 이야기가 아니라 지금 벌어지고 있는 실화

---

* 초록우산 어린이재단이 2023년 11월부터 한 달간 초등학교 5학년에서 고등학교 2학년까지 2,231명을 대상으로 조사한 결과, 86.9퍼센트인 1,940명의 행복 지수가 상중하 가운데 '하'로 나타났다.

며 코앞에 닥친 현실이다.

효율성이라는 세 글자는 특히 취약한 상황에 놓인 사람들에게 잔인한 현실을 안겨준다. 팬데믹을 지나는 동안에도 이 약한 고리들이 가장 먼저 드러나지 않았는가. 학교 정규 수업은 물론 방과 후 수업도, 지역아동센터도 갑자기 멈추면서 아동 돌봄 현장은 매캐한 탄내로 아이들을 덮쳤다. 심지어 아동학대 신고를 받고 출동하는 일, 학대 장소에 들어가 조사하는 일, 학대 의심 아동을 모니터링하는 일처럼 학대 피해 아동의 안전과 생존에 꼭 필요한 일들 역시 그냥 맥없이 멈췄다. 다시 일상을 회복한 지금, 그렇게 드러났던 약한 고리들은 과연 예전만큼 튼튼해졌을까.

현실을 흐리게 보이도록 하는 편견들

아동이 스스로 정책의 주체가 되기 어렵기 때문에 아동에 대한 정책은 대부분 어른이 파편적으로 인식하는 장면들에 의해 어물쩍 만들어진다. 이 과정에서 나쁜 영향을 미치는 것이 현실을 왜곡하는 '편견'들이다.

아동학대를 해결하기 위해 위기 가정 지원이 중요한 이유는 통계만 살펴봐도 알 수 있다. 어린이집이나 학원처럼

CCTV가 있는 곳에서 발생한 아동학대 사건들이 뉴스에 자주 등장하기에 사람들은 시설이나 기관에서 아동이 학대당하는 경우가 많다고 생각한다. 그러나 실제 아동학대가 가장 많이 발생하는 장소는 가정이며 학대 행위자 중 1등은 언제나 압도적으로 부모다. 매년 전체 아동학대의 80퍼센트를 넘는 숫자가 가정에서 부모에 의하여 발생한다. 에이 설마, 그렇다면 그건 친부모가 아니라 계부나 계모 아니면 입양한 부모겠지 하고 넘겨짚는 사람이 많지만, 사실은 그렇지 않다. 부모에 의한 아동학대 사례 중 계부와 계모, 양부모에 의한 학대는 아무리 많이 잡아도 전체의 5퍼센트도 되지 않는다. 거의 대부분은 친부모에 의하여 학대가 일어난다.

인식과 현실의 불일치는 통계에서만 나타나는 것이 아니다. 장애 아동 학대 사건을 다루다보면 더 큰 모순을 보곤 한다. "장애 아동이 비장애 아동보다 더 취약하다"라는 말에는 누구나 쉽게 고개를 끄덕이면서도, 막상 장애 아동을 살해한 부모에게 집행유예 판결이 내려졌다고 하면 "돌보다가 오죽 힘들었으면 그랬겠어" 하는 동정론이 대부분이다. 스러져간 아동은 그 댓글을 보면서 무슨 생각이 들까. 보호자에 의한 장애 아동 살해 사건 판결문들을 받아보면 "피고인이 피해자를 평소 잘 보살피기 위해 노력한 점"이라는 감형 사유가 자주 등장한다. 그때마다 나는 판사님에게 혹시 피해자 사망진단서는 읽어보셨냐고 물어보고 싶다. 반찬 투정을 한다는 이유로 말도 못 하는 그 장애 아이가 집에서 머플러로 목 졸려 살해당하기까지 얼마나 수많은 학대가 이어졌을까. 그 일들을 다 겪어내며 소리 지르거나 우는 것 외에 달리 마음을 표현할 방법을 찾을 수 없었던 아이는 죽음에 이르기까지 얼마나 고통스러웠을까. 단 몇 장의 판결문에서는 그 고통을 헤아린 고민의 흔적을 발견할 수 없었다.

학대에서 살아남았더라도 중증 장애를 안고 남은 삶을 살아야 하는 아이들을 만나곤 한다. 그런 사건의 가해자들은 법정에서 후회한다고 울먹이며 재판부에 반성문을 열심히도 써 내지만, 피해 아동이 장애를 가지고 살아내야 하는 일상은 그 반성문에 담기지 않는다. 아이는 흙탕물 안에 가라앉은 흙덩이처럼 누가 휘저으면 휘저어지며 그냥 하루하루 견딜 뿐이다.

가해자에 대한 편견이 제대로 된 처벌을 막는 경우도 있다. 경찰서나 법원 재판에서 만나는 가해자들 중 얼굴에 뿔이 난 사람은 하나도 없었다. 하나같이 평범해 보이는 사람들이다. 제법 선한 인상인 사람도 많고, 싹싹하고 성격 좋다고 주변에서 칭찬을 받으며 나름 '인싸'로 살아온 사람들도 꽤 있다. 저렇게 많이 배우고 사회적으로 지위도 있는 사람이 아동학대를 할 리가 없다는 식의 가해자에 대한 편견이 오히려 피해 아동의 마음에 골병을 들게 한다.

나도 모르게 자리 잡은 편견은 없을까

어설픈 경험, 오다 가다 주워들은 확인되지 않은 말들은 없던 편견을 생기게 하거나 성급한 일반화를 불러온다. 특히 피해자를 지원하다보면 피해자가 실제로 처해 있는 상황을 잘 모르면서 대충 이런저런 의견을 짜깁기해 단정적으로 결론 내리는 위험한 상황을 보곤 한다. 사망 사건에서 그런 일이 자주 벌어진다.

아동이 학대로 사망한 사건이 터지면 사회적 공분을 먹이 삼아 과도하게 편향된 뉴스와 현장을 마구 뒤흔드는 정제되지 않은 법안이 쏟아진다. 간담회, 토론회에서 대책이랍시고 나오는 이야기들도 일반화하기 어려운 경험이 국민적 공분이라는 양념에 적당히 버무려져 있다. 그러면서 비죽비죽 이런 주장들이 고개를 든다.

"아동이 집에서 학대를 당하면 즉시 하루라도 빨리 집에서 분리해야 해요."

"말로 표현을 못 하는 애는 일단 의사를 묻지 않고 상처가 보이면 빠르게 분리해야 해요."

"그런 집에서 크게 두느니 애를 보육원 같은 시설로 보내서 키우는 게 애 인생에 훨씬 나아요."

"애한테 손을 댄 부모는 애를 키울 자격이 없기 때문에 바로 애를 빼앗아서 다시는 못 보게 해야 해요."

"아동학대를 저지른 사람들은 다 사형이나 무기징역을 때려야 해요."

"경미한 사건이라도 될 수 있으면 모두 고소를 해서 가해자를 형사 법정에 세워야 해요."

"아동학대를 저지른 인간들 얼굴을 만천하에 알려서 고개 들고 살 수 없게 신상을 공개해야 해요."

피해 아동에 대한 '공감'이라는 탈을 쓰고 있지만, 자세히 들여다보면 피해 아동을 '타자화'하기에 가능한 주장들이다. 내 일이라면 저렇게 쉽게 이야기할 수 있을까? 내가 아동학대를 당한 당사자이고 내 주변 상황이 저렇게 흘러간다면 정말 나는 구원을 받았다고 여길까?

한국에서 한 해 동안 아동학대 사건으로 신고되는 숫자가 거의 5만 건 정도다. 일주일에 전국적으로 어림잡아 천 개 정도의 사건이 생기는 것이다. 그 어마어마하게 많은 사건 중에 아동이 학대로 사망하는 사건은 극히 적다. 아동학대로 인정된 사건 중에서도 아동이 살해당하거나 사망에 이른 사건은 0.17퍼센트 정도다.* 저기 나열된 주장들은 일부 심각한 사건에 대

---

* 2022년 보건복지부 아동학대 통계에 따르면 아동학대로 신고된 46,103건 가운데 학대가 맞다고 인정된 사건은 총 27,971건이었다. 그중 아동이 학대로 살해당하거나 사망에 이른 사건은 총 50건이었다.

해서는 맞는 말일지 몰라도 나머지 99퍼센트가 넘는 사건에 바로 적용하기에는 상당히 위험하다. 그 안에 각기 다른 삶의 모습으로 아이들이 살고 있기 때문이다.

학대 행위자의 얼굴이 공개되면 피해 아동의 삶은 좋아질까? 행위자와 혈연으로 연결되었다는 이유 하나만으로 그 얼굴과 함께 반복적으로 소환되어야 하는 피해 아동을 생각하면 그렇지 않음이 분명하다. 사건 밖의 사람들은 공개된 가해자 얼굴을 보고 끌끌 혀를 차며 "역시 관상이 진리네"라고 하며 넘기면 그뿐이지만, 생존한 아이의 잊힐 권리는 그만큼 저 멀리 사라진다.

아동의 권리를 옹호하는 것이 직업인 나 역시도 아동기를 한참 전에 지난 어른이기 때문에 아동에 관한 잘못된 관점이 내 안에 스리슬쩍 스며들지 않도록 경계하고 조심하는 편이다. 특히 '내가 (불쌍한) 너를 위한 슈퍼맨이 되어줄게. 키다리 아저씨가 되어줄게. 네 인생을 구해줄게' 같은 류의 생각이 모락모락 올라올 때마다 세차게 고개를 내저으며 털어낸다.

그러고 나서 아동이 서비스의 객체나 대상에 머물지 않도록 내 마음의 바탕을 단단히 하는 나만의 주문을 외운다.

"나는 지금 네 마음속이 궁금해. 너의 이야기를 듣고 싶어."

누구나 어린아이 시절을 거친다. 갑자기 어른의 모습으로 하늘에서 뚝 떨어진 사람은 없다. 아동이 존엄한 권리의 주체라는 말이 글자가 아닌 삶으로 스며들려면 우리 모두 아이의 마음을 궁금해하는 연습을 해야 한다. 연습이 쌓이면 어른 중심의 아동 욱여넣기 법, 효율성만 따지는 나쁜 아동 정책을 걸러낼 수 있는 촘촘한 혜안이 열린다.

학교는 어쩌다
소송 전쟁터가 되었을까

미국 초등학교에 아이들을 보내면서 한국에서는 접하지 못했던 생경한 장면들을 목격할 때가 있었는데 그때마다 신기하기도 하고 부럽기도 했다.

일단 워킹맘으로서 인상적이었던 점은 아이들이 제법 충분한 시간을 학교에서 보낸다는 것이었다. 한국에서는 유치원 종일반에서 하루 여덟 시간 보내던 아이가 초등학교 1학년에 입학하면 겨우 네 시간 남짓 학교에 있다가 집에 돌아온다. 이 때문에 워킹맘들이 그즈음 퇴사나 휴직을 진지하게 고민한다고 하지 않는가. 미국은 초등학교에 입학하면 최소 일곱 시간 정도는 학교에서 시간을 보내기 때문에 아이가 초등학교에 입학하면 워킹맘들은 이제 고생 끝이라고 되려 축하를 받는 분위기다.

그 작은 아이들이 일곱 시간이나 학교에 있으면 지겹거나 힘들지 않을까 하는 걱정은 역시 기우였다. 땀을 뻘뻘 흘리며 친구들과 뛰어놀고 다양한 교구로 자유롭게 배우는 분위기인 학교 생활을 아이들은 참 좋아했다. 아이들이 왜 학교를 이렇게 좋아할까, 요리조리 살펴보았는데 여러 이유 가운데 딱 하나를 꼽으라면 '친절한 환대'때문인 것 같았다. 등교하는 길에서도, 교실에 들어가서 선생님을 만나고 소통할 때도 아이들은 학교 어디서나 웃는 얼굴의 환대를 받는다.

한국 초등학교에서도 운영 위원으로 수년간 활동하며 학교 내 예산이나 의사 결정 과정을 자세히 지켜본 경험이 있어서 미국 초등학교가 어떻게 돌아가는지 무척이나 궁금했던 나는 기회가 닿는 대로 PTA*나 자원봉사 등으로 학교 행사에 참여했다. 그러다 보니 몇 명의 학교 선생님들과 친해지게 되었다. 우리는 오며 가며 만나 일상을 주고받으며 소소한 이야기

---

* '학부모 교사 연합회'를 뜻하는 Parent Teacher Association의 줄임말. PTA는 학교 단위나 지역 단위로 다양하게 생기는데, 학교의 경우 학교 행정과 협력하여 교사 지원, 기부와 봉사 활동, 캠페인과 학생 권리 옹호 활동 등을 활발하게 하며 학교와 소통하는 역할을 한다.

를 나누게 되었는데 궁금한 점은 못 참는 성격 때문에 어느 날은 선생님들과 제법 내밀한 이야기들을 나눠보기로 했다.

미국에 오기 몇 년 전부터 했던 개인적인 고민이 있었다. 학교라는 공간 안에서 발생하는 문제가 법정으로 떠밀리는 현실을 어떻게 해야 하나 하는 것이었다. 학교폭력뿐 아니라 아동학대, 선생님과 학생 사이에서 발생하는 문제들까지 한국의 교육 현장은 누가 작정하고 그렇게 설계한 것처럼 하나같이 불나방처럼 소송으로 달려 들어가는 중이다. 미국도 그런지 물어보고 싶었다. 여기는 그 어마어마하다는 소송의 천국, 미국이 아닌가.

학교폭력이 소송으로 얼룩질 때

가장 궁금한 것, 학교에서 학생 간에 폭력이나 괴롭힘, 따돌림 같은 일이 생기면 피해 학생이 가해 학생을 경찰에 고소하거나 소송을 내는 일이 많냐고 물어보았다. 돌아오는 말은 예상 밖이었다. 학교폭력이 일어나 가해 학생과 피해 학생이 서로 그 사건을 법정에 끌고 가는 동안 학교는 무엇을 하냐고 내게 되묻는 것이었다.

한국에는 학교폭력에 관한 법이 있는데 그 법에서 정한 위원회가 누가 가해자고 피해자인지, 누가 얼마나 잘못한 것인지 재판에서처럼 판단하고 등급을 나눠서 처분한다고 설명해주었다. 긴급하게 공개적인 학급 교체 같은 일도 일어난다고 함께 알려주는데 미국 선생님들의 일그러지던 표정이 아직도 눈에 선하다. 아이에게 무슨 짓이냐고 되려 나에게 화를 내는 것 같았다.

미국 학교라고 왜 학교폭력이 없겠는가. 다만 미국 학교에서는 문제가 초기에 수면 위로 드러나게끔 하는 데 많은 노력을 기울이고 있었다. 아이들에게 다른 학생들과 무슨 일이 생기면 스스로 해결하려고 하지 말고 반드시 작은 일이라도 선생님에게 알려달라고 반복해서 가르친다고 한다. 형사처벌이 불가피한 심각한 사건은 사법절차에 따라 진행하지만, 그렇지 않은 사건은 학교가 초반부터 책임지고 개입하게끔 말이다.

아이가 작은 일이라도 선생님에게 알리면 선생님은 그 아이와 면담한 후 '리포트Report'를 작성한 뒤 봉투에 밀봉해서 피해 아이 보호자에게 보낸다. 당분간 이 아이를 정서적인 측면에서 집중적으로 살펴달라는 당부와 함께. 중요한 것은 그 종이 서류에 가해 학생의 신상이 적혀 있지 않다는 점이다. 피해 학생 측에서 알려달라고 해도, 이미 가해 학생이 누군지 피해 학생 측에서 알고 있다고 하더라도 공식적으로는 절대 알려주지 않는다. 학교가 아이들에게는 중요한 사회이기에 그 안에서 일어난 일이 어른 싸움이나 소송으로 번질 경우 아이가 겪을 정신적 충격과 악영향을 감안하기 때문이란다. 심지어 가해 학생 이름을 계속 알려달라고 피해 학생 측에서 우기면 그에 대한 불이익을 받는다고 한다.

선생님은 피해 학생 보호와 별도로 가해 학생 그리고 그 보호자와 심층 면담을 한다. 가해 학생에게는 피해 학생에게 특정한 기간 동안 가까이 다가가지 말라고 경고하며 약속을 한다는데, 이 대목에서 세심한 배려를 느낄 수 있었다. 가해 학생이 피해 학생에게 다가가지 못하는 제한은 둘만 알고 나머지 아이들은 평소처럼 자연스럽게 살아가도록 하는 것이 참 인상적이었다. 그렇게 서로 조심하도록 한 후 아이들이 더 나은 관계로 나아가는 시간을 학교라는 공간 안에서 안전하게 기다려준다. 교육적 회복의 길이었다.

드라마 〈더 글로리〉의 인기가 한창 뜨거울 무렵 마침 국가 기관 수장 후보자 자녀의 학교폭력 사건이 대대적으로 보도되면서 교육부는 학교폭력 종합 대책을 발표했다. 그 대책을 찬찬히 읽어보던 그날, 머리가 하얘졌다. 가해 학생이 받은 학폭위 조치 사항을 학생부에 4년까지 보존하고 대학 입시에도 직접 반영하겠다는 것을 전면에 강조한 대책이었다. 변호사들이 얼마나 이 대책을 좋아할지 얼굴 표정이 보이는 듯했다.

그 대책이 그대로 시행되면 그야말로 소송 전면전이 시작된다. 학생부 기록이 중요한 학생은 학폭위 결정을 다투며 행정심판이나 행정소송을 건다. 학급 교체 조치를 당한 학생은 법원에 집행정지 신청을 낸다. 사건 진행 과정에서 자신의 편을 들지 않거나 서운하게 한 교직원을 아동학대로 고소하거나 위자료를 달라며 민사소송을 건다. 정작 피해 학생은 위 소송들의 당사자가 될 수 없다. 기껏해야 소송참가 정도 할 수 있는데 피해 학생의 복잡한 소송참가를 위한 변호사 지원이나 법률 비용 지원은 당연하게도 그 대책에 없었다.

한 해 초·중·고 학폭위 심의 건수는 2만여 건이 넘어가고 있고 피해 학생을 보호하고 가해 학생을 교육하며 둘의 관계 회복을 도모하자고 만든 학폭위는 이겨야 하는 전쟁터가 되어버렸다. 피해 학생은 가해 학생이 더 강한 처분을 받도록, 가해 학생은 더 낮은 처분을 받기 위해 온갖 증거를 모으고 변호사를 선임한다. 더 슬픈 것은 이렇게 학교가 소송 전쟁터가 되어버리면 학교 선생님이나 교직원은 법적 꼬투리를 잡히지 않기 위해 영혼을 삭제하고 기계적으로 업무를 처리할 수밖에 없게 된다. 그 안에서 곪아가는 아이들의 마음은 어떻게 돌봐야 할까.

교권 보호가 진짜 어려운 이유

답답한 마음을 부여잡고 꼭 물어보고 싶었던 질문을 하나 더 꺼냈다. 한국에서도 핫이슈인 교권 보호에 관한 질문이었다. 학교나 선생님에게 불만을 가지는 학생이나 보호자가 미국이라고 없을 리가 없다. 학교에서 선생님에게 하지 말아야 할 말이나 행동을 하는 학생도 분명히 있을 것이다. 그럴 때 미국의 학교 시스템은 어떻게 작동할까?

일단 한국에 일부 언론을 통해 알려진 것과 같이 학교마다 경찰이 배치되는 것은 전혀 사실이 아니었다. 경찰이라는 이야기가 나오자 미국 선생님들의 눈이 커지면서 "오우 노우!" 하고 단호한 대답이 나왔다. 고등학교의 경우 총기나 마약 문제 때문에 가끔 배치가 되어 있는 학교도 있긴 한데, 초등학교나 중학교에 경찰이 상주하는 일은 거의 없단다. 오히려 학교에 경찰이 출동하는 일은 지역신문에 실릴 정도로 아주 드문 일이었다.

학교마다 변호사가 배치되어 있다는 이야기도 사실이 아니었다. 학교에서 변호사를 고용하는 형태가 아니라 법적 문제가 발생했을 때 교육청 등을 통해 자문을 받을 수 있는 변호사가 연결되어 있는 정도라고 한다. 변호사가 발에 치인다는 미국인데, 의외였다.

인상적인 것은 문제 발생 시 학교의 구체적인 대응 방법이었다. 선생님 지시에 따르지 않는 아이가 있더라도 때리거나 소리 지르는 것은 당연히 아동학대이기 때문에 일단은 훈육을 한다. 낮은 목소리로 아이의 눈을 보며 엄중하게 몇 번 주의를 주고 그래도 통제가 안 되면 교장 선생님 또는 교감 선생님이 교실에 와서 아이를 데리고 간다. 그 이후에도 아이가 진정되지 않을 경우에 학교는 아이의 보호자를 불러서 함께 하교하도록 하는데 이때 보호자가 학교의 요청을 거부하고 공격적으로 항의를 하거나 하면 그 보호자에게 일정 기간 동안 학교 몇 미터 이내 접근 금지 같은 명령을 내릴 수 있다는 것이 신기했다. 아이의 문제 행동이 지속되어도 아이는 계속 등교하도록 하고 그 아이를 집중 케어하는 선생님이 배치된다. 이야기를 듣는 내내 내 눈에서 꿀이 떨어지자 미국 선생님들이 물었다.

"너네는 이렇게 안 하니?"

그래서 한국 교육부에서 발표한 '교권 보호 종합 대책'의 주요 내용을 간추려서 이야기해주었다. 교사의 요청만으로 쉽게 열리는 교권보호위원회라는 것이 있는데 학교가 아닌 교육청에 설치되며 학교 내부 사정을 알지 못하는 외부인들이 위원으로 들어온다는 것, 민원대응팀을 따로 돌린다는 것, 「교원의 학생 생활지도에 관한 고시」가 생기면서 거기에 적혀 있는 사소한 절차나 불명확한 해석들이 일일이 쟁점이 되어 법정 싸움의 도구로 소모될 수 있다는 것 등이었다. 설명이 다 끝나지도 않았는데 "그러면 더 감정만 상하지 않아?", "왜 그렇게 복잡하고 상처받는 절차를 만든 거야?"라는 물음을 내게 쏟아냈다. 그중 가장 뼈아픈 질문은 이것이었다.

"그럼 대체 교장 선생님은, 학교의 관리자는 여기서 무슨 역할을 하는 거야?"

그렇게 물을 만도 한 것이, 미국은 교장 선생님이 수업을 하지 않는 대신 학교에서 발생하는 크고 작은 민원을 해결하는 최종 책임자라는 인식이 워낙 확고하다. 그래서 자잘한 행정 관련 질문도 교장 선생님이 일일이 답변한다. 교사에게 항의하러 온 보호자가 있으면 그 자리에 꼭 교장 선생님이 동석하여 중재하고, 교사에게 공격적으로 연락해온 보호자가 있으면 그 연락은 교장 선생님에게 전달되어 그가 직접 답변한다. 정말 교장 선생님이 그렇게까지 하냐고 물어보자 돌아온 대답이 압권이다.

"당연하지, 수업도 안 하는데 우리보다 월급도 훨씬 많이 받잖아. 그 일이 그 사람의 일이라니까!"

쩝, 할 말이 없었다.

학교폭력이나 교권 침해 사안이 소송전으로 비화하면서 정작 손가락 사이로 모래처럼 빠져나가는 것들이 있다. 바로 바스라지는 '아이'다. 많은 사건의 경우 가정폭력이나 아동학대 피해자와 학폭 가해자가 연결되어 있었다. 그 안에 아직 자라나고 있는 '아이'가 있다.

학교 문제는 참 어렵다. 학교마다 각기 다른 색깔로 작동하는 교육 공동체이기 때문이다. 그래서 만약 학교 내에서 학교폭력이나 교권 침해 등의 문제가 발생한 경우 일률적인 법의 잣대 앞에 사안을 가져갈 일이 아니라 되도록 초기에 내부 관리자가 나서야 한다. 결정 권한이 있는 관리자가 상호 의견을 수렴하며 오해를 줄여야 불필요한 감정싸움과 무분별한 소송을 막을 수 있다. 절차가 복잡해질수록, 대응해야 하는 쟁점이 많아질수록 보호자가 없는 아이, 장애인이나 이주민 보호자의 아이, 극빈하거나 문맹이거나 무학인 보호자의 아이는 무방비로 제도의 변두리까지 밀려나기 십상이다.

교육이 해결할 일을 무작정 사법으로 외주화하면 그 아이의 세상에서는 어떤 일이 일어날까. 학교는 아이들이 처음 만나는 중요한 세상이기에 그러한 학교 안에서 아이들을 쭉 지켜봐온 어른이 살피고 문제를 풀어내야 하지 않을까.

죄가 없어도
소년원에 보내지는 아이들

초등학교에서부터 고등학교까지 12년 동안 나에게는 참 많은 별명이 있었다. 초등학교 때는 '소머즈'였다. 자그마한 몸에 힘이 센 여자아이인 데다가 움직이지도 깜빡이지도 않는 큰 의안을 한쪽 눈에 넣고 다니는 모습이 인조인간 같다고 애들이 한두 명씩 그렇게 부르기 시작했다. 중학교 때는 2년 정도 '미침'이라는 별명으로 불렸다. 매사에 지나치게 힘이 넘치고 발랄한 데다 수시로 과격한 몸동작을 하는 큰 목소리의 내 모습이 제정신이 아닌 것 같다며 가까운 친구들이 붙여준 별명이었다. 그 외에도 나를 스쳐 지나간 여러 별명이 있었지만, 그

중 지금까지도 따끔따끔하게 마음에 남아 있는 별명은 '개눈깔'이다.

어느 날 다른 때보다 조금 일찍 퇴근한 엄마가 멀찍이서 나를 둘러싼 어떤 광경을 보시고 황급히 내 이름을 부르며 뛰어왔다. 갓 초등학교에 들어간 나는 어깨에 둘러멘 가방끈을 부여잡고 씩씩대며 걷고 있었고 뒤에는 예닐곱 명의 아이들이 깔깔거리면서 "개눈깔이래, 개눈깔이래"라고 놀리며 쫓아오고 있었다.

아이들은 내 이름을 부르는 엄마 목소리에 삽시간에 흩어졌다. 이따금씩 겪던 성가신 일이 엄마의 한마디로 종료되면서 평소보다 빨리 엄마를 만나는 그 순간이 참 좋았던 것 같다. 웃으며 달려간 나를 엄마는 하얗게 질려 굳은 표정으로 힘껏 안아주더니 손을 잡고 5층 아파트 계단을 아무 말 없이 빠르게 올랐다.

집에 도착하자마자 전화통을 붙잡고 다다다다 전화번호를 누르던 엄마는 잠시 뒤 수화기에 대고 누군가에게 다짜고짜 소리를 질렀다.

"나 회사 그만둘 거야! 흐흐흐흑…"

잠시 어안이 벙벙했다. 엄마는 힘든 일이 있어도 내 앞에서는 잘 울지 않는 분인데 왜 저렇게 서럽게 우는지 좀 놀랐던 것 같다. 통곡하다시피 우는 엄마의 모습은 어린 내게 너무 생경한 일이라 '내가 뭘 잘못했나?' 싶은 생각마저 들었다.

통곡의 전화를 받고 일찍 퇴근해 집에 온 아빠는 나를 불러 앉혔다. 그러고는 다짜고짜 주먹을 쥐어보라고 했다. 이건 또 무슨 상황인가 싶었지만 일단 힘껏 주먹을 쥐었다. 아빠는 가운데 손가락을 이렇게 조금 더 올려서 쥐는 거라며 주먹 모양을 교정해주었다.

"앞으로 애들이 놀리면 이렇게 주먹을 쥐고 때려. 아빠가 치료비는 다 물어줄 테니까. 알겠지?"

변호사가 된 지금 와서 당시 상황을 돌아보면 어른이 어린 아이에게 상시적인 폭행 교사를 하는 상황이지만, 아빠도 오죽 속이 상했으면 그랬을까 싶기도 하다.

어쨌든 그날 이후로 아이들이 내 눈을 가지고 놀릴 때마다 싫다는 감정을 좀 더 적극적으로 표현했다. "그만해!", "놀리지 마!" 소리도 쳤다. 그래도 계속 놀리는 남자아이들을 냅다 쫓아가서 엉덩이를 뻥 차준 적도 있다.

받은 대로 돌려준다는 식으로 투닥거리는 경험이 쌓여갔다. 원래 어릴 때부터 힘이 셌던 나는 어느 순간부터 또래 아이들을 힘으로 제압하는 일이 별로 어렵지 않다는 잘못된 생각을 가지기 시작한 것 같다. 초등학교 2학년 때는 '여자 깡패'라는 새로운 별명을 달고 폭주하던 나를 한 남자아이가 막아섰다. 어린 나이에도 '검빨띠'를 달았다는 태권도 수련생이었다.

점점 학년이 올라가면서 힘으로 사람을 누르는 일은 어떤 이유로도 정당화할 수 없다는 사실을 알게 되면서 '무시하고 내 할 일이나 열심히 하자' 모드로 삶의 방식을 차차 전환했다. 지금도 그 어린 시절, 어깨에 힘깨나 주고 정의의 사도인 양 굴던 내 모습을 떠올리면 부끄럽고 숨고 싶은 마음이다.

누구에게나 지우고 싶은 흑역사가 있다

학창 시절 모범적으로 살았다고 자부하는 사람이라도 숨기고 싶은 기억 하나쯤은 있을 것이다. 구체적으로 어떤 사건이나 시기가 떠오르지 않는다면 혹시 내가 아래 세 가지 가운데 하나에 해당한 적이 있는지 한번 돌아보자.

첫째, 집단으로 몰려다니며 주위 사람들에게 불안감을 조성한 적이 있다. 둘째, 정당한 이유 없이 가출한 적이 있다. 셋째, 술을 마시고 소란을 피우거나 유해 환경을 접하는 버릇이 있었다. 이 중 하나라도 해당하면 한국 소년법은 '우범소년'이라고 본다. 말 그대로 범죄를 저지를 '우려'가 있는 10세 이상의 아동을 뜻한다.

이런 우범소년을 발견한 보호자 또는 학교의 장, 시설장, 보호관찰소의 장은 아이의 인생에 막대한 영향을 미칠 수 있다. "여기 불량한 아이가 있습니다!"라고 관할법원 소년부*에 알려 그 아이를 소년보호재판에 회부할 수 있는 것이다. 아이를 보호하고 지도하는 입장에 있는 어른이 판사에게 아이의 행실을 일러바쳐서 재판을 받게 하는 이 제도를 '통고 제도'라고 한다. 이렇게 법원 소년부로 통고된 아동 중 어떤 경우에는 이름도 무시무시한 소년분류심사원에 위탁될 수 있다.

소년분류심사원은 소년법상 임시 처분을 하는 보호소년이 수용되는 기관으로 소년 재판부에서 보호소년에게 어떤 처분을 내릴지 결정하기 전에 3주 동안 여기로 아이를 보낼 수 있다. 소년분류심사원에 들어가면 3주간 밖으로 나올 수 없고 안에서 숙식하면서 생활한다. 이 기간 동안 생활 태도가 세세히 기록되어 법원이 아이에 대한 결정을 내릴 때 중요한 자료가 된다. 원래 살던 집으로 아이가 무사히 돌아가고 싶다면 밥도 주는 대로 잘 먹고, 말썽부리지 않고, 교육도 잘 받아야 한다.

---

* 우리나라에는 아직 소년법원은 따로 없고 가정법원이나 가사사건을 재판하는 가사부에서 소년사건을 처리하고 있다.

범죄를 '저지를지도 모르는' 아이라서

민수는 열세 살이 되면서 자기 인생이 학교 친구들과 많이 다르다는 것을 알게 되어서 괴로웠다. 기억나는 어린 시절의 대부분은 보육원에서 생활한 것뿐이었다. 집에서도 얼마간 살았다고 하는데 전혀 기억이 없다. 너무 어릴 때부터 보육원에서 자라왔기에 초등학교 4학년 때까지만 해도 다들 이렇게 사는 줄 알았다.

민수가 제일 불만인 지점은 "나도 다른 애들처럼 부모님과 함께 지내고 싶다" 같은 거창한 것이 아니었다. 오히려 "나도 다니고 싶은 학원을 자유롭게 다니고 싶다", "학교 끝나고 친구네 집에 놀러 갔다 온다고 말하고 한두 시간이라도 놀다 오고 싶다", "내 물건에 이름 스티커를 마음껏 붙이고 나만 쓰고 싶다"라는 작고 평범한 바람을 말할 수조차 없다는 것이었다.

그런데 아무리 생각을 돌려보고 뒤집어봐도 지금 있는 보육원 선생님에게 이런 요구를 한다는 것은 거의 불가능했다. 주는 대로 먹고, 시키는 대로 하는 것 이외에 새로운 뭔가를 해달라고 말하는 것 자체를 모두 반항으로 여겼기 때문이다. 보육원 선생님들은 날이 갈수록 도저히 이해가 되지 않는 세세한 규칙들을 만들어 지키라고 했다. '양말을 발목까지만 신어라', '이 방에 들어오면 무조건 책을 두 권 읽을 때까지 말을 하지 말아라' 따위의 규칙들은 일방적이었고 민수를 숨 막히게 했다. 선생님들만 민수를 통제하려드는 것이 아니었다. 선생님들에게 찍히면 선생님들보다 더 무서운 형들이 민수를 갈구기 시작했는데 민수가 그렇게 괴롭힘을 당하는 것을 다 알면서도 말리는 선생님들이 없었다.

말도 안 되는 규칙들이 점점 많아진다고 생각하던 어느 날 민수는 하굣길에 충동적으로 보육원으로 돌아가지 않았다. 일생에 처음 시도해본 가출이었다. 가뜩이나 불만분자로 찍힌 터라 시설장은 가출을 이유로 민수를 우범소년이라며 가정법원에 통고했다.

친구들과 며칠간 공원 같은 곳에서 자면서 버티다가 잡혀 보육원에 돌아온 뒤에야 민수는 자신이 드라마에서나 봤던 법정에 가야 한다는 사실을 알게 되었다. 집에 들어오지 않았다고 판사 앞에 가서 재판석이나 받아야 하는 이유가 무엇인지 물어봤지만 "너 스스로가 저지른 일이니 네가 책임져야 한다"라는 답변만 돌아왔다.

아무리 생각해도 법정에 나가는 것 자체가 범죄자가 된다는 뜻 같았다. 무서웠던 민수는 재판날 아침에 보육원을 나서는 법원이 아닌 외딴 공원에 숨었다. 결국 법정에 나오지 않고 도망쳤다는 이유로 민수는 보육원보다 훨씬 더 규율이 엄격한 소년보호시설에 강제로 옮겨졌다.

소년보호시설은 더 최악이었다. 보육원의 규칙도 견디기 어려웠던 민수가 별다른 잘못도 없이 들어가야 했던 그 엄격한 시설에서 적응을 잘할 리는 애초에 만무했다. 왜 여기서 살아야 하냐며 민수가 매사에 시큰둥하고 불만이자 보호시설장은 다시 법원에 민수에 대한 보호처분 변경 신청을 했다. 그렇게 민수는 졸지에 소년원에 입소하게 되었다.

웬만해서는 들어가기 어렵다는 소년원에 아무런 범죄도 저지르지 않은 민수가 입소하게 된 이유는 뭐였을까. 과연 보육원이 아닌 가정에서 부모님과 지내는 아이였다면 고작 저런 이유로 재판을 몇 번이나 받아가며 소년원에 입소하는 일이 일어났을까?

아동도 인권이 있다는 말에는 누구나 동의할 것이다. 하지만 개별 사건들을 보면 정작 이 사회는 법의 보호를 받아야 하는 아동을 대상으로 '급'을 나누는 것 같아 몹시 씁쓸하다. 돼지고기 급수를 매기듯이 사람인 아동을 임의로 나눈다. '학대 피해 아동'이나 '위기 청소년'으로 분류된 아이들은 나라의 보호를 받아 마땅하지만, 싹수가 노란 '우범소년'은 가차 없이 사회의 매운맛을 느끼게 해줘야 한다는 식이다. 이 매운맛은 질풍노도의 시기를 기다려주고 미소로 지켜봐주는 보호자가 없는 아동에게 더 혹독해진다.

민수와 같이 죄를 저지른 적 없이 그저 '행실이 마뜩잖아 조만간 죄를 저지를 것 같은' 아동이 범죄자와 마찬가지로 취급되며 소년분류심사원에, 소년원에 가는 일들이 제도를 통해 일어나도 이 사회는 별 관심조차 없다.

유엔 아동권리위원회는 한국에 우범소년 규정 삭제를 권고했다. 국가인권위원회와 법무부 소년보호혁신위원회도 우범소년 제도 폐지를 권고했다. 하지만 우범소년 제도는 여전히 남아 있으며 국가는 우범소년에 관한 제대로 된 통계조차 실시하지 않는다. 그냥 어딘가에서 아이들이 이 시스템에 갈려나가고 있을 것이라 추측만 하고 있을 뿐이다.

조금만 달리 생각해보면 어떨까? 집단으로 몰려다니며 주위 사람들에게 불안감을 조성하는 아동, 정당한 이유 없이 가출한 아동, 술을 마시고 소란을 피우거나 유해 환경을 접하는 버릇이 있는 아동은 사실 죄를 저지를 우려가 있는 아이가 아니라, 나 힘들다고, 죽을만큼 사는 것이 힘들다고 온몸으로 알리고 있는 아이라고 말이다.

어려움에 처한 아이들을 미리 범죄자로 취급할 것이 아니라 "얼마나 힘들었니?" 하면서 사회가 먼저 손 내밀고 안아주어도 그 마음을 채우기 부족하다. 먼저 관점이 전환되어야 아이에게 필요한 지원은 무엇인지 머리를 맞대어 고민하는 일이 가능해진다. 그래서 썩 내키지 않더라도, 괜히 멀리 돌아가는 것 같아도 이 아이들을 사회가 보듬을 방법을 찾아야 한다. 교화와 지원이 다 같이 사는 이 사회를 더 건강하게 만들기 때문이다.

위에서 내려다보면
결코 보이지 않는 것들

명문으로 꽤 유명하다는 지역의 한 고등학교 동창회에 어쩌어찌 초대받아 참석한 어느 연말이었다. 호텔 연회장을 통째로 빌려 거행된 동창회에 참석한 아저씨들은 다들 어찌나 '삐까번쩍' 차려입고 오셨는지 혹시 여기가 시니어 패션쇼 현장인가 눈을 비빌 정도였다.

"이 지역에서 잘나가려면 꼭 우리 고등학교 출신인지 확인하는 것이 기본"이라며 머리가 희끗하신 한 신사분이 다가왔다. 모교에 대한 자부심이 대단해 보였다. 그분의 윤이 반짝반짝 나는 구두에 피곤한 얼굴이라도 비칠까 봐 대충 정신을 수습하고 이렇게 물었다.

"혹시 이 학교에 특수학급이 몇 개 있나요?"

갑작스러운 질문에 그 아저씨는 가을 운동회에서 오자미를 얼굴에 정통으로 맞은 듯한 표정을 지었다. 이어서 "특수학급이 장애인 애들이 다니는 그거 맞느냐?"라고 나에게 되묻더니 아무런 망설임 없이 "그런 게 있으면 학교 '격'이 떨어져서 안 된다"라고 단호한 어조로 말했다. 확신에 찬 그의 답변에 며칠 전 산에 갔다가 어깨에 송충이가 떨어진 동행자를 쳐다보던 일그러진 얼굴이 나도 모르게 재현되었고 아저씨는 내 표정이 심상치 않다 느꼈는지 다른 잘나가는 아저씨들과 이야기하러 서둘러 자리를 떴다.

격을 떨어뜨리는 이는 누구인가

그로부터 두 달쯤 지나 2월 말이었다. 다급하게 걸려온 상담 전화를 받아들었다.

"큰일 났어요. 우리 애가 장애가 심해서 학교를 갈 수가 없는데 학교를 가야 한다고 하네요. 이를 어쩌죠?"

수화기 속 목소리는 다급했지만 동시에 체념이 묻어났다. 이게 무슨 상황인가 싶어 자세히 듣고 싶었으나 통화를 오래

할 시간이 도저히 안 났다. 언제 만나기로 시간을 정해 아이와 함께 보기로 했다. 며칠 뒤, 아이 하교 시간에 맞춰 학교 앞으로 향했다.

아동용 휠체어치고는 엄청 큰 편인 휠체어가 교문으로 나오고 있었다. 교실에서 운동장 교문까지만 나오는데도 뒤에서 휠체어를 밀고 오는 어머니는 벌써 지친 표정이었다.

"안녕하세요, 어머니. 얼마나 힘드세요. 이 휠체어는 어디서 만드셨어요?"

"특수 휠체어예요. 아이가 척추가 꼬여서 앉는 자세가 잘 안 돼요. 이렇게 뒤로 눕듯이 앉아야 하거든요."

아이와도 반갑게 인사를 하고 우리는 걸음을 옮겼다. 집까지는 꽤 거리가 멀었다. 도심 사는 아이들은 통상 걸어서 10분 안에 갈 수 있는 학교로 배정을 받기에 좀 의아했다.

"이 주변에는 원래 이렇게 학교가 없어요?"

"우리 집 가까이에 학교가 두 개나 더 있는데, 여기로 배정됐어요."

"왜요?"

"과밀화래요."

집에서 가까운 초등학교에는 장애 아동이 입학할 빈자리가 없다는 뜻이다. 그래서 이제 막 개교해 그나마 자리가 있는 초등학교에 배정된 것이다. 집으로 가는 길은 멀고도 험했다.

인도가 좁고 구불구불했고 움푹 팬 곳도 많았다. 언덕은 언덕 대로 힘들고 내리막길은 내리막길대로 죽을 맛이었다. 30킬로 그램이 넘는 사람이 휠체어 밖으로 얼굴과 손발을 비죽 내밀고 있으니 더 조심조심해야 했다. 아직 3월인데도 땀이 송송 맺혔다. 지도 앱으로 검색했을 때는 성인 걸음으로 17분 걸린다고 했는데 30분째 걸어도 목적지가 나오지 않는다.

"아이 장애가 워낙 심해서 당연히 특수학교에 갈 줄 알았어요. 그래서 3년 전에 일부러 여기로 이사를 왔죠. 저희 집에서 걸어서 2분이면 특수학교 정문이거든요."

그게 참 이상했다. 아동의 상태를 보니 특수학교를 가야 할 것 같았다. 아이는 최중증의 발달장애와 지체장애를 가지고 있었고 보호자와 아동 모두 특수학교를 원했다. 어쩌다 이 아이는 일반 학교에 배정된 것일까? 이 모든 문제는 입학을 준비하면서부터 시작되었다.

교육지원청에서 11월쯤 아이를 일반 학교로 배정하겠다는 통보를 받은 날, 어머니는 이해가 안 가서 물어보았다고 한다. 그 결정을 누가 어떤 과정을 거쳐서 했는지, 뒤집을 방법은 없는지 아이의 상태를 설명하면서 물어보았는데 전화기 너머 장학사라는 사람은 황당한 답변을 내놓았다.

"어머니, 아이를 믿으셔야죠. 제가 몇 년째 이 일을 해서 딱 보면 알거든요. 이 아이는 일반 학교에 가서도 충분히 잘 따라갈 수 있어요. 그러니까 어머니께서 하실 일은 아이를 믿어 주시는 거예요."

이 말을 듣는 순간 어머니도 부아가 확 치밀어 올랐다. 열심히 믿어주기만 하면 아이가 교실로 순간 이동이라도 한다는 말인가. 아이에 대한 철석같은 믿음만 가지면 아이가 스스로 수업을 따라가며 잘 이해하고, 급식을 혼자 푹푹 퍼먹고, 혼자 화장실에 가서 볼일을 잘 볼 수 있다는 걸까. 대체 무슨 근거로 얼굴 한번 본 적 없고 확인한 적도 없는 아이 상태를 전화 통화로 그렇게 단언할 수 있었을까.

"제가 그래서 우리 아이는 도저히 일반 학교에 갈 수 없으니 1년 동안 홈스쿨링을 하겠다고 했어요. 1년 뒤에 특수학교로 갈 수 있게 해달라고 했죠. 근데 그것도 안 된대요."

의무교육도 정원 외 관리 신청을 통해 홈스쿨링을 할 수 있다. 이는 학생의 당연한 선택권이지만 이 역시 별다른 이유도 없이 묵살되었다. 결국 울다시피 휠체어를 끌고 학교에 처음으로 등교하던 날, 마침 교문에 나와 아이들과 인사하던 교감 선생님은 아이를 보자마자 얼굴이 흙빛이 되었다. 그러고는 어머니에게 이렇게 말했다.

"아니, 이런 애가 어떻게 우리 학교를 다니나요?"

교육감은 응답하라

믿으라고 했으니까 괜찮을 거야. 뭔가 대책이 있으니 믿으라고 했겠지. 마음을 진정하며 휠체어를 밀고 학교 건물로 들어갔는데 아무리 살펴봐도 엘리베이터가 없었다. 혹시 못 찾는 것인가 싶어서 지나가는 교직원에게 물었더니 "저희 학교에는 엘리베이터가 없어요"라는 답변이 돌아왔다.

이건 또 무슨 일인가 싶었지만 일단 오늘만 버텨보자는 마음으로 애를 둘러업었다. 가냘픈 엄마의 몸이 휘청거렸다. 등산하는 심정으로 3층에 있는 1학년 교실을 찾아 들어갔다. 이번에는 담임 선생님 얼굴이 10분 전 교감 선생님과 같은 흙빛으로 변했다.

"아… 이렇게 심할 줄은 몰랐는데요…."

실낱같은 희망이 쓰레기통에 몽땅 버려지는 순간이었다.

교실에서 아이를 환영하는 사람이 아무도 없는 것을 확인하고 어머니는 서둘러 특수반으로 가기로 했다. 그런데 특수반이 어디에 있는지 제대로 아는 사람이 없었다. 겨우 물어물어 찾아간 특수반은 건물 끝자락에서 안내판도 없이 공사 중이었다.

시멘트 벽이 그대로 드러나 있고 페인트 냄새가 진동하는 곳에서 사람들이 가구를 나르고 드릴로 벽을 뚫고 있었다. 아이는 먼지에 캑캑대다가 시끄러운 공사 소리가 무서워서 울었다. 아이는 평소에도 손가락을 심하게 빠는데, 증폭된 불안 때문에 더더욱 손가락이 없어질 지경으로 쪽쪽 빨다가 침이 팔꿈치까지 흘러내렸다.

불과 며칠 전 일이지만 그날 집으로 어떻게 돌아왔는지 기억이 없었다. 그저 그 순간 이후로 한 가지 생각만이 머릿속을 꽉 채웠다. '이 짓을 어떻게 6년 동안 하지?'

모든 상황을 알게 된 나는 목석처럼 굳어서 움직일 수가 없었다. 얼마나 화가 나는지 눈에서 불이 튀는 것 같았다.

"어머니, 저한테 자세히 설명해주시고 아이도 만나서 함께 이야기할 수 있게 해주셔서 정말 감사해요. 우리 이 문제 잘 해결해봐요!"

돌아오는 길에 바로 장애인 부모 단체에 연락하고 교육청 건물 앞에서 다음 날 아침에 기자회견을 하기로 했다. 국가인권위원회에 인권침해 진정서도 얼른 적어 제출했다. 기자회견에서 마이크를 잡고 있는데도 목소리 톤을 조절하기 어려웠다. 마이크고 뭐고 냅다 소리치고 싶었다.

"장애 아동의 정당한 특수교육 제공 요청을 거부한 것도 모자라 교육권 자체를 본질적으로 침해한 교육감 나와라!"

눈물과 분노로 가득 찬 기자회견이 끝나고 요구 사항을 정리한 문서를 교육청에 전달했다. 매일 말도 안 되는 상황을 감내하고 있는 아이와 엄마의 이야기를 언론을 통해 세상에 알렸고 왜 이런 일이 생겼는지 행정청에 따지고 물었다. 두 달 정도 싸운 끝에 아이는 통학버스를 운행하는 특수학교로 전학할 수 있었다. 집 앞에 특수학교를 두고 멀리 차를 타고 가야 하는 것이 속상했지만, 아이는 그마저도 세상 구경이라며 신나 했다.

학교를 배정하던 그 장학사가 단 한 번이라도 입학을 앞둔 아이를 만나보았다면 어땠을까. 서류만 보고도 "딱 보면 안다"라고 거짓말한 그 사람은 아무 일 없이 살고 있겠지. 누가 이 사회의 '격'을 떨어뜨리는가, 그에게 묻고 싶다. 장애가 있는 사람이 아니다. 그 장애를 하찮게 대하는 사람이 사회를 병들게 한다.

장애인을 대하는 태도

미국에서 살면서 개인적으로 가장 부러웠던 점을 꼽으라면 바로 이 '장애인을 대하는 태도'였다. 어느 건물에나 설치되어 있는 장애인 편의 시설, 장애인에게 당연하게 먼저 양보하는 모습, 장애인이라고 함부로 쳐다보거나 도와준답시고 함부로 다가가지 않으며 그냥 똑같이 여러 사람 가운데 한 사람으로 대하는 문화를 볼 때마다 감동하지 않을 수 없었다.

학교에서는 그 점이 더욱 도드라져 보였다. 한번은 아이들이 다니는 초등학교에서 열린 교육과정 설명회에 참석했다. 교장 선생님과 PTA 임원들이 학교의 전반적인 활동과 특색을 설명한 후 소그룹 설명회 차례가 되었다. 나는 일곱 개의 소그룹 중 당연히 'Special Education'을 선택해 찾아갔고 학교 특수교사 선생님과 이런저런 깊은 이야기를 나눴다. 둘도 없는 기회에 우리나라 특수교육 현장에서 특히 문제가 되는 상황에 참고할 만한 민감한 질문을 용감하게 던져댔다.

"아이가 발달이 느리거나 장애가 있는 것 같을 때 아이를 병원에 데리고 가보라고 담임 선생님이 보호자에게 직접 말할 수 있나요?" 현장에서 민원이 많이 생기는 문제였다.

"물론 직접 말해도 문제는 없어요. 하지만 부모가 그 제안을 수긍하지 않을 것 같은 분위기면 굳이 직접 말하기보다는 특수교육팀과 별도로 존재하는 개입팀Intervention Team에 말하면 됩니다. 개입팀에서 아이 행동을 관찰하고 개입 과정에 부모도 참여시키면서 아이가 거부감 없이 자연스럽게 특수교육으로 들어올 수 있게 하거든요."

"와우, 그렇다면 혹시 개별화교육회의IEP*를 형식적으로

---

* 미국에도 있고 우리나라에도 있는 특수교육법상 제도. 입학 전이나 학기 초에 장애 아동에게 어떤 지원이 필요한지, 어떤 수준으로 학교 교육이 이루어지길 원하는지 아이, 학생, 선생님, 담당 직원이 모두 모여 하는 회의를 말한다.

열거나 건너뛰는 경우는 없나요?"

"오잉? 그거 건너뛰면 불법이에요. 그리고 그 회의를 대충할 수가 없는 이유가 있어요. 학교로서는 아이한테 뭐가 제일 필요한지, 아이 특성은 어떠한지 제일 잘 알 수 있는 기회잖아요. 그걸 대충 하면 우리가 더 고생스러워져서 제대로 해야 서로 편해요." 우문현답이었다.

정말 묻고 싶은 질문을 던졌다.

"이런 질문이 이상하게 들릴지도 모르겠지만, 혹시 장애 아동이랑 자기 아이가 같은 반인 것이 싫다고, 자기 아이의 학습권이 침해된다면서 장애 아동을 특수반으로 분리하라는 민원이 들어오면 학교 차원에서 어떻게 대응하는지 알 수 있을까요?"

이 질문에는 잠시 생각하는 듯 눈을 몇 번 껌벅거렸다.

"글쎄요… 그런 적은 한 번도 없어서 어떤 선례가 있었는지 말하기는 어렵지만, 그런 민원이 들어왔다고 장애 아동을 일반 학급에서 분리하는 일은 없다는 것은 확실히 말할 수 있어요. 아이를 분리하기보다는 오히려 그 장애 아동의 행동 교정을 도울 인력을 추가하거든요. 장애가 있다고 무조건 분리하는 교육은 특수교육에서 최대한 지양해야 하는 것이라서요. 심지어 장애 아동이 소속 교실이 아닌 특수반에만 있고 싶어 해도 읽기, 쓰기, 수학 시간은 절반이라도 반드시 원래 자기 학급에서 수업을 들어야 해요. 장애 아동 옆에 보조 교사가 있으니 괜찮아요."

소그룹 모임을 마치고 나오면서 그야말로 만감이 교차했다. 중한 장애가 있지만 장학사의 일방적인 결정으로 학교에서 '여기 왜 왔니' 취급을 받았던 아이, 두 달이나 싸워서 멀리 특수학교로 겨우 전학 갈 수 있었던 그 아이가 생각났기 때문이다.

장애인은 '격' 떨어지는 사람이라 단정 지으며 위에서 내려다보면 결코 보이지 않는 소중한 것들이 있다. 모든 존재가 사랑받아 마땅하다는 당위는 법과 제도만으로 실현되는 것이 아니다. 그 당연한 말이 진짜 현실이 되고 문화가 되려면 자세히 보아야 한다. 사람이 사람으로 동등하게 살아가는 힘은 어쩌면 계속 서로를 바라보고 살피는 노력 가운데 샘물처럼 솟아나는 것이 아닐까.

4부

✦

사람과 사람은
서로 연결되어 있다

굳이 다른 사람에게 나에 대해 설명하지 않아도,

있는 그대로 수용되고 존중받는 경험은 얼마나 소중한가.

내게는 당연한 그 경험들이

누군가에게는 거의 일어나지 않는 일이라면,

그런 삶이란 얼마나 척척할까.

삶은 연결되어 이어진다. 암담하기만 했던 나날 속에도

혼자가 아니기에 조금씩 앞으로 나아갈 수 있다.

내가 내 모습 그대로 존중받으며 살아갈 수 있는 삶은

어쩌면 작고 반짝이는 작은 관계로 만들어진다.

그는 어떻게 한밤중에
강도 살인을 저질렀을까

    1991년 11월, 부산 을숙도 환경보호 구역에서 봉사 활동을 하고 있던 최인철은 한 남성으로부터 3만 원을 받았다. 환경보호 구역에서 불법 운전 연수를 하던 남성이 최 씨를 단속 공무원으로 오해하고 단속을 모면하려고 건넨 돈이었다.

    돈을 받은 최인철에게 저녁 무렵 경찰이 찾아왔다. 공무원을 사칭하여 돈을 받은 혐의로 체포된 최인철과 함께 있었던 친구 장동익은 졸지에 2인조 범죄자로 몰리게 되었다. 이들이 1년 전인 1990년에 발생한 낙동강변 살인 사건의 2인조가 아닐까 생각한 경찰은 최인철과 장동익을 추궁하기 시작했다. 부산

낙동강변 엄궁동 갈대숲에서 발견된 참혹한 시신 한 구에 관해서 할 말이 없냐는 것이었다.

최인철과 장동익은 그런 사건이 일어난 줄도 몰랐기 때문에 전혀 모른다고 대답했지만, 경찰은 당시 살인 사건의 생존자인 김 모 씨를 경찰서로 불러 저 둘이 범인이 맞냐고 물어보았다. 김 씨가 범인이 맞다고 하자 경찰은 최인철과 장동익을 다른 경찰서로 옮겼다. 옮겨 간 경찰서에 있던 경찰 두 명이 이들을 보고 2년 전쯤 강도 짓을 저지른 자들이라고 말할 때까지만 해도 최인철과 장동익은 자신들에게 무슨 일이 벌어지고 있는 것인지 잘 알지도 못했다.

고문이 시작되었다. 둘의 입에서 자신들이 낙동강 살인 사건의 진범이라는 자백이 나올 때까지 경찰은 갖은 고문을 가했다. 결국 둘은 고문을 이기지 못해 낙동강변에서 강도 살인을 저질렀다고 자백했고 이 사건을 거쳐 간 변호사와 검사, 판사가 여럿이었음에도 두 사람은 나란히 피고인이 되어 유죄판결을 받았다. 변호사는 이들이 무죄라고 주장했지만 받아들여지지 않았는데, 그 변호사는 문재인 전 대통령이었다. 두 사람은 억울한 옥살이를 무려 21년이나 해야 했다. 여기까지가 사람들이 모두 알고 있는 이 사건의 이야기다.

그가 진짜 잃어버린 것들

이 사건의 재심 사건을 끌고 왔던 박준영 변호사님의 연락을 받고 공동 변호인으로 참여하게 되면서 최 선생님과 장 선생님 두 분을 처음 만나게 되었다. 내가 사건에 합류하게 된 직접적인 계기는 장동익 선생님의 시각장애 때문이었다. 체포되어 조사를 받을 때부터 "나는 눈이 안 보이는데 무슨 수로 강도 짓을 한단 말이요"라고 항변을 했지만, 겉으로 보기에는 멀쩡한데 어디서 거짓말을 하고 있냐며 괘씸죄만 추가되었다고 한다. "장동익은 시각신경위축으로 거의 시력이 없는 것이 사실"이라는 의사의 진단서가 재판 중에 제출되었지만, 이미 고문과 거짓 자백으로 억지스럽게 거기까지 끌고 온 사건에서 장동익은 무조건 유죄여야만 했다.

변호인으로서 처음 들었던 의문은 얼굴에 닿을 듯이 물건을 가까이 가져가도 잘 보이지 않는 시각장애인이 당최 무슨 초능력으로 그 깜깜한 밤에 성인 두 명을 때려눕히고 강도 살인을 할 수 있었냐는 것이었다. 하지만 그 의문보다도 나를 더 강하게 휘감던 생각은 그의 삶에 관한 것이었다. 꽃다운 청년이었던 그는 어느 날 갑자기 찾아온 사건으로 삶을 송두리째 빼앗겼고 세월을 굽이굽이 돌아 우리는 만난 것이다. 그가 정말 잃어버린 것은 무엇이었을까.

존경하는 재판장님, 저는 시각장애인 당사자로서 장애인권 일을 하면서 피고인 장동익을 알게 되어 이 재심 청구 사건을 대리하고 있습니다. 피고인 장동익이 일상생활 속에서 앞이 보이지 않아 얼마나 불편하고 어려운지 일일이 말씀드리지 않아도 이미 재판 과정에서 충분히 드러났다고 생각합니다. 그래서 이제 저는 오히려 이 사회가 장동익과 같은 시각장애인을 지금까지 어떻게 배제해왔는지를 말씀드리고 싶습니다.

저는 태어날 때 의료사고로 한쪽 눈을 잃었습니다. 나머지 한쪽 눈이 있어 생활하는 데에는 지장이 없었지만 아직도 제 얼굴을 보며 깜짝 놀라는 사람들을 마주하곤 합니다. 피고인 장동익은 저와는 비교할 수 없는 정도로 중한 시각장애를 가지고 있습니다. 시각신경위축이라는 질병은 현대 의학으로는 해결할 수 없습니다. 그렇기에 장동익과 같이 어릴 때부터 시력을 잃은 사람이 원만한 삶을 살기 위해 가장 중요한 것은 가까이에 있는 믿을 만한 사람들과의 좋은 상호 작용입니다. 그 장애인의 특성, 기분, 동선을 아는 사람들과 함께 살아가면서 시각장애로 겪게 되는 많은 불편과 어려움을 상당 부분 감소할 수 있기 때문입니다.

피고인 장동익은 이 사건에 휘말리기 전만 해도 그러한 삶을 살아왔습니다. 그에게는 헌신적인 어머님이 있었고 사랑하는 가족이 있었습니다. 아내가 있었고 태어난 지 18개월이 된 딸이 있었습니다. 길을 걷다 전봇대에 부딪히려고 하면 옆에서 손을 끌어 부딪히지 않게 잡아주는 사람, 밥상을 마주하면 젓가락을 잡아 툭툭 치며 여기는 김치가, 여기는 장아찌가 있다고 말해주는 사람이 있었습니다.

이 사건으로 피고인 장동익이 잃은 것은 단순한 평판이나 시간이 아닙니다. 장애인으로서의 불편한 삶을 지탱하고 이어나갈 수 있게 해준 모든 인간관계가 끊어졌습니다. 장동익의 어머니는 아들의 억울함을 호소하다가 암으로 사망했습니다. 장동익은 부산에서 진주교도소까지 왕복 일곱 시간 거리를 5년 동안 매주 찾아오는 아내에게 언제 나갈지 기약이 없으니 재가하라고 하며 편지로 이혼 서류에 도장을 찍습니다. 딸은 할머니 손에 컸지만 할머니가 돌아가신 뒤 아빠와 대화를 나눠본 적도, 따뜻하게 손을 맞잡아본 적도 없었기 때문에 출소한 아빠가 낯설었습니다. 출소 후 열 평 남짓한 집에 홀로 살고 있는 피고인 장동익은 이 모든 생활의 불편함을 혼자 감당하게 되었습니다.

영문도 모르고 끌려간 1991년 11월 8일 밤, '통닭'이 되어 물고문을 당해야 했던 장동익은 그 시간을 되돌릴 수 없음을 압니다. 그리고 더불어 이 법정에 나와서 증언했던 형사들도 자신이 한 짓을 잘 알고 있을 것입니다. 그 무렵에 진행했던 구체적인 사건들, 이송 경위, 사건의 내용, 사건의 결과를 막힘없이 말하는 사람들이 유난히 이 사건에 관해서는 아무런 기억이 없을 리 만무하기 때문입니다.

"시각신경위축으로 우안 0.04, 좌안 0.02. 검사 자체가 불가능, 교정 불능으로 렌즈도 도움 안 됨. 밝은 곳에서도 극히 가까운 물체만 구별. 3~4미터만 떨어져도 물체를 구분하지 못함."

피고인 장동익이 항소심 재판을 받을 때 재판부에 제출된 의사의 감정서입니다.

그때나 지금이나 변하지 않은 사실이 두 가지 있습니다. 피고인 장동익이 밝은 곳 아래 눈에서 아주 가까이에 있는 물체를 제외하고는 아무것도 볼 수 없을 만큼 시력이 없다는 것, 어두운 곳에서는 스스로 몸을 제대로 움직이기도 어려운 시각장애인이라는 것입니다. 그리고 또 하나, 피고인들이 이 사건 범행을 하지 않았다는 것입니다.

피고인 장동익은 어머니께서 유물처럼 남겨주신 저 형사 기록 속에 담겨 있는 진실과 억울함을 가지고 이 사건 재심 청구에 이르게 되었습니다. 지역사회에서 사랑하는 사람들과 함께 살 수 있었던 피고인에게 부디 속히 정의로운 결정을 내려주셔서 강도 살인의 전과자가 아닌 떳떳한 시민으로서 살 수 있는 기회를 주시기를 간절히 바랍니다.

변호사석에서 일어나 이렇게 변론을 하는데 방청석에 앉

은 장 선생님의 가족들이 보였다. 고개를 숙인 채 조용히 흐르는 눈물을 닦고 있는 그 모습에 나도 목이 메었다. 그렇게 그 사건은 재심을 청구한 지 4년이 지나서야 원래 판결이 잘못된 것이었다는 재심 판결문을 받게 되었다.

재판이 끝나고 몇 달 후 다시 장 선생님을 만났다. 스마트폰이라는 요상한 물건을 만나 어지간히 시달리신 듯했다. 눈이 거의 보이지 않으니 터치식으로 작동하는 스마트폰의 제 기능을 살린다는 것은 어찌 보면 '미션 임파서블'처럼 보일 수도 있다.

'여기 어디쯤에 그 기능이 있었는데….' 도와주겠다고 나섰다가 막상 이 메뉴 저 메뉴 헤매다 보니 불현듯 누군가가 머릿속을 스치고 지나갔다. 예전에 시각장애인을 대리해 컴퓨터와 스마트폰의 웹접근성Web Accessibility* 개선을 위한 소송을 진행하면서 만난 전맹 시각장애인 당사자였는데 마침 IT와 웹접근성 쪽 일을 하시는 분이라 더없이 적합했다. 생각난 김에 그렇게 또 두 분을 연결해드렸다.

며칠 후 그 둘이 만나 휴대전화를 조물락거리면서 몇 시간

---

* 기기나 소프트웨어 사용자가 화면이나 기능을 쉽고 편리하게 접근하여 사용할 수 있도록 하는 것을 말한다. 장애인, 어린아이, 노인 등 모두에게 쉽게 사용할 수 있는 환경을 만드는 것으로서 시각장애인에게는 텍스트나 스크린을 읽어주는 방법으로, 청각장애인에게는 자막이나 알림 메시지를 보여주는 방법으로 다양하게 구현된다.

에 걸쳐 집중 과외를 했다고 한다. 그날 이후 장동익 선생님은 전화와 문자는 물론 SNS와 각종 유용한 어플리케이션까지 넘나들며 삶을 즐길 수 있게 되었다.

삶은 연결되어 이어진다. 갑자기 끌려간 감옥에서도, 다시 세상에 나온 이후 암담하기만 했던 나날 속에도 혼자가 아니기에 조금씩 앞으로 나아갈 수 있다. 지금의 모습과 존재를 인정받으며 살아갈 수 있는 삶은 그렇게 작고 반짝이는 작은 관계로 만들어진다.

존재 자체로
비정상 취급을 받는 사람들

화창한 어느 가을날이었다. 오랜만에 가족끼리 함께 만나기로 한 친구가 전화를 했다.

"우리 이번 주 토요일에 공원에서 만나서 놀기로 했잖아? 그런데 내가 봉사 활동하는 장애인 시설에서 마침 그 공원으로 같은 시간에 소풍을 간다고 하네! 너도 장애인 도와주는 일을 하니까 우리 집 식구들과 너희 집 식구들 모두 소풍에 참여해서 봉사하는 건 어떨까?"

소풍 제목은 '○○의 집 가을 나들이'였다. "장애인 시설 봉사 활동을 다니고 있었구나!" 하면서도 그 갑작스런 제안이 마냥 반갑지만은 않았다. 생각해보겠다고 하고 전화를 끊었다. 왜 나는 멈칫한 걸까.

장애인 당사자가 있는 현장에 가는 일을 주저할 이유는 전혀 없다. 다만 '이건 인권침해일까 아닐까' 하며 장애인의 권리를 계속 생각하는, 나의 일종의 직업병이 문제였다. 배려랍시고 무심코 내뱉는 사소한 배제의 표현들이 덜컥 불편할 때가 종종 있어왔기에 그 소풍을 내가 과연 온전히 즐길 수 있을까 망설여졌다. 그 자리에 모인 장애인들이 온전한 사람으로 취급받지 못할까 봐 괜히 걱정도 되었다.

그래도 따뜻한 가을 하늘 아래 웃는 모습으로 삼삼오오 모여 맛있는 음식을 나눠 먹을 시간과 공간에 함께하고 싶었다. 아이들도 자연스럽게 그 자리에 참여해서 뛰어논다면 좋을 것 같았다. 친구에게 다시 전화를 걸었다.

"그래. 함께 가보자."

이상하게 신나고 참을 수 없이 어색한

소풍날이 되었다. 김밥과 과일과 음료수를 챙기고 들썩들썩 신이 난 아이들의 손을 잡고는 기대 반 걱정 반으로 약속 장소로 향했다. 공원 주차장에 차를 대니 마침 여러 대의 승합차

가 속속 도착했다. 문이 열리고 소풍에 참여하는 시설의 거주
장애인들이 내리기 시작했다. 성인 발달장애인들은 차 안에서
부터 한 사람 한 사람씩 부축을 받고 내린다. 잠이 덜 깬 멍한
표정인 이도 있고 쨍한 햇빛에 인상을 찡그리는 이도 있었다.
근처에 서 있다가 천천히 다가가서 한 사람 한 사람에게 반갑
게 인사를 했다.

　손을 잡고 소풍이 열리는 곳으로 함께 발걸음을 옮겼다.
처음에는 낯설어하다가 차츰 얼굴에 미소를 띠는 이가 많아졌
다. 아이들도 조금 긴장하면서 따라오더니 이내 까르르 즐거워
했다. 하늘도 높고 바람도 살랑여 소풍하기에 더할 나위 없는
날씨였다. 큰 돗자리들이 펼쳐지고 본격적으로 소풍이 시작되
었다. 현수막이 걸리고 대형 스피커도 설치되고 먹을 것이 차
려진다. 신나는 음악과 함께 소풍의 시작이 선포되고 박수가
하늘로 뻗어나간다.

　그런데 이상하다. 소풍은 원래 자연에서 맘대로 뛰어놀면
서 소리도 지르고 노래도 부르고 깔깔대고 먹으면서 노는 것이
아니던가? 이 소풍은 어딘가 어색했다. 급하게 걸쳐 입은 듯
한 옷들이 거추장스럽고 더운지 혼자 벗으려 해도 시설 직원이
가만히 있으라 하고, 누군가가 가서 겉옷을 벗겨줄 때까지 기
다려야 한다. 목이 마르다 하면 기다리라고 하고 누군가 물을
가져다줄 때까지 마시지 않고 참는다. 피자와 치킨도 한꺼번

에 풀어놓고 "우와!" 하며 달려들어 자유롭게 먹는 것이 아니라 배식하듯이 은박지 간이 식판에 담아 자기 몸 앞에 두고 먹어야 한다. 신체장애가 없는 이도 누군가의 허락이나 도움 없이는 자리에서 움직이지 않았다. 상쾌한 공기도 신나는 음악도 이 무리 위에서는 시들해지는 느낌이었다.

자원봉사자들은 나름대로 바빴다. 우리 말고도 다른 자원봉사자 무리가 더 있었는데 대학생 동아리 단체 같았다. 돗자리를 힘차게 펼치고, 피자 박스를 착착 나르고, 무거운 음료수 상자도 옮겨 일사불란하게 세팅하는 모습이 듬직했다. 자리가 어느 정도 정돈되고 난 뒤에도 여전히 손과 발이 쉴 새 없이 분주했다.

드디어 피자를 먹는 시간이 되었다. 시설에서 온 장애인들은 돗자리 위에서 배식받은 피자를 입에 가져가기 시작했다. 듬성듬성 자리가 비어 있는데도 비장애인 중 그 자리에 스며드는 사람이 아무도 없었다. 낯설고 어색한 공기가 흐르고 있었다.

그래서 내가 그 어색한 공기 속으로 파고들었다. 한 돗자리에 무작정 앉았다. 앉아 있는 사람들과 눈인사를 나눈 다음 일단 같이 우적우적 피자를 먹다가 손을 번쩍 들고 주문했다.

"콜라 좀 주세요!"

콜라를 받아 들고 벌써 비워진 종이컵마다 다시 채워 넣는데 여기저기 빈 컵을 내미는 이가 많았다.

"아침은 언제 드셨어요? 하하, 저도 못 먹었는데! 배고파서 더 맛있는 것 같아요. 우리 배 터지게 먹어요."

자연스레 즐거운 담소를 나누었다. 목소리 높여서 건배도 했다. 이후 여기저기서 건배를 하자는 요청이 쇄도해서 우리 돗자리는 '건배 돗자리 팀'이 되었다. 영 말이 없던 이들도 한마디씩 보탰고 언어 표현이 어려운 이들도 얼굴 표정과 소리로 함께했다.

정상인보다 더 잘한다고요?

그날 소풍의 백미는 장기자랑 시간이었다. 쨍한 햇빛 아래 돗자리를 펴고 앉은 대부분의 발달장애인들과 달리 커다란 나무 그늘에서 선글라스를 쓰고 전동 선풍기를 한 손에 쥔 채 휠체어에 앉아 있던 시설 원장님이 앞으로 나와 마이크를 잡고 소리쳤다.

"지금부터 장기자랑을 시작합니다!"

직원들과 자원봉사자들의 움직임이 바빠진다. 장기자랑이 펼쳐질 무대를 세팅하는 것이다.

피자를 먹다가 영문도 모르고 당기는 손에 이끌린 발달장애인이 무대에 섰다. 미리 조율된 출연이 아닌 것 같았다. 시끄러운 댄스음악이 나오자 당황하다가 에라 모르겠다 하는 표정으로 막춤을 춘다. 옆에 선 분도 비슷하게 끌려 나온 것처럼 보였는데 춤추는 모습을 물끄러미 바라보다가 누군가에게 건네받은 탬버린을 치며 박자를 맞춘다. 그 모습을 깔깔깔 웃으면서 바라보는 관중은 소풍의 주인공인 장애인 당사자들이 아니라 직원들과 비장애인 자원봉사자였다.

레크리에이션 업체에서 나온 한 남성분이 장기자랑 사회를 보는 듯했다. 그는 당황한 상태로 무대 위에 끌려 나온 사람들의 작은 몸짓과 표정을 마이크로 연신 중계했다. 중간중간 뭐가 그리 감동적인지 계속 감탄을 이어갔다. 급기야 댄스음악이 절정을 향해 달려가는 구간, 사회자는 마이크를 입에 가까이 가져가더니 말했다.

"얼쑤, 잘한다! 정상인보다 더 잘한다!"

그 말을 듣고 가슴에 들어앉은 돌덩이가 쿵 심장을 때리는 것 같아서 나는 벌떡 일어났다. 무대 위에 비정상인으로 취급받으며 서 있는 그 사람들이 몹시도 외로워 보였기 때문이다. 나는 일어서자마자 시끄러운 노래를 목청껏 따라 부르고 무대를 바라보며 막춤을 따라 추기 시작했다. 우리 모두 정상인이라고, 사람은 정상과 비정상으로 나뉘지 않는다고 온몸으로 그렇게 말하고 싶었다.

엄마가 좀처럼 남들 앞에서 춤을 추지 않는다는 것 정도는 눈치껏 잘 아는 첫째 아이가 그 모습을 동그란 눈으로 쳐다보았다. 계속 기억에 남았는지 집으로 돌아오는 길에 내게 물었다.

"엄마. 아까 왜 이상한 춤 춘 거야?"

"이상한 춤?"

모르는 척 되묻자 콕 짚어서 다시 물어본다.

"피자 먹던 아저씨들이 춤추니까 엄마도 따라서 춤췄잖아. 다 봤어."

둘째 아이도 히죽 웃으며 내 얼굴을 빤히 쳐다본다. 많은 말들이 짧은 순간 머리를 훑고 지나갔다. 그리고 속에서 툭 튀어나온 말.

"응, 엄마는 무대 위 사람들과 함께 주인공이 되고 싶었어."

어떤 존재를 위험하다고 하기 전에

장애인이라서 비장애인들의 구경거리가 될 이유는 없다는 내 속마음이 아이에게 얼마나 전달되었을까. 이렇게 장애인이 비정상인 사람, 위험한 사람 취급을 받는 일은 그리 낯선 모습도 아니다. 대학에서 장애인권 관련 시리즈 특강을 할 때 일이다.

　장애인의 삶과 인권 이야기를 담은 특강이었는데 '법을 통한 사회 변화'라는 거창한 주제로 개설한 강의여서 그랬는지 생각보다 많은 학생이 참석했다. 특히 그날 열심히 다루었던 주제는 '탈시설' 이야기였다. 장애인과 비장애인이 같은 지역 사회에서 살아가는 것에 방해가 되는 사회적 편견에 관해 이야기하는 도중에 갑자기 어떤 질문이 훅 들어왔다.

　"저는 중증 지적장애인에 대한 관리 제도를 더 철저히 할 필요가 있다고 생각해요. 조현병 환자가 셀프케어를 거부하거나 소극적으로 치료할 경우 강제로 치료할 수 있는 방안 등을 마련해 불필요한 사회의 우려를 해소하는 것 또한 차별을 해결하는 길 중 하나라고 생각하는데요."

　이 학생만의 질문은 아닐 것이다. 정신적 장애인이 범죄를 저지른 사건이 보도되면 댓글에는 비슷한 의견이 우수수 달린다. "저런 인간을 왜 위험하게 풀어놓느냐", "정신에 문제가 있으면 나라에서 어디 가두어두고 못 돌아다니게 해야 하는 것 아니냐."

　사람은 생각하는 대로 말하고 행동한다. 장애인 가운데 범죄를 저지르는 장애인의 비율보다 비장애인 가운데 범죄를 저지르는 비장애인의 비율이 훨씬 더 높다는 사실을 설명하더라도 믿지 않는다. 그렇게 믿고 싶은 대로 믿는 것은 생각을 결정하는 중요한 요소가 된다. 마음 한구석에 똬리를 틀고 앉은 '장애인은 비정상이야', '장애인은 위험해' 같은 확증 편향은 표정으로 말로 행동으로 툭툭 삐져나온다.

지하철에서 장애인이 옆자리에 앉으면 짜증 내며 일어나 다른 칸으로 옮겨 가는 일, 길모퉁이에서 흥얼흥얼 콧노래를 부르며 혼잣말을 하는 장애인을 보면 매섭게 흘기는 눈빛으로 경계하며 돌아가는 일, 마트에서 물건을 손에 잡은 채 동행인과 실랑이를 하는 장애인을 둘러싸고 동물원 원숭이 보듯 구경하는 일이 일어난다. 이런 기분 나쁜 경험들이 쌓이면 장애인이 선뜻 세상에 나와서 살아가고 싶을까.

어떤 존재를 뭉뚱그려 비정상이라고, 위험하다고 하기 전에 나는 누군가에게 얼마나 정상적이고 안전한 사람으로 보일지 한번 생각해본다는 것은 말처럼 쉽지는 않다. 그래서 나는 "너는 뭐 정상인 줄 아냐?"라는 날 선 물음보다 이 질문을 더 좋아한다.

"당신은 어떨 때 낯선 이들에게 있는 모습 그대로 존중받는다고 느끼나요?"

굳이 다른 사람에게 나에 관해 설명하지 않아도, 내 모습 그대로 수용되고 존중받는 경험은 얼마나 소중한가. 나에게는 당연한 그 경험들이 누군가에게는 거의 일어나지 않는 일이라면, 그런 삶을 산다는 건 얼마나 척척할까.

당신의 말에는
힘이 있다

 자라면서 동화책을 차분히 읽은 기억이 별로 없는 편인데 아이들을 기르면서 비로소 동화책의 매력에 빠져들어버렸다. 아이들이 동화책을 읽어달라고 하면 목소리를 이렇게 저렇게 바꿔가며 나름 공들여 읽어주면서 아이들과 함께 동화 속 세상에 들어가는 그 시간들이 얼마나 행복한지 모른다.

 그런데 하루는 아이가 가져온 책을 읽어주다가 결국 중간에 멈추고 말았다. 예전에 영화로 본 적이 있지만 내용이 구체적으로 기억나지 않았던 그 책의 제목은 『노트르담의 꼽추』였다.

말이라는 씨앗이 길러주는 생각의 그릇

언어에는 힘이 있다. 말은 생각을 담는 그릇이라서 어떤 언어를 쓰는지를 보면 그 사람이 어떤 생각을 가지고 사는 사람인지가 보인다. 나의 경우에는 비장애인을 '정상인'이라고 표현하는 사람을 만나면 '이분은 장애인권 교육을 접해볼 기회가 별로 없구나' 하고 생각하게 된다.

꼽추는 절단 장애, 관절 장애, 척수 장애 등 몸통과 팔다리에 불편을 겪는 지체장애인을 비하하는 표현으로 예전에 많이 쓰인 말이다. 아이들이 대번에 물었다.

"엄마, 꼽추가 뭐예요?"

잠시 멈칫하다가 대답했다.

"응, 팔다리나 척추를 사용하는 데 어려움이 있는 사람을 지체장애인이라고 하거든? 꼽추는 지체장애인이라는 말이 없을 때 쓰던 옛날 표현이야. 지금은 그런 말을 쓰지 않아. 엄마가 요즘 표현으로 바꿔 읽어줄게."

짧게 설명한 다음 제목부터 다시 읽었다. "노트르담의 지체장애인." 아직 생경한 단어를 접하는 아이들은 아랑곳없이 싱긋거리며 이야기를 듣는다. 페이지를 넘기는데 내용이 심상치가 않다. 주인공 콰지모도는 선천적인 지체장애인인데 생김새가 비장애인과 다르다는 이유로 가족과 함께 생활할 권리를 애초부터 박탈당했다. 그리고 비장애인과 함께 어우러져 살 수 없도록 어느 종탑에 갇혀서 시간에 맞춰 종을 쳐야 하는 부속품으로 살아야 했다. 마을 축제가 열리던 날, 우여곡절 끝에 몸을 둘둘 말아 감추고 마을에 내려갔다가 장애인인 사실이 밝혀져 사람들에게 온갖 고초를 겪는다. 악마로 몰리며 돌팔매질을 당하기도 한다. 그런데도 콰지모도는 그 모든 일이 자신의 잘못이라며 죄책감에 괴로워한다.

여기까지 꾸역꾸역 책을 읽어주던 나는 결정을 해야 했다. 끝까지 읽을 것인가 아니면 중단할 것인가. 아이들의 관심이 잠깐 이야기에서 소홀해진 틈을 타서 얼른 뒷부분을 빠르게 훑어보았다. 역시나 끝까지 콰지모도는 스스로 주체적인 행복을 누릴 수 없었다. 슬쩍 책을 덮으며 말했다.

"얘들아, 엄마랑 맛있는 거 먹으러 갈 사람?"

나중에야 알게 된 사실이지만 콰지모도라는 주인공의 이름은 반신불구라는 뜻이라고 한다. 세상에나.

우리 집에서 버려진 책이 또 있다. 큰아이가 유치원에서 받아온 책이었는데 제목부터 갸우뚱했다. 『파리에서 온 미망인』. 미망인未亡人이라는 말은 남편이 죽었는데도 아직 살아 있는 사람이라는 뜻이다. 제목을 본 아이가 물었다.

"엄마, 미망인이 뭐야?"

잠시 고민하다가 대답했다.

"응, 이 책은 제목이 좀 잘못된 것 같아. 예전에 쓰던 말이라 엄마가 요새 쓰는 말로 바꿔서 적어줄게."

그러고는 유성 매직을 가져왔다. 미망인 세 글자를 좍좍 긋고 옆에 큼직하게 썼다.

"파리에서 온 돌싱."

이제야 약간 마음에 든다. 어떤 사람들은 이런 나를 보고 왜 그렇게 피곤하게 사느냐고 묻기도 한다. 그깟 작은 말, 사소한 표현이 뭐가 그리 대수냐는 것이다.

언어의 민감함을 생각하며 사는 것은 상대방을 판단하기 위해서가 아니다. 사람이 언제 화가 나고 언짢고 불쾌한지 찾아내고 그 이유를 생각하며 사는 것이 직업이다 보니 오히려 나에게는 언어에 대한 민감함이 생각의 변화를 일깨우는 선생님 역할을 하는 것이다.

존중의 말로 바꿔 부르는 연습

진즉부터 걸러온 욕이나 혐오 표현들이 있다. '병신', '계집', '니애미(느금마)', '검둥이' 따위의 비하 단어들이다. 이러한 혐오 표현 중에는 특히 장애를 비하하는 말이 많다. '귀머거리', '벙어리', '절름발이', '앉은뱅이', '병맛'이라거나 '정공(정신 공익)'이라는 표현 등이다. '지랄'이 뇌전증(예전에는 '간질'이라고 불리던 말)에서 나온 말임을 모르는 사람도 여전히 많다.

'결정 장애', '선택 장애', '성격 장애', '안면 인식 장애' 같은 말 역시 장애를 의도적으로 우스꽝스럽게 묘사하는 말이어서 쓰지 않는다. 장애인이 이런 단어를 접하면 자신을 '장애가 있어서 무언가 부족한 존재'로 인식할 것 같기 때문이다.

한번은 나름 친하게 지내던 조현병 당사자분과 오랜만에 만나 근황 얘길 나눴다. 살이 좀 빠진 것 같아서 비결을 묻자 '먹방'을 끊었다고 했다.

"저도 먹방 보면 식욕 폭발이라 자제하는 중이에요."

나름 맞장구를 쳤는데 전혀 생각지도 못한 대답이 나왔다.

"미쳤다는 소리가 하도 나와서 기분 나빠서 안 봐요."

국물을 마시면서 미쳤다, 고기를 씹으며 육즙이 미쳤다, 라면을 후루룩 넘기며 면발이 미쳤다 하는 자막들. '미친 맛'이라는 자막이 화면을 가득 채우다 못해 넘실거리는 장면들은 반평생을 '미친 사람'이라는 낙인 아래 살아야 했던 사람에게 무척 가혹하고 아팠다. 그는 스스로 할 수 있는 최대한의 항의로 먹방을 끊은 것이다. 정작 그런 장면에 아무런 느낌도 없이 킬킬거리면서 맛있겠다며 추임새를 넣던 내 모습이 떠올라 부끄러웠다. 아직도 내 갈 길은 멀었구나.

'다움'이라는 말도 안 쓰려고 노력한다. '여자다움', '남자다움' 이런 것들이다. 비슷한 표현으로 '상남자', '천생 여자' 같은 말도 안 쓰려고 노력한다. 유일하게 좋아하는 표현은 딱 하나, '나다움'이다. 다양한 매력을 '뿜뿜' 하는 그냥 나 자체면 충분하지 특정 집단이나 사회가 기대하는 모습을 애써 투영할 필요 없다는 멋진 말 같다.

조금씩 바뀌는 분위기도 감지된다. 이제 언론에서도 더는 '처녀작', '여선생'이라는 말을 쓰지 않는다. '첫 작품', '선생님'이라는 표현으로 충분하기 때문이다. 성 중립적 표현에 관심을 가지는 아빠들이 '유모차'를 '유아차'로 바꿔 부르자거나 '아빠다리' 대신 '나비다리'라고 부르자는 말이 반갑고 고맙기도 하다.

급한 성격에 여러 종류의 줄임말을 애정하는 편이지만, 줄이지 않고 그대로 쓰는 표현들도 있다. '남녀노소'라는 말 대신 '다양한 연령대의 사람들'이라고 하고 '국민'보다는 '우리나라에 사는 사람들'이라는 말을 쓴다. '국민'이라는 말을 뜯어보면 '대한민국 국적을 가진 사람'으로 의미가 좁아지는데 그 과정에서 미등록 이주민도, 난민으로 와서 낯선 땅에 정착한 사람도 같은 하늘 아래 함께 살고 있음을 잊기 쉽다. 이와 연결되어 '혼혈'이라는 말을 꺼낼 때 우월시하며 비교하는 '단일민족'이라는 표현도 점점 안 쓰게 된다. 한국인의 유전자를 분석해보니 60퍼센트는 북방계, 40퍼센트는 남방계 여러 민족의 유전자가 섞여 있다는데 '단일민족'은 실상은 허구에 가까운 말이 아닌가.

무심코 던진 말은 정말 칼이 된다

국가인권위원회에서 'O린이'라는 신조어가 아동 비하나 차별의 우려가 있으니 쓰지 말아야 한다는 결정을 했을 때 세금이 아깝다며 국가인권위원회를 없애라는 거친 주장을 하는 사람도 보았다. 개인적으로는 그런 결정에 박수를 보냈다. '주린이', '부린이', '헬린이', '요린이' 같은 말들은 참신하다기보다는 아동을 부족하고 서투르며 미숙한 존재로만 보는 듯했기 때문이다. '정신연령'이나 '아역 배우'라는 말도 비슷한 맥락에서 잘 쓰지 않는 말이 되었다. '고아'라는 말도 쓰지 않는다. 고아孤兒의 한자어를 풀어보면 '외로운 아이'다. 이 단어는 아이의 안녕을 진심으로 묻기보다는 아이를 불쌍하고 가엾은 자리에 밀어 넣는다.

'부모님' 대신 '보호자'나 '어른'이라는 말을 연습하는 것도 같은 맥락이다. 학생이라고 무조건 학교를 다닌다는 고정관념을 깨기 위해 '학교 밖 청소년'이라는 말이 법으로 들어왔듯이 지옥 같은 가정을 떠나 주체적인 삶을 찾은 아이들이 '가출

청소년'이 아닌 '가정 밖 청소년'으로 당당히 불리는 세상이 빨리 왔으면 좋겠다.

자신의 인생을 걸고 정체성을 공개하는 중요한 결정, 커밍아웃이라는 말은 어떠한가. 가끔 한번씩 'ㅇ밍아웃'이라는 말을 우스갯소리로 마주한다. 가발을 벗는 것을 '가밍아웃'이라고 하거나 겨드랑이 털이 드러난 상황을 '털밍아웃'이라고 부르는 경우다. "너 게이냐?", "레즈냐?"라고 하면서 낄낄거리는 장면, "네가 이성으로 안 느껴져"와 같은 드라마 대사는 사양하고 싶다. '남친'이나 '여친'이라는 단어보다 말 그대로 사랑하는 사람, '애인'이라는 말은 얼마나 괜찮은 말인가.

"결혼을 늦게까지 못 해서 특급 장애인"이었다는 한 구청장의 말에 많은 사람들이 분노한 이유는 비단 장애인 비하 때문만은 아니다. 오늘날 결혼 여부와 결혼 대상(장애인이든 동성이든 그 어떤 존재이든) 모두 개인의 선택이라는 것을 많은 사람들이 인식하고 있기 때문이다. 그래서 '미혼'이라는 말이 빠르게 '비혼'이라는 중립적인 말로 대체되고 있으며 '결혼 적령기'라는 말은 점점 낯선 표현이 되어가고 있다.

어느 라디오 프로그램 속 '내 인생의 지우고 싶은 순간들'이라는 코너에 소개된 사연이다.

"직장에서 동료랑 수다를 떨다가 '너무 짜증 나서 암 걸릴 뻔했어'라고 상사를 욕하며 키득거렸는데, 상대방의 아이가 얼

마 전 항암 치료를 마쳤다는 사실을 알게 되었을 때 다시 시간
을 돌려 그 말을 주워 담고 싶었어요."

  '발암축구' 같은 말을 스포츠 기사 제목으로 볼 때도 같은
마음을 느꼈다. 코로나 시대를 지나면서 '확찐자'라는 표현이
잠깐 유행하기도 했다. 질병을 희화화하는 표현은 그 질병으로
인생이 찢어지는 고통을 경험한 수많은 사람들에게 결코 농담
이 될 수 없기에 역시 조심하게 된다.

  살다가 아무리 기분 나쁜 일이 생겨도 '거지 같다'라는 표
현을 쓰지 않는 것, 괴상망측한 드라마를 볼 때 '막장'이라는
말을 하지 않는 데도 연습이 필요하다. '막장'은 탄광 맨 끝부
분을 가리키는 말로 종종 그곳에서 일하는 사람들을 뜻하기도
한다. 빈곤의 굴레 안에서 삶을 꾹꾹 견뎌야 하는 누군가, 탄광
의 가장 위험한 현장에서 노동을 해야 하는 누군가를 생각한다
면 쉽게 하기 어려운 말이다.

좋은 말들이 생겨나는 기쁨

  일상에서 비하 발언을 존중의 말로 바꾸어 연습하다 보니
이를 반영한 새로운 단어가 등장할 때마다 두 손 들고 환영하
며 입에 익히는 버릇을 들인다. 병과 싸운다는 뜻의 '투병'보다

는 병을 다스린다는 '치병'이 환자에게 병상의 부담을 덜어주는 말 같아서 좋다. 아들이 자라나는 '자궁' 대신 세포가 성장하는 '포궁'이라는 말을 처음 들었을 때 참신한 표현이다 싶었다. 쓸모가 없어져서 문 닫았다는 의미인 '폐경'이라는 말 대신 할 일을 홀가분하게 완수한 '완경'이라는 말을 더 좋아한다.

이렇게 좋은 신생 단어는 아이들에게 먼저 알려준다. 태어나 겨울을 여러 번 겪은 우리 집 아이들은 '벙어리장갑'이라는 말을 모른다. 처음부터 '손모아장갑'이라고 불렀기 때문이다.

철학자 하이데거는 "언어는 존재의 집이기에 언제나 그 집을 통과함으로써 존재에 이르게 된다"라는 멋진 말을 했다고 한다. 과연 맞는 말이다. 생각은 말이 되고 말은 행동이 되어 결국 그 사람 자체가 된다. 그래서 매일 노력한다. 나의 말이 여성, 아동, 장애인, 이주민, 성소수자 등 사회적 소수자를 배제하지 않는지 생각하려고 말이다.

어느 날에는 오랜만에 친구에게 연락이 왔다. 반가운 마음에 달뜬 목소리로 전화를 받았지만, 친구는 풀이 죽어 있었다. 친구의 아이는 어린 시절 앓은 병으로 휠체어를 타는 지체장애인이다. 그 명민한 아이가 혼자 빵집에 갔다 와서 왈칵 눈물을 흘렸다는 것이다.

동네에 새로 생긴 유기농 빵집이라 신나서 들어갔던 그 가게에 진열된 메뉴명 때문이었다. 그곳에는 "앉은뱅이밀 빵",

"앉은뱅이밀 쿠키"라는 상품명들이 쓰여 있었다. 잘못 본 것인가 눈을 비벼도 보았다. 그 아이가 세상에서 가장 싫어하는 말, '앉은뱅이'라는 말이 여기저기 걸려 있었다.

속상해하는 친구와의 전화를 끊고 황당해서 잠시 멍하게 있었다. 그런데 생각할수록 이해가 잘 안 갔다. 그 빵집 사장님이 손님 기분 나쁘라고 일부러 그랬을 리가 없지 않은가. 왜 이런 일이 생겼는지 찾아보니 '앉은뱅이밀'은 오래전부터 우리나라에서 자라온 토종 밀이라고 한다. 외국 밀보다 키가 작게 자라 고개를 숙이지 않는 밀이라서 품종을 연구하는 한 연구원이 '앉은뱅이밀'이라는 별명을 붙여주었단다. 그 별명이 품종명처럼 굳어진 것이다.

마침 그날 오전에는 처리할 일이 많아서 잠시라도 시간을 내기 어려웠지만 이것부터 하고 나야 일이 눈에 들어올 것 같았다. 망설임 없이 농촌진흥청 홈페이지에 들어가 민원을 넣었다.

제목: '앉은뱅이밀' 이름 변경을 간곡하게 요청드립니다.
글쓴이: 김예원
수신인: 농업진흥청

안녕하세요. 농업 기술 신장 및 농민 지원으로 우리나라를 건강하게 만들어주시는 귀 기관에 감사드립니다. 저는 장애인권 관련 일을 하고 있는 사람입니다. 지인 중에 장애 아이를 키우는 엄마가 있습니다. 그분 아이는 자주 아프고 척추가 기형이라 휠체어를 이용합니다. 그래서 아이 먹거리에 관심이 많아 우리 밀 제품을 알게 되었습니다. 그 아이는 지체장애가 있어서 다른 사람보다 키가 훨씬 작게 자랄 수밖에 없다고 합니다. 그래서 앉은뱅이라는 말을 들으면 아이가 너무 싫어하고 울고 합니다. 저도 마음이 아프고요.

앉은뱅이는 지체장애인을 비하하는 표현이라서 이제는 사용하지 않는 말입니다. 귀머거리, 벙어리, 이런 말도 같은 의미에서 사용하지 않고 있습니다. 2013년 농촌진흥청 연구원이 개발한 우리 밀이 어떤 이유로 '앉은뱅이밀'이라고 불렸는지 알지는 못합니다. 이 밀은 2013년 슬로푸드 세계 연맹에 한국 전통 토종 씨앗으로 등재되었고 이후 지금까지 꾸준히 국내 생산량이 높아지고 있다고 합니다. 이에 밀 자체는 물론이고 이 밀로 만들어진 가공품에도 버젓이 '앉은뱅이'라는 단어가 자연스레 붙고 있습니다.

다른 일로도 많이 바쁘실 텐데 이런 부탁을 드려서 죄송하지만, '앉은뱅이밀'이라는 이름을 바꾸는 것을 고려해주시면 안 될까요? 더 귀엽고 더 건강하고 더 사랑스러운 단어가 얼마든지 있을 것 같아서요. 우리나라에 가장 많은 장애 유형이 지체장애입니다. 지체장애인은 백만 명이 넘습니다. 그분들이 일일이 다 말로 표현하지는 않겠지만 '앉은뱅이'라는 글자에 가슴이 철렁 내려앉고 마음 아파하는 분도 많을 것 같아서 저도 많은 고민 끝에 이렇게 편지를 보내게 되었습니다. 마침 내일이 장애인의 날이기도 하고요.

앞으로 더욱 번창하시고 잘되시기를 바랍니다.

읽어주셔서 고맙습니다.

숨도 안 쉬고 바쁘게 적다 보니 문득 그날이 장애인의 날(매년 4월 20일) 하루 전인 4월 19일이라는 것을 알아챘다. 답이 안 오더라도 이런 일은 많은 사람들이 알아야 할 것 같아서 민원을 넣자마자 페이스북에도 민원 내용을 공개했다.

일할 시간이 15분 남짓 줄어들긴 했지만 왠지 속이 후련했다. 얼른 잊고 일에 집중하는데, 세 시간쯤 지났을까? 한 통의 전화가 걸려왔다. 농촌진흥청이었다. 민원을 신속히 검토했는데 타당한 지적이라고 판단되어 이 이름을 다른 말로 바꾸겠다는 것이 아닌가! 새 이름은 농민 등 관계자와 시민의 의견을 바탕으로 정해질 것이라는 소식을 듣고 다시 얼른 페이스북에 상황을 알리며 좋은 이름을 추천해달라고 했다.

순식간에 백 개도 넘는 멋진 이름들이 댓글로 줄을 이었다. 알찬밀, 꼿꼿밀, 올곧밀, 늘찬밀, 여문밀, 옹글밀, 단단밀 등 밀의 외모보다는 성정을 칭찬하는 취지의 훌륭한 이름들이 눈에 띄었다. 이름 후보들을 정리해서 농촌진흥청에 전달했다. 결과적으로 농촌진흥청에서 택한 이름은 '앉은키 밀'이었다.

물론 댓글에는 "오래전부터 써온 말인데 이런 것까지 불편해하느냐"라고 하는 반대 의견도 드문드문 보였다. 나쁜 뜻으로 지은 말도 아닌데 뭘 그리 유난이냐는 것이었다. 그럼에도 오히려 자신의 일처럼 공감하고 참여하는 얼굴 모르는 많은 사람들을 보았다. 보이지 않는 연대에 괜히 힘이 번쩍번쩍 났다.

그 빵집에서 앉은뱅이라는 말이 들어간 제품명을 바꿨는지는 잘 모른다. 어쩌면 예전 이름이 좋다고 굳이 안 바꾸었을 수도 있고 여전히 장사가 잘될 수도 있다.

하지만 친구의 아이가 '앉은뱅이 밀'이라는 이름이 영영 바뀌게 된다는 소식을 듣고 무척이나 기뻐했다는 이야기는 지금까지도 입가에 미소를 번지게 한다. 나와 상관없는 일이라며 바쁘게 살아가다가도 이런 일을 계기로 문득 상대방의 입장이 되어보는 작은 경험들, 그런 크고 작은 경험들이 여기저기서 일어날 때 우리가 사는 세상 위에 억압이 아닌 존중이 넓어지게 되지는 않을까. 그리고 그렇게 싹튼 존중의 씨앗이 여기저기 흩어질 때 인간을 넘어 지구의 다양한 생명체와 더불어 살아가는 공동체에 가까워질 수 있을 거라 기대해본다.

일상의 단절은
어떻게 사람을 가두는가

"혼자 일해서 좋겠어요."

거대한 조직 생활에 치이던 지인이 내게 부럽다며 던진 이 말에 나는 선뜻 그렇노라고 하지 못한 채 어설픈 웃음으로 답했다. '내가 정말 혼자 일하고 있나?' 의문이 들었기 때문이다.

아침 7시가 되기 전에 기상하는 아이들과 "씻자", "밥 먹자" 에너지를 쏟아가며 씨름하다가 아이들이 모두 나가면 그제야 고요가 찾아온다. 사무실에 혼자 있기는 하지만 계속 울리는 상담 전화, 진행되는 프로젝트별 회의 등 결코 혼자라고 느껴지지 않는 폭풍 일정들이 나를 덮친다. 다크서클이 허리까지 처지는 시점에 하나둘 돌아오는 아이들을 마주하며 '모두 9시 취침'이라는 거대한 목표에 성공하려면 남은 힘을 탈탈 털어야 겨우 하루가 마무리된다. 나의 일상 대부분의 시간은 누군가와 연결되어 있는 것이다.

아이가 아프기라도 하면 상황은 더 복잡해진다. 다른 사람에게 옮기는 병에 걸리거나 열이 올라 많이 아픈 아이를 집에 격리한 채 돌보노라면 제대로 '현타'가 온다. 아이들을 아침에 모두 보낸 후 형식적이나마 홀로였던 내 일상이 사실은 호사였구나 싶어진다. 누군가와 연결되어 살아가는 존재가 사람이라지만 언제나 연결되어 산다는 것도 보통 일은 아니다. 우리 모두에게는 어쩌면 적당한 거리두기가 필요할지도 모른다.

누군가에게 거리두기는 살인이다

지금으로부터 7백여 년 전, 그러니까 마을마다 병원도 없고 의사 선생님 만나기도 참 어려웠던 그 시절에 유라시아와 북아프리카 대륙 인구의 3분의 1을 사망하게 한 전염병이 있었다. 바로 그 이름도 무서운 '페스트'다. 이 병은 공기나 접촉을 통해 전염되는 양상이라서 아무 대비가 없던 사람들은 속수무책으로 죽어나갔다. 유럽의 역사는 물론이고, 페스트 이후 세

대의 가치관을 바꿀 정도로 처절한 전염병이었다.

페스트가 쥐에 기생하는 벼룩에서 발생한 것을 몰랐던 당시 사람들은 걸인, 유대인, 한센병 환자, 외국인 등이 흑사병을 몰고 다닌다고 생각해 집단 폭력을 가하거나 학살했다. 균이 가져다주는 공포를 같은 시대의 사회적 약자를 공격하는 방식으로 풀었던 인류의 아픈 과거, 이 역사적 사실 앞에 사람들은 '같이 살아가는 것'에 관해 어떤 생각을 후대에 전할 수 있을까?

2002년에 태어났다는 이유 하나만으로 '월드컵 베이비'라 불리던 아이들은 초등학교 1학년에 신종플루, 중학교 1학년에 메르스를 겪었고, 고등학교 3학년에 코로나를 만나야 했다. 역사상 최고 비운의 세대에 관한 이야기를 하면 함께 떠오르는 두 장애인이 있다. 코로나 이전에 온 나라를 휩쓸고 지나갔던 감염병인 메르스 사태를 온몸으로 겪어내다 결국 소송을 걸었던 사람들이다.

신장 질환을 앓고 있는 어느 최중증 뇌병변 장애인이 정기 투석 치료를 받으러 병원에 방문했다. 하지만 그 무렵 병원에서 메르스 환자가 발생했다는 이유로 그는 자가 격리 대상으로 통보받았고 14일의 격리 기간 동안 아무런 지원도 받지 못했다. 또 다른 중증 지체장애인은 독거 장애인이었기에 활동 지원사의 도움 없이는 생존하기 어려웠으나 메르스가 전파될 우려가 있다며 활동 지원사를 연결받지 못해 결국 살기 위해 스스로 병원에 입원해야 했다.

두 사람은 격리 조치 과정에서 지원이 중단되면서 일상생활에 필수적인 서비스를 받을 수 없었고 인공투석 치료처럼 생명과 직결된 의료 조치에서도 배제되었다. 그러나 방역 당국은 이들을 병원에 이송하고 병원비를 지원하는 등의 최소한의 대책조차 수립하지 않았다.

그래서 두 사람은 지난 정부를 상대로 감염병 대응 관리에 대한 장애인차별구제청구소송*을 제기했다. 법원은 보건복지부에 "장애인을 비롯한 감염 취약 계층의 특수성을 반영한 감염 관리 인프라 구축 및 대책을 마련하기 위하여 재난 및 장애인의 특수성에 관한 전문성을 보유한 보건복지부 담당자, 장애인 단체, 질병 관리 전문가 등으로 구성된 협의체를 보건복지부 장관 산하에 설치하라"라고 조정을 명령했지만, 애석하게도 보건복지부는 이를 거부했다. 그 이후에도 몇 번의 우여곡절이 있었고 소송을 제기한 지 5년이 넘어서야 겨우 조정으로 마무리되었던 힘겨운 소송이었다.

* 「장애인차별금지 및 권리구제 등에 관한 법률」은 장애인 차별에 대해 '법원은 피해자의 청구에 따라 차별적 행위의 중지, 임금 등 근로 조건의 개선, 그 시정을 위한 적극적 조치 등의 판결을 할 수 있다'라는 제도를 두고 있다(동법 제48조 2항).

뭉툭한 제도와 규칙 속에 사람이 산다

이 소송의 진행 과정을 유심히 지켜보며 '코로나 시대는 메르스 때보다 뭔가는 더 나아져야 할 텐데' 싶었다. 그러다 들려온 17세 중국 소년 옌청 이야기에 숨이 턱 막혔다. 옌청은 중국 후베이성 우한시 옆 황강시에 살던 뇌성마비 장애인이다. 우한에서 일용직 노동을 하며 생계를 이어가던 옌청의 아버지는 춘절 연휴를 보내기 위해 두 아들에게 돌아왔다.

첫째 아들 옌청은 뇌성마비 장애인이었고 그보다 여섯 살 어린 둘째 아들은 자폐증이었다. 오랜만에 가족이 만난 기쁨도 잠시, 만난 지 3일 만에 아버지는 발열 증상을 보이기 시작했고 그로부터 4일 뒤에 코로나 바이러스 감염이 의심되어 둘째 아들과 함께 집중 거점 치료 장소로 옮겨졌다. 그러면서 첫째 아들 옌청은 혼자 집에 남겨졌다. 집중 치료실에서 치료를 받으면서도 집에 홀로 남겨진 첫째 아들이 얼마나 걱정이 되었을까. 아버지는 절박한 마음으로 웨이보에 "아들이 뇌성마비로 전신을 움직일 수 없는데 돌봐줄 사람이 없어 걱정된다"라고 메시지를 올렸다. 뒤늦게 마을 사람들 몇몇이 옌청을 찾아가 음식과 아미노산을 먹이기도 했으나 그때뿐이었다. 옌청은 아버지와 떨어진 지 5일 만에 싸늘한 시체로 집에서 발견되었다.

아플 때나 건강할 때나 장애가 있거나 없거나 사람과 사람은 서로 '연결'되어 있다. 메르스 피해로 인한 소송에 나서야 했던 두 사람, 오랜만에 만난 아버지와 갑자기 분리되어 쓸쓸히 생을 마감해야 했던 한 아이는 사람으로서 누려야 하는 연결을 누릴 수 없었다.

장애가 없는 사람에게도 감염병은 충분히 위협적이다. 누군가의 돌봄을 통해 일상을 유지할 수 있는 사람에게 감염병과 격리는 단순한 '일상 유지'의 차원을 넘어서 '목숨을 이어갈 수 있는가'의 문제가 된다. 국가와 사회가 만드는 고립과 단절은 취약한 상황에 놓인 누군가를 포기하겠다는 선언이나 진배없다.

그래서 '생존을 위한 단절'이라는 말은 선택된 소수의 생존만을 위한 것인 듯해 어설프고 어색하다. 어쩌면 다 같이 잘 살아가는 방법은 '생존을 위한 연결'이라는 말에 더 가까운 것은 아닐까. 하지만 취약한 상황의 사람들이 살아내는 현실의 삶은, 연결되어 울타리 역할을 해줄 사람들에 의하여 더 고립되고 구겨져 있었다.

우리 주변의 은밀한 감옥들

비슷한 시기에 맡았던 두 사건이 얽혀 오랫동안 뇌리를 떠나지 않던 적이 있었다. 하나는 정신병원에 갇혀 지내는 영민 씨를 위해 인권침해 진정을 넣었던 사건이었고 다른 하나는 혐의가 없다는 결정을 받은 성폭력 피의자들에 대한 불기소처분에 항고를 하면서 마주하게 된 미영 씨 사건이었다. 사건 당사자인 영민 씨와 미영 씨는 사는 곳도 다르고 서로를 전혀 모르는 사람들이었지만, 이상하게도 내게 그 둘은 비슷하게 다가왔다. 왜 공통점이 없어 보이는 두 사람의 삶이 겹쳐 보였을까.

영민 씨는 벌써 10년 가까이 작은 정신병원에 살고 있었다. 아침에 눈을 뜨면서부터 밤에 잠을 잘 때까지 병원을 나오고 싶은 마음이 간절한데 방법을 찾기가 어려웠다고 한다. 강제 입원 제도가 위헌이라는 헌법재판소의 결정 이후 법이 바뀌어 정신병원에서 퇴원하기가 쉬워졌다는 뉴스는 여럿 나왔지만, 정작 병원 안 영민 씨 삶은 그대로였다. 영민 씨가 병원에 있는 근거는 동의할 수밖에 없는, 그래서 사실상 선택권이 강제된 어떤 상황들 때문에 서류상으로는 '적법' 그 자체였으니 말이다.

이상하게도 그가 머무는 병원에서는 종종 이유 없이 환자들이 죽어 나갔다. 맞아 죽거나 굶어 죽은 것은 아니지만 점점 쇠약해지다가 어느 순간 갑자기 사라지는 그런 죽음들이었다. 가족이 없는 환자들은 본인도 모르게 병원에 의해 기초 생활 수급자로 등록되어 있었다. 그런데 정작 수급자인 당사자는 수급비를 구경해본 적이 없다. 병원에서 모든 통장을 관리했기 때문이다.

달달한 간식을 좋아하던 한 환자가 "수급비에서 조금만이라도 용돈으로 달라"라고 병원 직원에게 부탁했지만 거절당했다. 그래서 그는 가족이 사다준 과자를 쟁여놓은 다른 환자에게 과자 동냥을 해야 했다. 담배를 좋아하는 환자들도 수급비 중 일부로 담배를 좀 살 수 있게 해달라고 요청했지만 거절당했다. 그들은 어쩔 수 없이 병원 흡연 구역을 돌아다니며 다른 사람이 피우다 버린 꽁초를 주워 들기 일쑤였다.

영민 씨는 다른 것은 다 그렇다 해도 밥은 좀 먹을 만했으면 했다. 배식된 밥에서 개미가 이틀 연속으로 나온 날 병원에 항의해보았지만 유난스럽게 군다고 질책을 당해야 했다. 영민 씨는 '병원'이라는 이름의 견고한 시설에 살고 있었다.

미영 씨는 시골에서 가족과 살고 있는 지적장애 여성이다. 장애가 중한 편이라 일상생활이 어려웠지만, 천성이 밝아 사람을 참 좋아하고 잘 웃었다. 이제 막 성인이 된 미영 씨는 마을에서 버스나 택시를 운전하는 아저씨들에게 성폭력을 당하고 있었다. 가해자들은 대부분 미영 씨가 어릴 때부터 봐온 사람들이었고 미영 씨가 장애가 있는 여성임을 잘 알았다. 차를 마시자, 영화를 보자, 맛있는 걸 먹으러 가자며 미영 씨를 불러낸 그들은 모두 미영 씨보다 스무 살은 더 많은 유부남 아저씨들이었다.

사건을 지원하며 나를 절망케 한 건 가해자들이 아니었다. 미영 씨가 속한 '가정'이라는 이름의 시설이었다. 몇 개월간 여러 가해자에게 성 착취를 당한 여성이 스스로 목소리를 낼 수 없었던 가장 큰 이유가 바로 그 가족이었다. 가해자들을 처벌할 방법이 아예 없는 것은 아니었지만, 그 길을 두 팔 벌려 막고 있는 미영 씨 가족들의 마음을 돌릴 방법이 없었다.

미영 씨는 지적장애가 있다는 이유로 모든 선택과 결정을 통제받아왔다. 마음에 드는 사람이 있어도 말을 걸기 위해서는 가족에게 허락을 받아야 했다. 누군가와 정서적 교감을 나누는 일은 희망사항일 뿐이었다. 지적장애가 있다는 이유로 감정이 없는 존재로 외면당하던 미영 씨가 자주 듣던 말은 "네가 정상인도 아닌데"였다. 미영 씨는 가족에게 애물단지이자 짐이었다. 미영 씨는 성폭력 피해자였지만 가족들은 "온전치 못한 네가 밖으로 나돌아 다녀서 일어난 일"이라며 동네 시끄럽게 하지 말고 조용히 하라고 했다. 미영 씨는 허울만 가정인 어떤 시설에 살고 있었다.

두 사람의 이야기를 통해 진정한 탈시설화 Deinstitutionalization [*]

---

[*] 수용 시설 또는 병원에서 나오지 못한 채 치료를 받던 방식을 탈피하여 지역사회에서 제공하는 사회 적응 프로그램을 통해 지역에서 살면서 맞춤형 통합 서비스를 이용하는 것을 말한다.

는 뭘까 돌아보게 되었다. 그건 단순히 어떤 장소의 문제가 아니었다. 어떤 물리적인 공간에 수용되어 살지 않더라도 누군가에 의해 끊임없이 통제되는 삶은 사람의 생기를 몽땅 흡수해버린다. 가정에 있더라도, 병원에 적법하게 입원해 있더라도 이미 시설화된 삶을 견뎌야 하는 사람은 황폐해지기 때문이다.

"시설에서의 삶을 사과받고 싶어"

2020년 말, 국회에 장애인 탈시설 지원법이 발의되었다. 장애인 거주 시설에 사는 장애인을 지역사회에서 자립하여 살 수 있도록 국가가 지원하는 내용을 담은 법이다. 그 법안의 초안 작업에 참여하여 다른 변호사들, 활동가들과 함께 조문을 만들었다. 그 과정에서 무수한 사회적 편견을 실감했다. "장애인은 위험하니 가둬야 한다", "장애인은 스스로 할 줄 아는 것이 없으니 모아놓고 비장애인이 잘 관리하면 장애인에게도 좋다"라는 등의 혐오와 배제는 말할 것도 없고 "굳이 시설을 없애지 말고 대형 시설을 소규모 시설로 줄이면 되는 것 아닌가?"라는 교묘한 훼방도 있었다. "탈시설했다가 죽었다더라"라는 유언비어도 돌았다. 변호사들과 활동가들은 반대하는 사람들을 만나 설득하기로 했다.

장애인을 돌보는 것이 얼마나 힘들고 어려운 줄 아느냐고 소리치는 장애인 당사자의 가족을 많이 만났다. 그들에게 "탈시설법은 돌봄을 더 이상 가족에게 떠넘기지 않고 국가가 개입하여 가족이 돌봄에 매몰되는 구조를 바꾸는 것"이라고 설명해도 믿지 않았다. 중증 장애인을 시설 밖에 혼자 살라고 내놓는 것은 방임이자 폭력이라고 주장하는 사람도 있었다. 그들에게 "탈시설법은 장애인을 혼자 두지 않고 활동 지원사를 비롯해서 지역사회의 여러 복지 체계가 함께 돌보도록 하고 있다"라고 설명해도 믿지 않았다. 무조건 장애인은 시설에 살아야 한다고 앵무새처럼 되풀이하는 모습에서 큰 벽을 마주한 듯한 답답함을 느꼈다.

그래서 활동가들은 시설에서 살다가 나와서 자립 생활을 하고 있는 중증 장애인들이 실제 속마음을 이야기하는 자리를 만들었다. "시설에서의 삶을 사과받고 싶어"라는 간담회였다.

"저는 자원봉사자가 오는 날이 제일 싫었어요. 제 앞에서 울면서 '불쌍해서 어떡해요. 힘내세요' 그러더라고요."

"제가 살던 시설은 2층 주택을 개조한 곳인데 1층으로 내려갈 수 없어서 집 밖으로 나올 수 없었어요."

"(악기를 하고 싶지 않았는데) 무작정 악기를 줬어요. 겨울에도 얇은 천으로 된 맞지 않는 옷을 입고, 손가락에 맞지 않는 악기를 들고 다니며 연주해야 했어요."

사소하지만 일상을 지배하는 무력함과 불평등을 고스란히 담은 경험들이었다. 사실 장애인 탈시설 지원법이 생기더라도 정신 의료 기관에 살고 있는 영민 씨와 가정에 살고 있는 미영 씨의 탈시설을 지원하기는 불가능하다. 이 법은 장애인 거주 시설을 주된 대상으로 하기 때문이다. 그럼에도 탈시설을 지원하는 법률이 속히 만들어지길 고대한다. 그러한 법의 메시지가 병원이나 가정에서 목소리를 빼앗기고 살아가는 수많은 사람들의 삶에도 큰 울림으로 전해지길 바란다. 누구에게나 한 번뿐인 인생인데 자신이 원하는 방식으로, 자신이 바라는 모습으로 살 기회를 공평하게 가져야 하지 않겠는가.

편견과 동정심이 만드는
모멸감에 대하여

해온 일에 비해서 과분하게 큰 상을 몇 번 받았다. 범죄 피해자를 지원한 공로로 대통령 표창을 받기도 했고, 대한변호사협회에서 선정하는 변호사 공익대상을 수상하기도 했다. 한번은 장애인 인권 명강사라며 장관 표창을 받았는데 '과연 내가 이런 상을 받아도 될까' 부끄럽기까지 했다. 매년 꽤 많은 강의를 하고 있기는 하지만, 대단한 가르침을 전수하는 시간이라기보다는 그저 내가 하고 싶은 이야기를 넋두리하듯이 풀어낸 시간이었을 뿐이다.

강의 경험이 쌓이다 보니 교육 콘텐츠나 교육 커리큘럼에 대한 자문을 하는 일도 많아졌다. 교육 전문가가 아닌 청중으로서 그리고 강사와 소통하는 한 시민으로서 들여다보면 인권 교육이라는 타이틀로 진행되는 여러 교육에 그다지 인권을 존중하지 않은 내용들이 섞여 있음을 발견하곤 한다.

누구를 위한 '교육'인가

개인적으로 한 적도 없고 앞으로 할 계획도 없는 장애인 인권 교육이 있다. 장애 체험 교육이나 장애 예방 교육 같은 것이다. 장애는 바이러스 같은 병균이 아니기 때문에 예방한다는 말은 적절하지 않다. 그냥 '안전 교육'이라고 하면 충분하다. 체험 교육이라는 말도 이상하다. 눈을 가리거나 손발을 묶은 채로 어떤 체험을 한 사람은 장애를 가진 삶이 얼마나 힘든지를 몸소 겪은 후 저 힘든 일을 절대 겪지 말아야겠다고 다짐한다. 이렇게 힘들게 살아가는 저 사람들은 불쌍한 사람들이니 나중에 도와주겠다고 다짐하며 스스로 흐뭇해하기도 한다. 그러한 다짐이나 흐뭇한 감정이 정말 장애인을 동등한 사람으로 여기며 살아가는 데 도움이 될까?

교육이라는 명목 아래 일방적으로 장애인의 공연을 관람하거나 작품을 감상하는 것도 조심스럽기는 마찬가지다. 노래

하는 장애인, 그림 그리는 장애인, 악기 연주하는 장애인을 수
강생에게 익숙한 공간으로 돈을 내고 부르는 그 구조 안에서
장애인은 평가받는 입장이 되기 쉽다. "장애인치고 제법 잘하
네", "저 사람은 장애를 잘 극복했네!"라는 반응이 나오면 성
공이라는 이런 식의 교육은 과연 누구를 위한 것일까.

그래도 강의를 하면서 다양한 사람을 만나게 되고 그 과
정에서 오래 마음에 남는 생각을 할 기회를 얻기도 한다. 강의
를 마치고 "감명받았다", "그동안 몰랐던 것을 많이 알게 되었
고 장애인에 대한 편견이 걷히는 느낌이다"라는 피드백을 받
을 때는 마음이 기쁘지만, 한편으로는 '이 생각이 삶과 연결되
어야 할 텐데…' 하는 바람도 커지곤 한다. 일회성 공감에 그치
고 만다면 지속적인 사회 변화가 일어나기 어렵기 때문이다.

약자라는 말에 담긴 어떤 시선

장애인권 강의를 들으러 온 한 비장애 아동의 어머니를 만
난 적이 있다. 앞자리에서 강의를 끝까지 경청하는 모습이 인
상적인 분이었다. 질의응답 시간이 끝난 뒤 아직 하고 싶은 말
이 남았는지 앞으로 나와서 이런저런 이야기를 꺼내셨다.

그분께는 초등학교 졸업을 앞둔 딸이 있는데 공부를 무척

잘해 어릴 때부터 수재 소리를 들어온 집안의 자랑거리라고 한다. 어머니는 딸이 공부만 잘하는 아이가 아니라 인성이 훌륭한 아이로 자라나길 바란다고 하셨다. 훌륭한 관점과 가치관에 절로 고개가 끄덕여졌다. 그러면서 특히 '장애인' 친구를 둔 아이로 자라나길 원한다고 하셨다. 이유를 물으니 이런 대답이 돌아온다.

"장애인이 대표적인 사회적 약자잖아요."

음, 고개가 살짝 갸우뚱했지만 이어지는 이야기들을 더 들어보았다. 인성이 훌륭한 수재 딸을 길러내기 위한 보호자의 바람에 자그마한 도움이 되고자 "딸이 장애인 친구를 만들기 위해 특별히 하는 일이나 세워둔 계획이 있나요?" 하고 물어보았다. 그랬더니 그 어머니는 벌써 하고 있다고 운을 떼면서 "저희 집 근처에 장애 체험관이 새로 생겼는데요. 다른 학부모들은 별로 관심이 없어 보였지만 저는 개장하고 얼마 안 되어 딸과 함께 갔었죠"라 말했다. 그곳에 다녀온 소감이 궁금했다.

"눈을 가리고 좁은 곳을 통과해 길을 찾아야 할 때는 정말 온몸의 신경이 곤두선 채 무섭더라고요. 휠체어로 이동하려니 조금만 경사진 곳이 나와도 이동하기 너무 어려웠어요."

그래서 다시 물었다.

"체험을 하고 나서 따님은 뭐라고 소감을 말하던가요?"

그랬더니 돌아오는 대답이 압권이다.

"너무 힘들었어. 정말 장애인들은 너무 불쌍한 것 같아. 앞으로 만나면 열심히 도와줘야겠어."

나는 그저 내게 주어진 삶을 묵묵히 살아내고 있는데 누군가가 나를 보고 "너는 불쌍한 사회적 약자니까 내가 도와줄게"라고 한다면 어떤 생각이 들까? 순간, 예전에 들었던 어떤 이야기가 머리를 스친다. 소아마비로 보행이 어려워 목발로 이동하던 장애 여성이 택시를 탔는데 택시 기사가 목적지에 도착한 후 여성에게 "오늘은 제가 좋은 일 하는 것이니 그냥 가세요"라고 허허 웃으며 말했다는 이야기. 그 여성은 그날 고마움이 아니라 모멸감을 느꼈다.

모멸감은 삶의 순간순간에 찾아온다. 장애가 있어서, 많이 가지거나 배우지 못해서, 이 땅에서 나고 자란 사람이 아니어서 겪는 차별과 혐오, 단단한 편견이 그런 모멸감을 만들어 내곤 한다.

헌법재판소가 정신보건법상 강제 입원 제도를 위헌*이라고 결정한 이후 많은 정신장애인들이 자신의 의사와 관계없이 퇴원을 당해 시한폭탄이 되어 거리를 방황하는 것처럼 오해하는 사람도 많다. 사실 대부분의 정신장애인은 법 개정 이후에도 여전히 정신병원에 있다. 정신병원에서 정신 요양 시설로 '이사'만 간 사람도 많다. 위헌이라는 판단을 받은 정신보건법이 정신건강복지법으로 전부 개정되면서 동의 입원 제도가 도

입되었다.*

　이미 예전부터 불법적인 입원은 '자의 입원'이나 '동의 입원'이라는 껍데기를 입고 있었다. 동의하지 않으면 더 큰 해를 입을 듯한 환자의 불안함, 동의해서 그곳에 들어가는 것이 지금 여기에 있는 것보다는 더 안전할 듯한 환자의 절박함을 악용하는 사람이 많다.

　"정신적으로 문제 있는 사람들이 마음대로 사회를 돌아다니지 않게 그들만 모아서 안전하게 살게 하는 편이 사회로부터 차별받고 부당한 일을 당하게 하는 것보다 낫지 않을까요?"라고 주장하는 사람들이 있다. 그런데 그 주장을 더 길게 들어보면 '언제까지 어떻게' 모아서 살게 할지에 관한 고민이 없다. 그저 "난 저 위험하고 이상한 사람들과 함께 살고 싶지 않아요"라는 말을 그럴듯하게 돌려 말하는 데 불과하다.

　근거 없는 낙인과 선 긋기가 불러오는 혐오는 우리 사회를 뼛속 깊이 병들게 한다. 혐오 표현 실태 조사 및 규제 방안 연구**에서 본 한 정신장애인의 답변이 인상적이었다.

---

* 2016년 9월 29일 헌법재판소는 보호의무자 2인이 동의하고 정신과 전문의가 입원이 필요하다고 판단하면 본인의 동의가 없더라도 정신병원에 강제로 입원시킬 수 있는 제도, 즉 정신보건법상 '보호의무자에 의한 입원' 제도에 대하여 헌법 불합치 결정을 내렸다.
** 2016년 국가인권위원회 인권 상황 실태 조사 연구 용역 보고서.

- **조사자** 정신장애인이 범죄자라는 식의 보도가 굉장히 불쾌하신가요?

- **답변자** 아뇨. 불쾌한 정도가 아니고… (말 멈춤) 억울하고, 내가 그 범죄자가 된 기분이 들고요… 숨고 싶고… 음… 또 죽고 싶어요. 정신장애인이 저지르는 범죄가 이토록 많은 세상이라면 내가 이 땅에서 누구한테 인정받겠나, 차라리 죽고 말지. 정신병원 안도 감옥이고 바깥세상도 감옥이에요. 옛날에 간첩 관리하듯이 정신장애인을 관리하는 식이 되어버린 거죠.

유엔 장애인권리협약에서는 장애인을 persons with disability라고 적고 있다. '사람persons'이 강조된 표현임을 알 수 있다. 그런데 막상 장애인을 만나면 사람은 쉽게 지워진다. 장애인을 만나 그 '사람'을 궁금해하기보다는 '장애'가 훨씬 더 크게 보이는 것이다.

귀하디귀한 딸아이가 사회적 약자인 장애인 친구를 만들었으면 좋겠다던 그 보호자께 이런 제안을 드렸다.

"다음에는 장애인이 주인공이나 작가로 활약하는 연극, 전시회, 연주회 같은 것을 아이가 직접 찾아보고 표를 살 수 있게 해주세요. 그리고 주인공이나 작가를 장애인이 아닌 예술가이자 아티스트로서 바라볼 수 있게 해주시면 어떨까요? 어떤 입장으로 상대방을 바라보는지가 생각보다 큰 관점의 변화를 가져오거든요."

장애인은 소수자이긴 하지만 '약자'라고 불릴 이유는 없다. 사람의 얼굴이 제각기 다르듯 같은 장애를 가진 사람들도 개개인의 특성에 따라 모두 다르다. 약자라는 말로 납작해질 사람들이 아니라는 뜻이다. 도와줘야 하는 장애인을 만나는 것이 아니라 감탄하고 배우고 싶은 한 사람을 만난다면 아이에게는 진짜 친구가 생길 수 있다.

그런 취급이
당연한 사람은 없다

장애인권법센터에서 수임료를 받지 않고 사건 지원을 하다보면 "돈 욕심이 없으신가 봐요", "애도 셋이나 있다면서 뭐 먹고 사세요?"라고 신기한 듯 물어오는 사람들이 종종 있다.

세상을 살면서 돈이 중요하지 않은 사람이 있을까? 직업을 통한 자아실현 같은 거창한 목표는 아니더라도 일한 만큼 노동의 대가를 인정받는 것은 사람을 사람답게 살아가도록 하는 토대가 된다.

13년의 노동 착취 그리고 역전 분투기

어느 시골 마을에서 주인 부부 집 뒷방에 살며 13년 넘게 중노동을 해야 했던 지적장애인 철수 씨를 처음 만난 건 가해자 형사재판의 1심이 선고된 이후였다. 사건을 지원할 때는 원래 수임 계약서를 쓰기 전에 우선 당사자와 이야기를 나눠 상황을 확인한 다음 수사 초기부터 지원하기 때문에 1심이 선고된 사건을 나중에 맡게 되는 경우는 드물다. 하지만 철수 씨 사건은 1심 재판 결과를 듣고 너무 어이가 없어서 아무리 항소심이라도 사건을 맡지 않을 수 없었다.

1심 선고 결과는 징역형의 집행유예였다. 가해자는 판결을 받고도 감옥에 가지도, 돈을 내지도 않는다는 사실을 알고 자신이 무죄를 받았다며 동네방네 활개를 치고 다녔더랬다. 더화가 나는 것은 판결에 적힌 철수 씨의 피해 액수였다. 시골 농가에서 13년이 넘도록 한 달에 13만 원 정도석만 받으며 새벽부터 밤까지 몸이 부서져라 일했는데 그 전체 기간에 대해 산정한 손해액이 겨우 220만 원이라니. 어떻게 이런 계산이 가능했을까? 비밀은 소멸시효 그리고 가해자의 변명에 있었다.

철수 씨는 노동 착취 학대 피해자였지만 가해자는 처음부터 이를 부인했다. 철수 씨가 지적장애가 있어서 일을 할 수 없었단다.

"어디 가서 사람대접도 못 받을 장애인이라 불쌍해서 먹여주고 재워주니 자기가 미안해서 자발적으로 도운 거다."

가해자의 주장에 따르면 철수 씨는 매년 모내기를 하는 5월과 추수철인 10월에 열흘 정도씩만 일을 한 셈이다. 정말 그러했는지 확인해보기로 했다. 놀랍게도 가해자 부부가 농사짓는 땅의 넓이는 서울광장의 네 배였다. 규모가 꽤 큰 뒤뜰 외양간에는 소도 열 마리나 있었다. 이걸 가해자 부부가 다 관리하고 기르는 것은 불가능했다. 철수 씨가 손발톱이 다 나갈 정도로 몸이 부서져라 일을 해야만 겨우 유지가 될 수 있었다.

그런데도 철수 씨는 담담했다. 그저 소들의 착한 눈이 참 좋았다고 했다. "소도 입맛이 다 있어서 사료보다는 쇠죽을 더 좋아한다"라며 손수 새벽부터 풀을 베고 쇠죽을 끓였다. 소 밥을 주고 해가 뜨기도 전에 논밭에 나가 농사일을 하다가 밥도 제대로 못 먹고 녹초가 되어 잠드는 날이 허다한 세월이었다. 철수 씨의 온몸에는 오래 이어온 고된 노동으로 나타나는 질병과 상처가 짙게 남아 있었지만, 무슨 이유인지 수사기관도 법원도 철수 씨의 이야기를 들어주지 않았다.

13년 동안 그렇게 죽어라 일한 대가가 겨우 220만 원으로 결정된 이유가 궁금해 사건 기록을 찬찬히 살펴보니 근로감독관과 경찰이 작성한 최초의 범죄일람표*가 잘못 끼워진 첫 단추였다. 지적장애로 진술을 잘 못하는 피해자의 말은 무시하고 가해자의 변명에 맞추어 산출한 표였다.

　범죄일람표는 농촌일용노임이 아닌 최저임금을 기준으로 작성되어 있었다. 임금 미지급 사건의 공소시효는 딱 5년밖에 안 되기 때문에 아무리 10년, 20년을 일했다 해도 형사처벌의 범위는 최근 5년으로 쪼그라들었다. 그리고 그 5년 동안 봄에 열흘, 가을에 열흘 같은 식으로 찔끔찔끔 계산하다 보니 철수 씨가 입은 피해액이 220만 원이 된 것이다.

　묻고 싶었다. 어떤 비장애인이 13년을 새벽부터 밤까지 일해주고 한 달에 13만 원 받는 삶을 견딜 수 있을까. 그 피눈물 나는 세월 동안 당한 피해가 고작 220만 원이라면 어느 누가 그 판결을 받아들일까.

이제부터 반격이다

　그보다 몇 년 전 철수 씨와 비슷한 피해자를 만나 수사 초기 단계부터 열심히 지원한 사건이 떠올랐다. 지적장애인 피해

＊　피의자가 같은 형사사건에서 저지른 범죄 사실이 너무 많을 때, 각각의 범죄 사실을 육하원칙에 맞춰 알기 쉽게 도표로 정리해 기록한 문서. 경찰에서 작성해 검찰에 송치하거나, 검찰에서 작성해 법원에 기소할 때 공소장이나 판결문에 별지로 표기되기도 한다.

자 민규 씨 사건이었다. 민규 씨는 10년 넘게 동네 식당에서 아침부터 밤까지 일을 하고도 월급을 못 받았다. 민규 씨와 수사 초기부터 많은 이야기를 나누며 라포Rapport를 형성했고 수사기관 조사에도 함께 참여했다. 가해자인 식당 부부의 나쁜 짓이 적게 인정될까 봐 범죄일람표도 꼼꼼히 만들어 수사기관에 제출했다.

그 범죄일람표는 복잡한 법리를 바탕으로 만들어졌는데, 나는 민규 씨에 대한 가해자들의 노동력 착취가 10년 동안 비슷한 방식으로 일관되게 이어져온 점을 강조해 '포괄일죄'*를 주장했다. 그러면 공소시효를 이유로 5년만 계산하지 않고 피해 기간이 하나로 연결되어 전부 큰 덩어리의 죄로 기소될 수 있기 때문이다. 그렇게 계산했더니 전체 피해액을 2억 원 넘게 잡을 수 있었고 피해액이 크니 수사에도 속도가 붙었다.

민규 씨 사건은 1심에서 가해자가 실형을 선고받고 법정 구속되었다. 2심이 되자 집행유예라도 받고 싶었던 가해자는 민규 씨에게 사죄하고 집 팔고 차 팔아 피해액을 변상했다. 나

---

* 형법에는 여러 범죄를 개별로 처벌하는 '경합범'과 한 번에 묶어서 일죄로 처리하는 '포괄일죄'가 있다. 포괄일죄는 여러 범죄가 포괄적으로 한 개의 구성 요건에 해당해 한 개의 죄를 구성하며, 각 행위 간 필연적 관련성이 상당하므로 가중 처벌된다. 즉, 동일한 피해자를 대상으로 수차례 기망해 재물을 편취하면 더 무거운 처벌을 받게 된다.

는 민규 씨 사건에서 주장했던 그 법리를 철수 씨 사건에 다시 써먹기로 했다.

포괄일죄로 계산해서 철수 씨가 받을 돈을 범죄일람표로 정리해보니 총 피해액은 220만 원이 아니라 무려 3억 4천만 원이 넘었다. 10분의 1도 아니고 100분의 1도 인정받지 못했다니, 개인의 불운으로 보기에는 너무 억울한 일이었다.

이대로 포기할 수는 없었다. 1심에서 망친 사건이었지만 피해자의 진술을 더 구체적으로 반영해서 이제라도 수습할 부분은 수습해야 했다. 이를 위해 법원에서도 인정할 수 있는 객관적인 장애인 진술 전문가의 도움을 받아 철수 씨의 구체적인 피해 진술을 분석하고 변호인 의견서도 냈다. 1심에서 충분히 담지 못한 당사자의 목소리를 최대한 담으려고 노력해 2심에서야 비로소 철수 씨 본인에 대한 증인신문이 이루어졌고, 그 지난한 과정을 통해 1심에서 무죄나 공소기각 판결을 받았던 부분을 2심에서 유죄로 돌려세울 수 있었다.

그럼에도 가해자에게 실형이 선고되지는 않았다. 여전히 집행유예였다. 가해자는 직업이 농부라서 집행유예에 따른 사회적·경제적 타격이 거의 없었다. 2심에서도 감옥행을 면하자 이번에도 가해자는 무죄를 받았다고 자랑이나 하고 다녔다. 나는 이례적으로 철수 씨를 위한 민사소송을 제기했다. 가해자에게는 넓고 넓은 부동산이 있었기 때문이다.

민사소송 기간은 참 길었지만 결과적으로 2억 원이 넘는 피해액을 배상하라는 판결을 받고 승소했다. 철수 씨는 이 일로 기초 생활 수급자 자격에서 탈락하는 웃픈 상황을 겪기도 했다. 당연히 처음부터 이렇게 되었어야 할 일이 몇 년 동안 너무 오래 먼 길을 빙빙 돌아온 것이다.

　　철수 씨가 지지리 운이 없어서 겪은 일일까? 현재 한국 형사소송법상 피해자는 형사사건의 당사자가 아니다. 형사사건의 당사자는 피고인과 검사이기 때문이다. 피해자는 그저 하나의 증거에 불과하다.

　　당사자가 아니라는 이유로 재판 절차에서 소외되고 수사와 재판 과정에서 2차 피해에 노출되는 피해자들은 각자도생할 수밖에 없다. 특히 정신적 장애가 있는 피해자들은 생각을 표현하거나 의사소통을 하는 데 한계가 있어서 초기 법률 지원이 무척 중요하지만, 학대를 빠져나와 수사와 재판, 피해 회복까지 기나긴 길을 함께 걸어가줄 변호사를 찾는 일은 정말 어렵다. 변호사 입장에서는 손이 많이 가고 의뢰인과 의사소통이 어려운 데 비해 수임료를 넉넉히 낼 수 있는 피해자가 거의 없기 때문이다.

피해자에게 씌우는 노예라는 프레임

당사자 취급도 못 받으면서 형사사건을 짊어지고 가는 피해자를 힘들게 하는 것이 또 있다. 노예라는 이름의 이상한 프레임이다.

2014년 1월, 전남 신안 신의도의 염전에서 일하던 김 모 씨의 편지로 세상에 드러난 어떤 사건은 지금까지 '염전 노예 사건'으로 불린다. 편지를 쓴 당사자에게는 지적장애와 시각장애가 있었고 일대 염전에서 구출된 노동 착취 피해자는 예순 명이 넘었다.

이 사건을 계기로 언론은 노동력 착취 사건에 '노예 사건'이라는 별명을 새겼다. 잊을 만하면 시리즈처럼 '○○노예' 사건이 보도되었고 그때마다 사람들은 우르르 분노하다 스르르 관심을 거두어갔다. 장애인 노예 사건은 지금도 한 달에 몇 건이나 뉴스에 보도되곤 한다. 한 사람의 인생이 인신매매되어 송두리째 외면당한 사건의 본질을 외면한 채 노예라는 자극적인 단어로 소비되고 있다. 염전 노예를 시작으로 창고 노예, 타이어 노예, 원양어선 노예 등 수많은 노동 착취 피해자들이 노예라는 단어로 불리며 기사에 오르내리다 기억에서 사라진다.

왜 이들이 '노예' 같은 삶을 살아갈 수밖에 없었는지, 왜 가해자는 제대로 처벌받지 않는지(한 가해자는 40년 6개월 동안 지적장애인의 노동력을 착취했지만 고작 1년 6개월의 징역형을 선고받았다) 별로 궁금해하지 않는다.

　노동 착취 사건으로 만나는 장애인 피해자들은 대체로 장년을 넘어 중년기에 닿아 있다. 피해 기간도 10년을 훌쩍 넘는 경우가 대부분이고 그전 유사 피해 기간까지 합치면 30년 넘게 피해를 입은 이도 있다. 대체로 성인이 되면서부터 누군가에게서 노동력 착취를 당하곤 하는데 거의 노인이 될 때까지 마땅히 도움 청할 사람이 없었던 탓이다. 일정한 패턴이 있다. 한 살 한 살 나이를 먹어 법적으로 성인이 된 장애인은 집 말고 별로 갈 곳이 없다. 학교도 졸업했고, 취업은 꿈도 꾸기 어렵다. 집에만 틀어박혀 있는 장성한 장애인과 함께 사는 가족들은 점점 지치고 절망한다. 힘든 건 장애인 당사자도 마찬가지다. 어른이 되어 하고 싶은 것도 많은데 가족들은 점점 "너때문에 안 그래도 힘드니 제발 아무것도 하지 말라"라고 다그치기만 한다. 가족들에게 짐짝처럼 여겨지는 것이 싫어서 혼자살겠다고 결심해보지만 "네가 어찌 혼자 사냐?"라며 펄쩍 뛰며 가족들은 독립을 허락하지 않는다. 결국 이상하거나 위험한 방식의 독립을 감행하게 되면서 사건에 말려드는 것이다.

　노동력 착취 사건은 이렇게 인신매매와 많이 닮았지만, 여전히 세밀하게 다뤄지지 않고 겨우 최저임금법 위반 또는 임금체불 사건 정도로만 다뤄진다. 장애인을 돌볼 책임이 가족에게 넘겨져 있는 이 사회의 묵인 아래 장애인 인신매매 노동 착취 사건이 양산되고 있다.

이러한 피해자들을 노예라 부르며 대상화하는 것은 어쩌면 또 다른 가해가 아닐까? 이런 일을 나와 전혀 관계없는 누군가가 겪는 몹시 드문 일이라고 느끼게 만들어 회피하는 것은 아닐까? 노예라는 말로 소모되는 피해자들의 절절한 삶을 생각하면 마음 한편이 무겁다.

있는 그대로 존중받는 사회를 꿈꾸며

장애인이니까 겪는 이 부당한 일들이 몹시 드문 일은 아니다. 저 외딴 시골 마을에서만 일어나는 일이 아니라 우리네 삶 언저리에서도 이런 일들은 일어난다.

장애 아동을 기르는 학부모들이 그토록 아이를 보내고 싶어 한다는 유명한 특수학교가 있었다. 도심에서 살짝 떨어져 있었지만 긴 통학 시간을 감수하고라도 아이를 보내고 싶어 하는 그런 곳이었다. 그 학교만큼은 아이들을 사랑으로 잘 길러 내리라 믿었다. '인권'을 가장 중시한다는 학교로 알려져 있었기 때문이다.

그런데 아이가 학교에서 자꾸 다쳐 오자 엄마는 불안했다.

초등학생인 아이는 언어 표현이 아예 불가능한 중증 자폐성 장애 아동이었다. 엄마는 용기를 내서 학교에 찾아가 아이에게 생기는 큰 상처들이 무엇인지 물었다. 우여곡절 끝에 학교 복도에 설치된 CCTV를 확인해보았다. 엄마는 두 눈을 가리며 비명 같은 탄식을 토해낼 수밖에 없었다. 여러 명의 교사와 실무사, 사회 복무 요원들이 덩치가 제법 큰 아이를 손과 발, 무릎으로 짓눌러 제압한 채 교실 안으로 질질 끌고 가고 있었다. 교실에 끌려 들어간 아이를 벽으로 밀어붙인 특수교사와 보조교사들은 아이에게 의자를 휘두르기도 했고 빗자루로 얼굴을 내려치기도 했다. 하루 이틀이 아니고 거의 매일이었다. 화면 속 아이의 울부짖음이 모니터 바깥으로 들리는 듯했다. 이건 아니었다. 뭔가 잘못되어도 단단히 잘못되었다.

잘못된 것을 바로잡는 것이 법이고 범죄에 응당한 벌을 주는 것이 제대로 된 나라라 믿었다. 그래서 엄마는 CCTV 자료를 가지고 경찰서에 갔다. 고소를 한 뒤 몇 개월을 타는 마음으로 기다렸지만, 폭력에 가담한 어른의 3분의 2가 불기소처분을 받았다. 기가 막힌 마음에 불기소 이유서를 받아보니 똑같은 말이 복사, 붙여넣기 되어 있었다.

"교사의 행동은 최선의 행동으로 보기는 어렵지만, 장애 아동의 행동을 제지하기 위한 다른 대안을 사실상 찾기 어렵고 장애 학생 다수를 지도해야 하는 특수학교의 특수한 상황을 고려할 때 장애 학생의 행동을 제지하기 위해 불가피하게 이루어진 행위이다."

잊을 만하면 특수학교에서 발생하는 장애 아동 학대 사건이 보도된다. 한 특수학교에서는 특수교사가 장애 아동을 성폭행했고 어떤 특수학교에서는 사회 복무 요원들이 장애 아동을 모욕하고 괴롭히는 동영상이 언론에 공개돼 공분을 사기도 했다. 한 유명 특수학교에서는 전혀 저항할 수 없는 중증 뇌병변 장애 학생을 괴롭히고 가두었다고 한다.

장애 학생은 '특수하기 때문에' 때려도 된다는 사회. 어쩔 수 없이 여러 명의 어른이 힘을 모아 제압하고 짓누르고 가두고 질질 끌고 가도 된다는 사회. 이런 논리라면 낮잠 시간에 잠 안 자고 떼쓰는 세 살 아이를 이불로 둘둘 말아 억지로 재우는 보육교사, 자꾸 입이 쓰다며 바닥에 침을 뱉는 치매 어르신 뺨을 내리쳐 시커멓게 만든 요양 보호사는 무엇으로 처벌할 것인가?

받아들이기 어려운 불기소처분에 대하여 항고*했지만, 몇

---

* 「검찰청법」 제10조(항고 및 재항고) ① 검사의 불기소처분에 불복하는 고소인이나 고발인은 그 검사가 속한 지방검찰청 또는 지청을 거쳐 서면으로 관할 고등검찰청 검사장에게 항고할 수 있다. 이 경우 해당 지방검찰청 또는 지청의 검사는 항고가 이유 있다고 인정하면 그 처분을 경정ᄐᄐ하여야 한다. 다만 2021년부터는 검경 수사권 조정 때문에 검찰 항고 기능이 대폭 축소되었다.

개월이 지나 기각되었다. 항고가 기각된 이유는 채 한 줄도 되지 않았기에 읽고 나서 허탈한 마음을 금할 수 없었다. 이유가 간결하건 복잡하건 분명한 사실이 있다. 맞아도 되는 사람은 없다. 그 사람이 장애인이거나 아동이거나 다른 사람의 도움을 받아야 하는 상황에 놓여 있다 하더라도 폭력을 감내할 이유는 없다.

얼마 전 지하철 옆자리에 중년을 지나 노년기를 맞이하는 한 여성분이 앉는데 흘낏 보고 혼자서만 잔뜩 반가워한 적이 있다. 그 여성분은 다운증후군이었는데 위아래 멋지게 한 벌로 차려입고 편안한 얼굴로 싱긋 웃으며 자리에 앉는 모습이 인상적이었다. 보호자의 동행 없이 혼자서 외출에 나선 듯했다. 그 모습이 왜 그리도 반가웠을까. 장애인이라서 착취당하거나 학대당해도 '어쩔 수 없다, 안타깝지만 그게 최선이었다'라는 동의할 수 없는 생각들에 나도 적잖이 마음이 상해 있었나 보다. 그러다가 예상치 못한 곳에서 평범하게 별일 없이 살아가는 발달장애인의 미소를 보자 반갑고 고마워서 눈물이 날 것 같았다.

그런 삶이 그저 행운으로, 아니면 호강으로 치부되지 않는 세상이 빨리 왔으면 좋겠다. 있는 모습 그대로 존중받으며 살아가는 것은 한낱 희망 사항에 그칠 일이 아니라 누구에게나 당연한 일상이어야 하기에.

제자리를 찾으며 이어지는 삶

　　원가정에서 학대 피해로 분리된 형제의 피해자 대리를 맡은 적이 있었다. 낯선 쉼터 생활이 차츰 익숙해지면서 아이들이 학대 상황을 설명할 수 있을 정도로 마음이 안정되었다는 소식을 듣자, 얼굴 보고 이야기를 나누기로 했다. 동생이 아직 초등학교 저학년이었고 마침 만나기로 한 날은 5월 5일 어린이날이었다. 이때가 기회다 싶어 다음 날 상담을 앞두고 우리 아이들을 모두 재운 밤에 조용히 장난감을 정리하기 시작했다.

　　망가지지 않은 것, 온전하고 쓸모 있는 것 중에 아이들이 잘 안 가지고 노는 장난감들이 제법 많이 눈에 들어왔다. 신중하게 골라내어 물티슈에 소독 젤을 발라 하나하나 닦아내고 내적 콧노래를 부르며 빈 박스에 담았다. 다음 날 아침에 아이들이 눈치채면 곤란하니 몰래 트렁크에 실어놓았다. 완전범죄가 따로 없었다.

아침이 되자 쉼터에 가서 먼저 동생을 만났다. 아이의 표정은 예상보다 밝았다. 애벌레(아이는 구더기를 애벌레라고 했다)가 가득한 집을 벗어나 깨끗한 곳에 살면서 시간에 따라 규칙적으로 밥을 먹으니 그게 가장 좋다고 한다. 몇 년간 배달 음식만 시켜 먹어서 아이의 입맛은 '단짠단짠' 아니면 '매콤얼얼'이었기에 쉼터 밥이 싱거운 것은 불만이라고도 했다.

상담이 끝나고 나는 마침내 장난감이 잔뜩 담긴 큰 포장박스를 건네주었다. 아이가 리본을 풀어보더니 입을 떡 벌리며 펄쩍펄쩍 뛰었다. 갖고 싶었던 로봇과 장난감이라고 했다. 이제는 필요 없어진 물건이 제자리를 찾아간 것이다.

정리는 내게 중요한 스트레스 해소법이다. 물건이 많으면 그만큼 관리하는 데 에너지가 들기 때문에 불필요한 물건은 자주 줄이는 편인데, 특히 '안 쓰는 물건 새 주인 찾아주기'를 좋아한다.

한번은 이웃으로 믿었던 사람으로부터 자신이 살던 집 안에서 성폭력 피해를 당한 지적장애 여성을 만났다. 그 일 이후 피해 장소인 집에 혼자 있는 것이 너무 싫어서 하루 종일 밖으로 여기저기 돌아다닌다는 그에게, 손목에 묶고 다닐 수 있는 초경량 접이식 방석을 선물로 주었다. 어떻게 꺼내서 펼쳤다가 접는 것인지도 함께 연습도 해보는데 신기하다며 깔깔 웃는다. 덩달아 나도 기분이 좋아졌다.

또 한번은 거액의 대출 사기를 당한 청각장애 청년을 만났다. 사건 이후 우울감이 심해져 하루 종일 집에서 휴대전화만 들여다보며 살고 있었다. 상담을 마친 후 작은 선물을 받아달라고 말하며 챙겨온 물건을 건넸다. 어느 공간에서나 휴대전화 편히 올려놓고 볼 수 있는 간이 거치대였다. 동시에 작은 부탁을 했다.

"이거 쓰다가 가끔 내 생각이 나면 너무 휴대전화만 보고 있지 말고 귀찮더라도 잠깐 일어나 동네 산책이라도 한 번 해주면 더 좋구요."

주기만 하는 것도 아니다. 주는 사람과 받는 사람의 삶이 따뜻하게 연결되는 마법을 종종 경험하기도 한다. 성폭력 피해를 입은 발달장애 여성과 경찰서에서 피해자 진술을 마치고 헤어지던 중이었다. 사실 조사 시작하기 전부터 눈여겨보고 있었던 그의 귀여운 플라스틱 마스크 걸이에 대하여 꼭 칭찬을 하고 싶었다.

"너무 예쁘네요. 이거 어디서 샀어요?"

그리고 몇 개월 있다가 검찰에서 피해자 진술을 다시 하게 되었다. 검찰청 입구에서 만난 나에게 그 여성이 살포시 뭔가를 건네는 것이 아닌가? 경찰서에서 봤던 알록달록 마스크 걸이와 비슷한 디자인의 새 마스크 걸이가 작은 비닐에 담겨 있었다. 눈시울이 붉어졌다. 울음이 나오는 것을 들킬까 봐 일부러 크게 웃으며 "어머! 대박!" 소리를 질렀다. 내가 했던 사소한 말을 기억하고, 밖에 잘 다니지도 않는 사람이 직접 가게에 가서 나를 위한 마스크 걸이를 선물로 사온 것이다. 그날 아이들에게 "엄마 선물 받았다! 예쁘지?" 얼마나 자랑을 했던지 아이들도 그 마스크 걸이를 차마 탐내지 못했다.

"어떻게 그렇게 힘든 사건만 하죠?"라고 묻는 사람들이 있다. 그들은 모를 것이다. 내가 사실은 이렇게 재미있게 살고 있다는 것을. 사건의 무거움을 이길 수 있는 힘은 작은 나눔을 통한 제자리 찾기에서 나온다. 덜어내는 만큼 채워지고, 주는 것 이상으로 받으면서 자연스레 사람들이 제자리를 찾아가는 것을 보는 순간은 울퉁불퉁한 나 같은 사람도 오래오래 이 일을 하게 해주는 선물임이 분명하다.

만일 당신 주변에서
도움이 필요한 일이 발생했다면

범죄를 발견하면 112에 신고하라는 말을 어릴 때부터 들어왔지만, 막상 내가 혹은 내 주변에서 범죄 비슷한 경험을 하게 되면 선뜻 112를 누르기 어렵습니다. 얼마나 번거로워질지, 얼마나 오래 걸릴지, 혹시 내가 불이익을 당하지는 않을지 가늠이 잘 되지 않기 때문입니다. 그래서 범죄를 보거나 듣거나 겪은 사람이 꼭 알아야 하는 내용을 쉽게 정리해보았습니다.

• • •

먼저, 처음부터 끝까지 흐름을 대략적으로라도 아는 것이 도움이 됩니다. 내가 경험한 것이 정말 범죄가 맞다고 확인했다면(기분이 나쁘다고 다 범죄가 되는 것은 아니기에 범죄인지 먼저 확인할 필요가 있어요) 우리나라에서 형사처벌의 길은 하나입니다. 경찰에서 시작되어서 검찰을 거쳐 형사 법정으로 이어지는 일방통행이에요. 112에 전화를 해서 신고를 하거나, 가까운 경찰서에 고소장 또는 고발장을 제출하면 경찰에서 초기 상황을 확인하고 그 사건을 '입건'합니다. 처리할 사건으로 번호가 생기는 것이죠.

경찰에서 먼저 피해자나 목격자를 조사한 후 가해자로 지목되거나 의심되는 사람을 조사합니다. 그러는 과정에서 증거도 찾고 가해자를 구속하기도 하죠. 경찰이 볼 때 죄가 있는 것으로 보이는 사건만 검찰에 송치합니다. 원래는 죄가 없어 보이는 사건도 다 검찰에 송치해서 진짜 죄가 없는 것이 맞는지 검찰이 다시 확인하도록 했지만, 2021년부터 검경 수사권 조정으로 경찰에게 수사 종결권을 주었기에 죄가 없어 보이는 사건은 경찰이 불송치 결정을 하는 것으로 바뀌었습니다. 그렇게 송치된 사건을 검찰이 한 번 더 본 후 가해자가 죄를 지은 것이 맞는 것 같으면 법원에 사건을 기소합니다. 그렇게 열리는 것이 형사재판입니다.

기소가 되기 전에는 '피의자'였던 사람이 기소된 다음부터 '피고인'이 됩니다. 피고인은 몇 번의 재판을 받습니다. 처음 재판에서는 진짜 피고인이 맞는지 확인하고(인정신문), 무엇 때문에 재판에 넘긴 것인지 검사가 공소장을 읽습니다. 수사 기록에 들어가 있는 여러 증거들 중 피고인이 인정할 수 없는 증거가 무엇인지 '증거인부'를 하고, 이후 재판에서 그 증거들을 어떻게 법정에 현출할지 증거신청을 받습니다. 두 번째 재판부터는 열심히 증인도 부르고 추가 증거도 내고 하면서 피고인과 검사가 싸웁니다. 그렇게 증거조사까지 다 마치고 나면 판사는 재판을 닫고(변론종결), 그로부터 한두 달 뒤에 판결을 선고합니다. 안타깝게도 피해자는 증거로만 인정이 될 뿐 재판의 당사자는 아니랍니다. 그래서 더 막막하기도 하고요.

. . .

그래서 다음으로, 피해자나 목격자가 도움을 받을 수 있는 곳들을 정리해보았어요. 바로 경찰에 연락하는 것이 부담스럽다면 여기를 찾아가거나, 전화나 채팅으로 연락해보세요. 아동에 관한 사건이라면 지역별 **아동보호 전문 기관**이나 시군구청마다 있는 **아동학대 전담 공무원**에게 알려주세요. 아이가 집이 아닌 아동 양육 시설이나 공동생활 가정에 살고 있다면 시군구청의 **아동보호 전담 요원**이나 **드림스타트**(전화 02-6454-8500, 웹사이트 www.dreamstart.go.kr)에 아이의 상황을 알리는 것도 도움이 됩니다. 장애인이 어떤 피해를 보고 있는 것 같다면 **장애인 권익 옹호 기관**(전화 1644-8295, 웹사이트 www.naapd.or.kr)이나 **발달장애인 지원 센터**(전화 1522-2882, 웹사이트 www.broso.or.kr)에 연락하시면 도움받을 수 있습니다. 노인에게 일어나는 나쁜 일들은 **노인 보호 전문 기관**(전화 1577-1389, 웹사이트 www.noinboho1389.or.kr)에 알려주세요.

범죄에 따라서 도움을 받을 수 있는 곳도 있답니다. 성폭력은 물론 연인 사이의 폭력이나 이성으로부터의 스토킹과 같이 성에 관련된 범죄는 **성폭력 상담소**(전화 02-338-5801, 웹사이트 www.sisters.or.kr)를 통해 도움받을 수 있어요. 그중 특히 피해자가 장애인인 경우라면 **장애인 성폭력 상담소**(전화 02-3675-4465)에서 전문적인 지원을 받을 수 있어요. 가정폭력 사건은 **가정폭력 상담소**(전화 02-2263-6464, 웹사이트 dv.hotline.or.kr)에서 돕고 있습니다. 소개해드린 기관들은 서울은 물론 지역 곳곳마다 국가에서 세금으로 운영하고 있으니 걱정하지 마시고 적재적소에 필요한 지원을 할 수 있도록 주저 없이 활용해주세요.

• • •

마지막으로, 증거를 모으는 방법과 변호사를 활용하는 방법입니다. 사건이 벌어지는 과정을 즉시 녹화하거나 녹음할 수 있는 사람이 과연 얼마나 있을까요? 거의 없습니다. 그 순간을 놓쳤다고 너무 자책하거나 낙심하지 마세요. 정확한 장소와 시간을 기억하는 것만으로도 이후 사건 해결에 큰 도움이 됩니다. 가능하다면 현장의 분위기와 풍경, 말을 보탤 만한 사람을 적어두면 더 좋겠죠. 끄적거린 메모는 엉성한 기억력보다 훨씬 더 큰 힘이 있답니다. 현대 사회에서 가장 강력한 증거는 의외로 스마트폰에 남아 있다는 것을 꼭 강조하고 싶어요. 사진과 동영상, 음성 녹음과 통화 녹음, 주고받은 문자와 화면 캡처본, 각종 카드 사용 이력과 지도의 실시간 위치 확인 기능까지 진실을 뒷받침할 수 있는 증거들의 보물 창고입니다. 지우지 마시고, 버리지 마시고, 탈퇴하거나 씻어내지 마시고 챙겨두세요. 특히 성폭력, 아동학대, 장애인 학대, 인신매매, 스토킹 피해자라면 나라에서 세금으로 운영되는 피해자 국선변호사 제도의 도움을 무료로 받을 수 있어요. 사건을 경찰에 처음 말할 때 피해자 국선변호사도 함께 신청하면 배정된답니다.

죄를 저지르는 것은 쉬울지 몰라도 그에 대한 합당한 처벌을 받게 하는 데는 많은 노력이 들어갑니다. 피해자의 고된 어려움을 알기에 장애인권법센터는 피해자가 꼭 알아야 하는 형사사법제도의 전체 흐름, 어려운 용어, 증거 수집과 변호사 활용방법 등을 자세히 영상으로 정리해 유튜브에 올려두었답니다. 범죄 피해를 당해 막막한 사람 누구에게라도 널리 공유해주세요.

장애인권법센터 유튜브

사람을 변호하는 일

초판 1쇄 발행 2021년 10월 15일
개정판 1쇄 발행 2024년 4월 19일

지은이 김예원

발행인 이봉주 단행본사업본부장 신동해
편집장 김예원 진행 윤진아 교정 신혜진
마케팅 최혜진 이인국 홍보 반여진
디자인 studio forb 제작 정석훈

브랜드 웅진지식하우스
주소 경기도 파주시 회동길 20
문의전화 031-956-7361(편집) 031-956-7089(마케팅)
홈페이지 www.wjbooks.co.kr
인스타그램 www.instagram.com/woongjin_readers
페이스북 www.facebook.com/woongjinreaders
블로그 blog.naver.com/wj_booking

발행처 (주)웅진씽크빅
출판신고 1980년 3월 29일 제 406-2007-000046호

ⓒ 김예원, 2024
ISBN 978-89-01-28082-0 03810